T0267715

una familia de mentirosos

e. lockhart

una familia de mentirosos

Traducción del inglés de
Jaime Valero

salamandra

Papel certificado por el Forest Stewardship Council®

Título original: *Family of Liars*
Primera edición: junio de 2023

Printed in Spain – Impreso en España

ISBN: 978-84-19275-10-3
Depósito legal: B-8.006-2023

Impreso en Limpergraf
Barberà del Vallès (Barcelona)

SI75103

Para Hazel

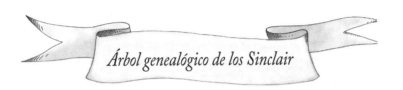

Árbol genealógico de los Sinclair

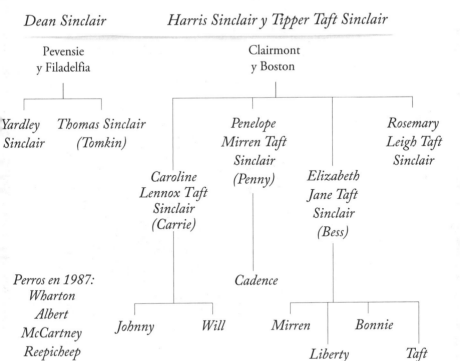

Dean Sinclair   Harris Sinclair y Tipper Taft Sinclair

Pevensie
y Filadelfia

Clairmont
y Boston

Yardley
Sinclair

Thomas Sinclair
(Tomkin)

Penelope
Mirren Taft
Sinclair
(Penny)

Rosemary
Leigh Taft
Sinclair

Caroline
Lennox Taft
Sinclair
(Carrie)

Elizabeth
Jane Taft
Sinclair
(Bess)

Perros en 1987:
Wharton
Albert
McCartney
Reepicheep

Cadence

Johnny   Will

Mirren   Bonnie

Liberty   Taft

Acantilados

Pevensie

Aquí es donde hay que detenerse para no desaprovechar la luz de la luna.

Goose Cottage

Rocas afiladas

La Caleta

Cobertizo de los kayaks

Muelle de la familia

OCÉANO ATLÁNTICO

2022

Índice

Queridos lectores.. 15

PRIMERA PARTE: Una historia para Johnny................. 17

SEGUNDA PARTE: Cuatro hermanas............................ 23

TERCERA PARTE: Las perlas negras............................ 43

CUARTA PARTE: Los chicos 77

QUINTA PARTE: El señor Zorro................................. 195

SEXTA PARTE: Un largo trayecto en lancha................. 231

SÉPTIMA PARTE: La hoguera.................................... 297

OCTAVA PARTE: Después.. 319

Agradecimientos 337

Contenido adicional... 339

Queridos lectores:

Este libro revela detalles de la trama de *Éramos mentirosos*.

Os aprecio y he escrito esto para vosotros... con ambición y café solo.

Con cariño,

E.

PRIMERA PARTE

Una historia para Johnny

1

Mi hijo Johnny está muerto.

Jonathan Sinclair Dennis, así se llamaba. Murió a los quince años.

Hubo un incendio y yo lo quería y lo traté mal y lo echo de menos. Ya no se hará mayor, no encontrará pareja, no se entrenará para participar en otra carrera, no se irá de viaje a Italia como quería, no montará en una de esas montañas rusas que te ponen cabeza abajo. Nunca, nunca, nunca. Nunca volverá a hacer nada.

Aun así, aparece a menudo en la cocina de mi casa en la isla Beechwood. Lo veo de madrugada, cuando no puedo dormir y bajo a por un trago de whisky. Luce el mismo aspecto que cuando tenía quince años. El pelo rubio y abundante, de punta; la nariz quemada por el sol. Se muerde las uñas y suele ir con bermudas y sudadera con capucha. A veces, cuando hace frío en casa, se pone su anorak de cuadros azules.

Dejo que beba whisky, porque al fin y al cabo está muerto. ¿Qué daño puede hacerle? Pero lo que más me pide es chocolate caliente. Al fantasma de Johnny le gusta sentarse en la encimera y tamborilear sobre los armaritos inferiores con los pies descalzos. Saca las viejas fichas del *Scrabble* y se dedica a componer frases sobre la encimera, mientras hablamos. «No comas nada que sea más grande que tu trasero.» «No aceptes un no por respuesta.» «Sé un poco más amable de la cuenta.» Cosas así.

A menudo me pide que le cuente historias sobre nuestra familia.

—Háblame de cuando erais adolescentes —me pide esta noche—. La tía Penny, la tía Bess y tú.

No me gusta hablar de esa época.

—¿Qué quieres saber?

—Cualquier cosa. Lo que hacíais. Vuestras travesuras en la isla.

—Era igual que ahora. Salíamos con las lanchas. Íbamos a nadar. Jugábamos al tenis, comíamos helados y cenábamos barbacoa.

—¿Entonces os llevabais bien? —Se refiere a mí y a mis hermanas, Penny y Bess.

—Hasta cierto punto.

—¿Alguna vez os metisteis en un lío?

—No —respondo. Y luego—: Sí.

—¿Por qué? —Niego con la cabeza—. Dímelo —insiste—. ¿Qué es lo peor que hicisteis? Vamos, desembucha.

—¡Que no! —Me río.

—¡Sí! ¡Porfa! Dime qué fue lo peor que hicisteis en aquella época. Cuéntale a tu pobre hijo difunto todos los detalles escabrosos.

—Johnny.

—Bah, no será para tanto —replica—. No te imaginas la de cosas que he visto en la televisión. Mucho peores que cualquiera que pudierais hacer en los años ochenta.

Creo que Johnny se me aparece porque no puede descansar sin respuestas. No deja de preguntarme por nuestra familia, los Sinclair, porque está intentando entender esta isla, a la gente que vive en ella y por qué actuamos de este modo. Nuestra historia.

Quiere saber por qué murió.

Le debo esta historia.

—Está bien —accedo—. Te lo contaré.

. . .

Mi nombre completo es Caroline Lennox Taft Sinclair, pero la gente me llama Carrie. Nací en 1970. Esta historia transcurre durante el verano en que tenía diecisiete años.

Fue el año en que los chicos vinieron a la isla Beechwood. Y fue el año en que vi por primera vez a un fantasma.

Nunca le he contado esta historia a nadie, pero creo que es la que Johnny quiere oír.

«¿Alguna vez os metisteis en un lío? —pregunta—. Vamos, desembucha... ¿Qué fue lo peor que hicisteis en aquella época?»

Va a ser doloroso contar esta historia. De hecho, no sé si podré contarla con sinceridad, pero lo intentaré.

Verás, es que toda mi vida he sido una mentirosa.

Me viene de familia.

SEGUNDA PARTE

Cuatro hermanas

2

Mi infancia es una sucesión de mañanas invernales en Boston, donde mis hermanas y yo aparecemos ataviadas con botas y gorros de lana que pican un montón. Jornadas escolares de uniforme, con gruesas rebecas de punto azul marino y faldas de cuadros. Tardes en nuestra imponente casona de ladrillo, haciendo los deberes delante de la chimenea. Si cierro los ojos, puedo paladear el dulzor de los bizcochos de vainilla y sentir los dedos pegajosos. La vida eran cuentos de hadas antes de dormir, pijamas de franela, cachorros de golden retriever.

Éramos cuatro chicas. En verano, nos íbamos a la isla Beechwood. Recuerdo nadar entre el oleaje embravecido del océano con Penny y Bess, mientras nuestra madre y la pequeña Rosemary se quedaban sentadas en la orilla. Capturábamos medusas y cangrejos y los metíamos en un cubo azul. Brisa y luz solar, riñas sin importancia, coleccionar guijarros y jugar a ser sirenas.

Tipper, nuestra madre, celebraba unas fiestas estupendas. Lo hacía porque se sentía sola. Al menos, en Beechwood. Teníamos invitados, y durante varios años, Dean, el hermano de mi padre, y sus hijos se alojaban allí con nosotros, pero mi madre añoraba las cenas benéficas y las largas sobremesas con sus amigas. Adoraba a la gente y sabía cómo tratarla. Como no había demasiada en la isla, generaba su propia diversión, organizando fiestas incluso cuando no venía nadie a visitarnos.

Cuando éramos pequeñas, nuestros padres nos llevaban a Edgartown el 4 de julio. Edgartown es un pueblecito marinero situado en la isla de Martha's Vineyard, lleno de cercas de madera pintadas de blanco. Comprábamos ostras fritas con salsa tártara en unos recipientes de papel y después pedíamos limonada en un puesto situado delante de la Old Whaling Church. Desplegábamos nuestras sillas de jardín, almorzábamos y esperábamos al desfile. Los negocios locales tenían carrozas decoradas. Los coleccionistas de coches antiguos hacían sonar sus cláxones con orgullo. Los bomberos de la isla desfilaban con sus camiones más antiguos. Una banda de veteranos de guerra interpretaba marchas de Sousa y mi madre siempre cantaba: «Trata bien a tus amigos con plumas / ya que uno de esos patos podría ser la madre de alguien.»

Nunca nos quedábamos a ver los fuegos artificiales. En vez de eso, regresábamos a Beechwood en la lancha motora y subíamos corriendo desde el muelle familiar para sumarnos a la verdadera fiesta.

El porche de la casa Clairmont estaba engalanado con guirnaldas de luces y la enorme mesa de pícnic del jardín lucía un mantel azul y blanco. Comíamos mazorcas de maíz, hamburguesas, sandía. Había una tarta con forma de bandera estadounidense, cubierta de arándanos y frambuesas. Mi madre se ocupaba de decorarla. La misma tarta, todos los años.

Después de cenar nos daba bengalas a todos. Desfilábamos por las pasarelas de madera de la isla —las que conectaban una casa con otra— y cantábamos a pleno pulmón. *America the Beautiful, This Land Is Your Land, Be Kind to Your Fine-Feathered Friends.*

En la oscuridad, nos dirigíamos a la Playa Grande. El guardés, que era Demetrios en aquella época, encendía los fuegos artificiales. Nos sentábamos en familia sobre unas mantas de algodón, los adultos sosteniendo unos vasos con cubitos de hielo tintineantes.

En fin. Cuesta creer que yo sintiera alguna vez ese fervor patriótico, y que lo sintieran mis padres, tan instruidos ellos. Aun así, los recuerdos persisten.

. . .

Jamás se me pasó por la cabeza que hubiera algo inapropiado en mi encaje dentro de la familia, hasta una tarde de agosto de 1984. Yo tenía catorce años.

Llevábamos en la isla desde junio, viviendo en Clairmont. La casa le debía su nombre a la escuela donde Harris, nuestro padre, asistió cuando era niño. El tío Dean y mis primos se alojaban en Pevensie, llamada así por la familia de los libros de Narnia. Una niñera pasaba el verano en Goose Cottage. La casa de los empleados era para el ama de llaves, el guardés y algún que otro trabajador ocasional, pero sólo el ama de llaves dormía allí con frecuencia. Los demás tenían casa en tierra firme.

Me había pasado toda la mañana bañándome con mis hermanas y con mi primo Yardley. Comimos unos sándwiches de atún y apio de la nevera portátil situada junto a los pies de mi madre. Soñolienta a causa del almuerzo y el ejercicio, recosté la cabeza y apoyé una mano sobre Rosemary. Estaba dormitando a mi lado sobre la manta, con los brazos cubiertos de picaduras de mosquito y las piernas llenas de arena. Con ocho años, Rosemary era rubia, igual que las demás, y su cabello era una maraña de bucles. Tenía unos carrillos tiernos de color melocotón, las extremidades flacuchas y a medio formar, la cara llena de pecas, cierta tendencia a la bizquera y una risa bobalicona. Era nuestra Rosemary. Ella era mermelada de fresa, rodillas peladas y una manita encima de la mía.

Dormité un rato mientras mis padres conversaban. Estaban sentados en unas sillas plegables debajo de una sombrilla blanca, a cierta distancia. Me desperté cuando Rosemary se puso de costado y permanecí tendida con los ojos cerrados, notando su aliento bajo mi brazo.

—No vale la pena —decía mi madre—. En absoluto.

—Ella no debería cargar con eso, teniendo en cuenta que podemos arreglarlo —respondió mi padre.

—La belleza es importante..., pero no lo es todo. Actúas como si lo fuera.

—No es una cuestión de belleza. Es cuestión de ayudar a una persona que tiene un defecto. Que parece tontita.

—No te pases. No hacía falta decir eso.

—Soy práctico.

—Te preocupa lo que diga la gente. Y no debería importarnos.

—Es una cirugía menor. El médico tiene mucha experiencia.

Oí que mi madre se encendía un cigarrillo. Por aquel entonces, fumaban todos.

—Te estás olvidando de la estancia en el hospital —replicó Tipper—. La dieta líquida, la inflamación, todo eso. El dolor que tendrá que soportar.

¿De quién estaban hablando?

¿Qué cirugía? ¿Una dieta líquida?

—Ella no mastica con normalidad —dijo Harris—. Eso es un hecho. «La única salida es ir de frente.»

—No me vengas con citas de Robert Frost.

—Tenemos que pensar en el resultado. Lo de menos es cómo logre alcanzarlo. Y no le vendría nada mal parecer...

Se quedó callado un instante y Tipper se apresuró a intervenir:

—Concibes el dolor como si fuera un ejercicio o algo así. Como si fuera un simple esfuerzo. Una pugna.

—Todo esfuerzo tiene su recompensa.

Una calada al cigarro. El olor a ceniza se mezcló con la brisa salobre.

—No todos los dolores valen la pena —repuso Tipper—. Los hay que sólo provocan sufrimiento. —Hizo una pausa—. ¿Le echamos crema solar a Rosemary? Se está poniendo roja.

—No la despiertes.

Otra pausa. Y entonces:

—Carrie es preciosa tal como es —dijo Tipper—. Y tendrían que perforarle el hueso, Harris. ¡Perforarlo!

Me quedé paralizada.

Estaban hablando de mí.

Antes de viajar a la isla, había ido a ver a un ortodoncista y después a un cirujano bucal. No me afectó. No hice demasiado caso. La mitad de mis compañeros de clase llevaban aparato.

—No debería tener un hándicap —dijo Harris—. Tener la cara así es un hándicap. Merece tener el aspecto de un Sinclair: fuerte por fuera, porque es fuerte por dentro. Y si tenemos que hacer eso por ella, lo haremos.

Comprendí que iban a romperme la mandíbula.

3

Cuando por fin abordamos el tema, les dije a mis padres que no. Dije que masticaba de maravilla (aunque el cirujano bucal no estuviera de acuerdo). Dije que estaba contenta conmigo misma. Que me dejaran en paz.

Harris replicó. Con vehemencia. Apeló a la autoridad de los cirujanos, aseguró que esa gente sabe de lo que habla.

Tipper me dijo que yo era una persona encantadora, hermosa, bellísima. Dijo que me adoraba. Mi madre era una persona afable, estrecha de miras y creativa, generosa y hedonista. Siempre les decía a sus hijas lo guapas que eran. Pero, aun así, opinaba que debía plantearme la cirugía. ¿Por qué no lo dejábamos reposar? Ya lo decidiríamos más adelante. No había prisa.

Volví a decir que no, pero por dentro había empezado a sentirme mal. Había algo malo en mi cara. Mi mandíbula tenía un defecto. Parecía tontita. Basándose en una fatalidad del destino biológico, la gente haría presunciones sobre mi carácter. De hecho, yo era consciente de que ya las hacían y con bastante frecuencia. Percibía cierta condescendencia en sus voces. «¿Has entendido el chiste?», preguntaban.

Comencé a masticar más despacio, asegurándome de que mi boca permaneciera cerrada a cal y canto. Mis dientes me hacían sentir insegura, no sabía si trituraban la comida como los del resto de la gente. Su forma de encajar comenzó a resultarme extraña.

Yo ya sabía que los chicos no me consideraban guapa. Aunque era popular —asistía a fiestas e incluso me eligieron delegada en noveno curso para el consejo estudiantil—, siempre era de las últimas en ser invitadas a los bailes. En aquella época, los chicos pedían salir a las chicas.

En los bailes, mis acompañantes nunca me cogían de la mano. No me besaban, ni me magreaban en la oscuridad de la pista de baile. No preguntaban si podían volver a verme para ir al cine, como sí hacían con mis amigas.

Veía a mi hermana Penny —cuya mandíbula cuadrada carecía de importancia para ella— meterse la comida en la boca mientras hablaba. Se reía con la mandíbula abierta de par en par, sacaba la lengua y mostraba hasta el último de sus molares relucientes.

Veía a Bess —que tenía una boca más dulce y carnosa, con una mandíbula que trazaba una curvatura femenina e imponente— quejarse de los seis meses que tuvo que llevar aparato y del retenedor que vino después. Abrió el estuche azul de plástico del retenedor con un quejido, mientras Tipper le recordaba que volviera a ponérselo después de las comidas.

Y a Rosemary. Su rostro cuadrado era clavadito al de Penny, sólo que más pecoso y aniñado.

Mis tres hermanas tenían unos huesos preciosos.

4

El verano de mis dieciséis años lo pasamos en Beechwood, como siempre. Kayaks, mazorcas de maíz, veleros y sesiones de buceo (aunque no veíamos gran cosa, aparte de algún cangrejo ocasional). Organizábamos la celebración habitual del 4 de julio con bengalas y canciones. La hoguera nocturna anual, la búsqueda de limones escondidos, la fiesta del helado a mitad de verano.

Salvo que ese verano... Rosemary se ahogó.

Tenía diez años. Era la más pequeña de las cuatro.

Sucedió a finales de agosto. Rosemary estaba nadando en la playa situada junto a la Goose Cottage. La llamamos la Caleta. Llevaba puesto un bañador verde con unos bolsillos de tela vaquera. Eran ridículos. No cabía nada en ellos. Pero era su bañador favorito.

Yo no estuve presente. Tampoco nadie de la familia. Rosemary estaba con la canguro que teníamos aquel año, una polaca de veinte años. Ágata.

Rosemary siempre quería ser la última en salir del agua. Mucho después de que todos nos fuéramos a aclararnos los pies con la manguera que hay junto a la puerta del recibidor de Clairmont, Rosemary seguía nadando, si se lo permitían. No era inusual que estuviera con Ágata en alguna de las playas.

Pero, aquel día, el cielo se cubrió de nubes.

Aquel día, Ágata entró en casa a por jerséis para las dos.

Aquel día, Rosemary, que siempre fue una gran nadadora, debió de quedar sepultada bajo una ola y se vio arrastrada por la corriente.

Cuando Ágata volvió a salir, Rosemary estaba muy lejos, batallando con las olas. Se encontraba más allá de las rocas negras y afiladas que bordeaban la cala.

Ágata no era socorrista.

No tenía nociones de primeros auxilios.

Ni siquiera pudo nadar lo bastante rápido como para llegar hasta Rosemary a tiempo.

5

Después de lo ocurrido, Penny y yo regresamos al internado. Y Bess acudió allí por primera vez.

Nos separamos de nuestros padres, apenas dos semanas después de la muerte de Rosemary, para instruirnos en el bonito campus de la academia North Forest. Cuando nuestra madre nos dejó allí, nos abrazó con fuerza y nos cubrió las mejillas de besos. Nos dijo que nos quería. Y luego se fue.

Bess quedó a mi cargo. Era mi tercer año allí, pero para ella era el primero. La ayudé a decorar su habitación, le presenté a la gente, le llevé unas chocolatinas de la cafetería. Le dejaba mensajes alegres y simpáticos en el buzón.

Con Penny no había tanto que hacer. Ella ya tenía amigos y al cabo de dos semanas ya se había echado un novio nuevo. Pero yo me dejaba ver, de todas formas. Pasaba por su habitación, la buscaba en la cafetería, me sentaba en su cama y la escuchaba hablar sobre su nuevo amor.

Presté todo el apoyo que pude a mis hermanas, pero nuestros sentimientos hacia Rosemary los despachábamos a solas. En la familia Sinclair «mantenemos la compostura». «Sacamos el mejor partido de cada situación.» «Miramos al futuro.» Ésos son los lemas de Harris, y los de Tipper también.

Nunca nos habían enseñado a llorar, a enfadarnos, ni siquiera a compartir nuestros pensamientos. En vez de eso, nos habíamos convertido en expertas del silencio, domina- bamos los pequeños gestos de cortesía, la navegación y elaboración de sándwiches. Conversábamos con pasión sobre literatura y hacíamos que todos los invitados se sintieran bienvenidos. Nunca hablábamos de cuestiones médicas. Mostrábamos nuestro cariño, no con afecto ni honestidad, sino con lealtad.

«Sed un orgullo para la familia.» Ése era uno de los muchos lemas que nuestro padre repetía a menudo durante la cena. Esto es lo que quería decir: «Representadnos como es debido. Obrad así, no por vuestro bien, sino porque la reputación de la familia Sinclair exige respeto. La imagen que la gente se haga de vosotras será la imagen que se hará de todos nosotros.»

Lo repetía tanto que acabó convirtiéndose en una broma recurrente entre nosotras. En North Forest, solíamos repetirnos esa frase. Pongamos que yo me cruzaba con Penny, que estaba abrazada a algún chico, besándose en el pasillo. Entonces decía, sin interrumpirlos: «Sé un orgullo para la familia.»

Si Bess me pillaba metiendo de tapadillo una caja de galletas de mantequilla en la residencia, lo mismo.

Si Penny veía a Bess con una mancha de tomate en la camisa, lo mismo.

Si preparabas un té: «Sé un orgullo para la familia.»

Si ibas a hacer caca: «Sé un orgullo para la familia.»

Nos hacía reír, pero Harris no se lo tomaba a broma. Lo decía en serio, se lo creía, y aunque nosotras nos lo tomáramos a guasa, también lo creíamos.

De modo que no flaqueamos cuando murió Rosemary. Seguimos sacando buenas notas. Nos esforzamos en los estudios y también en los deportes. Cuidamos nuestro aspecto y nuestra ropa, asegurándonos siempre de que no se notara el esfuerzo.

El 5 de octubre, el día que Rosemary habría cumplido once años, se celebró el carnaval de otoño en la escuela. El patio estaba repleto de casetas y juegos absurdos. La gente se pintaba la cara. Había una máquina de algodón de azúcar. Dibujos psicodélicos. Un huerto de calabazas de mentira. Varias bandas escolares de música.

Yo estaba apoyada en la fachada de mi residencia, bebiéndome una taza de sidra caliente. Mis amigas del equipo de sóftbol estaban en una caseta donde podías arrojarle pelotas de semillas a un profesor de Matemáticas. Mi compañera de habitación y su novio estaban juntitos frente a una partitura, revisando la interpretación de su banda. Un chico que me gustaba hacía un esfuerzo visible por evitarme.

Por esas mismas fechas, cuando yo estaba en casa, mi madre preparaba una tarta de chocolate con glaseado de vainilla. La servía después de cenar, decorada con los motivos que quisiera Rosemary. Un año estuvo cubierta con pequeños leones y guepardos de plástico. Otro año, con violetas glaseadas. Otro, con un dibujo de Snoopy. También celebrábamos una fiesta el fin de semana. Venían todos los amiguitos de Rosemary con vestidos de gala y merceditas, emperifollados para asistir a un cumpleaños como ya no lo hace nadie.

Pero ahora Rosemary estaba muerta y parecía que mis hermanas se habían olvidado por completo de ella.

Permanecí apoyada sobre la pared de ladrillo, ajena al desarrollo del carnaval, con un zumo de manzana en la mano. Las lágrimas corrían por mi rostro.

Intenté convencerme de que ella no sabría si nos habíamos acordado de su cumpleaños o no.

Ella no podía querer una tarta. Daba igual. Rosemary ya no estaba.

Pero no daba igual.

Divisé a Bess entre una maraña de alumnos y alumnas de primer curso. Estaban pintando caras en unos globos naranjas. Bess estaba sonriendo como una reina de la belleza.

Y luego vi a Penny, con su cabello claro recogido bajo un gorro de lana, tirando de su novio mientras corría para ver a su mejor amiga, Erin Riegert. Penny arrancó un puñado del algodón de azúcar azul que tenía Erin y se lo metió en la boca.

Entonces me miró. Y se quedó quieta. Luego se acercó a mí.

—Venga —dijo—. No pienses en ello.

Pero es que yo sí quería pensar en ello.

—Ven a ver al tipo que prepara el algodón de azúcar —dijo Penny—. Es genial cómo lo hace.

—Ahora tendría once años —repuse—. Habría pedido una tarta de chocolate con alguna decoración encima. Pero no sé cuál.

—Carrie. No sigas por ahí. Es deprimente. Es como meterse en un agujero y eso no te hará ningún bien. Ven a hacer algo divertido para que te sientas mejor.

—Me contó que tenía una idea para una tarta de Simple Minds. —Simple Minds era un grupo de música—. Pero creo que Tipper le habría quitado esa idea de la cabeza. Es muy complicada. Y, además, no sé, un poco hortera.

Bess se reunió con nosotras.

—¿Estás bien? —me preguntó.

—La verdad es que no.

—Yo voto por el algodón de azúcar —dijo Penny—. Carrie tiene que hacer algo normal.

Bess echó un vistazo a sus nuevos amigos y a los chicos mayores a los que aún no conocía.

—No es buen momento —dijo, como si yo le hubiera pedido algo. Como si le hubiera pedido que se acercara—. Me están esperando —añadió.

Mis hermanas adoraban a Rosemary. Yo sabía que la querían mucho. Y que debían de lamentar su pérdida. Pero no sabía cómo abordar la cuestión con ellas. Cuando lo intentaba, como en ese momento, cambiaban de tema.

No se habían acercado para comprobar cómo me sentía.

Se habían acercado para decirme que dejara de sentirme así.

Me fui del carnaval.

Subí a lo alto del edificio de mi residencia y salí a la pasarela que bordeaba la azotea.

Saqué un rotulador de mi mochila y escribí esto sobre la desgastada barandilla de madera:

ROSEMARY LEIGH TAFT SINCLAIR
Le gustaban
Snoopy y la tarta de chocolate,
las patatas fritas y los gatos grandes,
y el grupo musical Simple Minds.
Le gustaba
su bañador verde y nadar en el océano embravecido.
Le gustaban
sus hermanas,
aunque no se la merecieran.
Hoy habría cumplido once años.
Y yo la quería.
Felicidades, Rosemary, ahora y siempre.

Cuando volvimos a casa para Acción de Gracias, Tipper nos recibió con su mejor sonrisa. Nos ayudó a deshacer el equipaje. Horneó unos pasteles preciosos e invitó a varios parientes para la cena de rigor. Harris se mostró jocoso y vehemente, quería jugar al ajedrez y hablar de libros y películas.

Lo más cerca que estuvieron nuestros padres de mencionar a Rosemary fue cuando dijeron que la casa parecía llena de vida ahora que habíamos vuelto. Había sido un otoño tranquilo.

Sé que mis padres hicieron lo que consideraban mejor: para nosotras y para ellos. Que nos recuerden nuestra pérdida es doloroso, así pues, ¿por qué habríamos de recordársela a los demás?

6

Durante las vacaciones de invierno de aquel año, Harris volvió a sacar el tema de la cirugía mandibular, esta vez como si corriera prisa. Insistió en que era necesario desde el punto de vista médico. Posponer la decisión, tal como habíamos hecho desde que tenía catorce años, sería retrasar lo inevitable. Había que resolver los problemas cuando tocaba. Intenté negarme, pero él me recordó que una de sus filosofías vitales es «no aceptes un no por respuesta».

Me vi obligada a obedecer.

Ahora que soy adulta, creo que «no aceptes un no por respuesta» es una lección que enseñamos a los niños, cuando lo que les vendría mejor aprender es que «no significa no». También soy consciente de que mi padre no quería tanto que fuera guapa como que me pareciera más a él. Pero por entonces en el fondo me sentí aliviada. Harris estaba al mando, y siempre me habían inculcado que mi padre sabía de lo que hablaba.

Dejé el colegio en febrero durante lo que iban a ser dos semanas. Los médicos me abrieron el hueso de la mandíbula e introdujeron una cuña. Reforzaron el hueso, lo desplazaron hacia delante y reacomodaron esa parte de mi esqueleto. Después me cerraron los dientes con un alambre para que todo pudiera curarse en la posición adecuada.

Me administraron codeína, un medicamento narcótico para el dolor. Me indicaron que al principio la tomara cada cuatro horas, después según la necesitara. Las pastillas me producían una sensación extraña: no me atontaban, pero me hacían percibir el dolor como si lo estuviera padeciendo otra persona.

Mi mandíbula. La pérdida de Rosemary.

Ninguna de esas cosas me dolería si me tomaba esa medicina cada cuatro horas.

La dieta líquida no estuvo tan mal. Tipper me traía yogur helado. Ya no teníamos niñera, pero el ama de llaves, Luda, se portó genial conmigo. Era de Bielorrusia, delgada como el palo de una escoba, con el pelo decolorado y una forma de maquillarse los ojos que a mi madre le parecía vulgar. Luda me preparaba unas natillas ligeras, casi líquidas, además de chocolate y dulce de azúcar.

—Tiene muchas proteínas —decía—. Es muy nutritivo.

Los perros de la familia se acostumbraron a dormir en mi cuarto por el día. *McCartney* y *Albert*, los dos golden retriever, y *Wharton*, una hembra de setter irlandés. *Wharton* tenía pinta de buenaza y era un poco tonta. Era mi favorita.

La infección se produjo una noche, sin previo aviso. Percibí cómo se extendía, por debajo del sopor de mi somnolencia medicada. Unas palpitaciones insistentes, una punzada de dolor en el lado derecho de la mandíbula.

Me desperté y me tomé otra dosis de codeína.

Me preparé una bolsa con hielo. La presioné sobre mi rostro.

Pasaron cinco días hasta que les pedí a mis padres que me llevaran al médico. Según Harris, quejarse no era un comportamiento adecuado para una persona valiente. «No aporta nada a los que te rodean —decía a menudo—. "Nunca te quejes, nunca des explicaciones." Eso lo dijo Benjamin Disraeli. El primer ministro de Inglaterra.»

Cuando comenté lo del dolor con Luda y Tipper, le quité hierro al asunto.

—Uf, este lado me está dando un poco de guerra —dije—. A lo mejor deberíamos ir a que me lo mirasen.

A Harris no le dije nada.

Cuando por fin me vio el médico, la infección se había agravado. Harris me dijo que había sido una tonta al ignorar un problema tan evidente.

—Resuelve los problemas cuando toca —me recordó—. No esperes. Grábate a fuego esas palabras.

La infección campó a sus anchas por mi organismo durante ocho semanas más. Antibióticos, diferentes antibióticos, un segundo médico, un tercero, una segunda cirugía, analgésicos y más analgésicos. Hielo. Toallas. Pudin de dulce de azúcar.

Entonces se acabó. Mi mandíbula se curó. Me quitaron los alambres. Me pusieron una ortodoncia convencional. La hinchazón había remitido.

El rostro que vi en el espejo me resultó extraño. Estaba más pálida que antes. Más delgada de lo normal. Pero el mayor cambio se había producido en mi barbilla. Ahora era más prominente, me confería un trazado recio a lo largo de la mandíbula y hasta las orejas. Mis dientes topaban entre sí de un modo con el que no estaba familiarizada —demasiado sensibles para las nueces o el pepino, demasiado débiles para masticar una costilla de cerdo—, pero estaban alineados.

Me ponía de perfil ante el espejo y me tocaba la cara, preguntándome qué futuro me había granjeado ese trocito de hueso artificial. ¿Algún chico guapo querría magrearme? ¿Me escucharía? ¿Querría entenderme? Deseaba que me vieran como una persona válida y única. Lo deseaba con ese anhelo desesperado con el que se anhela ese beso que nunca te han dado...

con un afán impreciso pero apasionado,

entremezclado con fantasías inspiradas en los besos que había visto en las películas,

combinado con las historias de mi madre sobre bailes, ramilletes y las múltiples proposiciones de mi padre.

Anhelaba el amor,

y tenía un interés en el sexo bastante apremiante,

pero también quería ser vista

y escuchada

y reconocida,
de verdad, por otra persona.
Me encontraba en ese punto cuando conocí a Pfeff. Creo que él detectó eso en mí.

Volví a clase en mayo y terminé el semestre lo mejor que pude. Retomé el sóftbol, donde siempre había sido una lanzadora contundente y un orgullo para la familia. Aquella temporada ganamos el campeonato. Regresé con mi grupo de amigos. Me esforcé mucho en Precálculo y Química, echando horas en la biblioteca para ponerme al día.

Pero no estaba bien. Pensaba de forma obsesiva en las noticias que leía en los periódicos; noticias sobre hombres que morían de sida, esa nueva crisis sanitaria. Y también inundaciones en Brownsville, Texas; familias cuyos hogares quedaron anegados. Fotografías en el periódico: un hombre acostado en una cama, en los huesos. Manifestantes en las calles adoquinadas de Nueva York. Una familia en un bote salvavidas, con dos perros. Una mujer en su cocina, sumergida en el agua hasta la cintura.

Pensaba en esas imágenes...

gente muriendo, una ciudad hundida...

en vez de pensar en Rosemary: muriéndose, ahogándose.

Esas imágenes me permitían pasar el duelo sin pararme a pensar en mi propia vida. Si no hubiera pensado en esa gente, jamás habría dejado de pensar en mi hermana.

La codeína ayudaba a atenuar esos pensamientos obsesivos. Me la recetaron varios médicos diferentes, así que contaba con un suministro aparentemente inagotable de frascos marrones en mi cajón. La enfermera del colegio me daba más, con el permiso de mis padres, cuando le decía que me dolían los dientes.

Por la noche me tomaba las pastillas para dormir. Y, a veces, la noche llegaba antes de tiempo.

Por ejemplo, antes de cenar.

Por ejemplo, antes de almorzar.

TERCERA PARTE

Las perlas negras

7

Nuestra isla se encuentra a una distancia considerable de la costa de Massachusetts. El agua es azul oscuro. A veces se divisan unos enormes tiburones blancos desde la orilla. Las rosas rugosas crecen bien aquí, y la isla está cubierta de estos arbustos. Y, aunque la costa sea rocosa, tenemos dos bonitas ensenadas bordeadas por franjas de arena blanca.

Al principio, esta tierra pertenecía a los indígenas, a quienes se la arrebataron los colonos llegados de Europa. Nadie sabe cuándo ocurrió, pero tuvo que ser así.

En 1926, mi bisabuelo compró la isla y construyó una casa en la orilla meridional. La heredó su hijo, y, cuando éste murió en 1972, mi padre y su hermano Dean. Y tenían planes.

Los hermanos Sinclair demolieron la casa que construyó su abuelo. Nivelaron el terreno allí donde fue necesario. Mandaron traer arena para las playas de la isla. Consultaron a varios arquitectos y construyeron tres casas: una para cada hermano, más una casa de invitados. Las edificaron siguiendo la estética tradicional de Cabo Cod: cubiertas a dos aguas, tejas de madera, postigos en las ventanas, porches espaciosos.

Parte del dinero para esos proyectos salió del fondo fiduciario de mi madre. El dinero de la familia de Tipper provenía (en parte, remontándose varias generaciones atrás) de una plantación de azúcar cerca de Charleston, en Carolina del Sur. En esa plantación trabajaban esclavos. Era dinero sucio.

Otra parte del dinero provino de la familia de mi padre. Los Sinclair eran propietarios de una antigua editorial en Boston. Y otra parte la aportó mi padre. Al comienzo de su carrera laboral, Harris compró una pequeña empresa que publicaba una serie de revistas literarias y de noticias.

Eso también era dinero sucio. Pero de una manera diferente. Esa historia incluye trabajadores explotados, contratos incumplidos y mano de obra infantil en el extranjero, sumado a integridad periodística y la defensa de la libertad de prensa.

Cuando los hermanos Sinclair terminaron con sus mejoras había dos muelles, un cobertizo para lanchas y una casa de empleados. Había pasarelas de madera para desplazarse de un lado a otro de la isla, y habían plantado lilas y lavanda.

He pasado aquí todos los veranos desde que tenía cinco años.

Estamos en junio de 1987. El verano que vinieron los chicos. El verano de Pfeff.

Vamos al Cabo en coche desde Boston. Gerrard, el guardés de Beechwood, nos recibe en el pueblo de Woods Hole. Ha traído una lancha motora grande. Gerrard tiene unos sesenta años, es bajito y risueño. Apenas habla, excepto con mi madre. Tipper trae preparada una batería de preguntas sobre lilas y rododendros, sobre diversas reparaciones que es preciso acometer, sobre la instalación de un tendedero nuevo. Dentro de unos días, Luda llegará en un coche de alquiler con más cosas traídas de la casa de Boston.

Con la lancha cargada, recorremos el trayecto de dos horas hasta la isla con Gerrard a los mandos. Penny, Bess y yo vamos sentadas juntas, con la melena revoloteando a nuestro alrededor.

Es el mismo trayecto de todos los años, salvo que no está Rosemary con su chaleco salvavidas naranja.

Ella no está.

· · ·

La casa Clairmont tiene el mismo aspecto de siempre: tres pisos y una torreta en lo alto. Las tejas de madera están descoloridas a causa de la brisa salobre. A ambos lados del edificio se extiende un porche amplio. Hay una hamaca en un extremo y un surtido de sillones mullidos en el otro. En el jardín hay una mesa de pícnic gigantesca, hecha a medida. Cenamos allí casi todas las noches. A los pies del jardín se yergue un arce. De una rama baja pende el neumático que nos sirve como columpio, sujeto por una gruesa soga.

Tras subir desde el muelle, Penny arroja sus maletas al césped y echa a correr hacia el columpio. Se encarama a él y se pone a girar a toda velocidad.

—Carrie, ven aquí. ¡Tienes que decirle hola al columpio! —exclama.

Vale, está bien. Me siento melancólica, estoy pensando en Rosemary..., pero acudo a pesar de todo. Corro y me monto, apoyo los pies a ambos lados de las piernas de Penny. El sonido del aire en los oídos, la sensación de vértigo... Por un momento, me olvido de todo menos esto.

—¡Ya es verano! —exclama Penny.

Cuando Bess llega desde el puente, suelta el equipaje y viene a reunirse con nosotras. Somos tan grandes que casi no cabemos, pero pasamos un rato estupendo juntas, como cuando éramos pequeñas.

En el interior de Clairmont las alfombras están desgastadas, pero han encerado las molduras. La mesa redonda de la cocina luce las indefectibles manchas y arañazos que genera una familia grande. El salón alberga varios óleos y un carrito de bar con botellas relucientes, pero el cuarto de estar resulta más confortable. En él hay un sinfín de libros y mantas, pilas de periódicos y camitas para perros de franela con un estampado de cuadros. Luego está el despacho de mi padre, repleto de sólidos muebles de piel y tiras cómicas del *New Yorker* enmarcadas; también está el taller de artesanía de mi madre, donde almacena telas para tejer colchas y tarros llenos de botones, plumas de caligrafía y cajas con bonitos artículos de papelería.

La habitación de mis padres está en el tercer piso, lejos del bullicio de sus hijas. Cuando entro allí, una media hora después de nuestra llegada, Tipper está deshaciendo la maleta, guardando camisas en un cajón. Su vestido de lino beige está arrugado a causa del viaje.

Wharton (la setter irlandés) está estirada a los pies de la cama. Me tumbo a su lado.

—Déjame sitio, tontita.

—No digas eso —me regaña Tipper—. Se va a deprimir.

—La estupidez forma parte de su encanto. —Acaricio las suaves orejas de *Wharton*—. Se está comiendo un calcetín de Harris.

Mi madre se acerca y le quita el calcetín de la boca.

—Eso no se come —le dice a la perra.

Wharton le dirige una mirada lastimera, después comienza a lamer la colcha.

Tipper pulula entre la cómoda y el tocador, entra y sale del vestidor, se acerca y se aleja de sus maletas. Cuando estuve convaleciente, a menudo nos quedábamos las dos a solas, pero, desde que acabaron las clases, sólo he visto a mi madre estando presentes mis hermanas. Tipper se cambia de vestido y se peina ante el tocador.

—Acércate. —Saca un cajón joyero, amplio pero poco profundo, revestido con fieltro negro—. Aquí guardo cosas de un año para otro. —Desliza los dedos sobre los abalorios—. De esa manera, es como recibir regalos cada vez que lo abro. Me olvido de que lo tengo y de repente exclamo: «¡Anda! ¡Qué cosa tan bonita!»

Es el típico jueguecito de Tipper. Ella busca un modo de exprimir hasta la última gota de diversión de una situación, para generar alegría y sorpresa siempre que puede.

—Este anillo era de mi abuela —me explica mientras sostiene un diamante cuadrado.

Sigue hablando a medida que señala otras joyas: jade antiguo y zafiros más recientes. Dispone los tesoros sobre la mesa para que pueda probármelos. Cada uno es un pedazo de la historia femenina de nuestra familia, que se remonta hacia el pasado a través de su linaje y el de Harris.

Una de las joyas es su anillo de compromiso, una esmeralda rodeada de diamantes. Mis padres se conocieron en el instituto Radcliffe de Harvard, donde Harris le pidió salir cuatro veces antes de que Tipper le dijera que sí. «Fue la técnica del desgaste —nos cuenta él siempre—. Vuestra madre aceptó sólo para que me callara.»

Ella se ríe cuando Harris cuenta esa historia. «La cuarta vez se te ocurrió comprar un anillo», le recuerda.

Tipper saca un collar de doble vuelta con unas perlas oscuras y relucientes, de color gris muy oscuro, con galaxias que giran en su interior.

—Tu padre lo compró para nuestro segundo aniversario, cuando estaba embarazada de ti.

Me deposita las perlas en la mano. Son resbaladizas y pesan más de lo que esperaba. Después vuelve a coger el collar y se lo cuelga del cuello, donde las perlas brillan en contraste con el tono azul del vestido que acaba de ponerse.

—Fue un regalo muy importante —añade—. Las cosas no iban bien en aquella época.

—¿Por qué no?

—Ya casi ni me acuerdo. —Alarga una mano para acariciarme la mejilla—. Pero me gustaría que te lo quedaras algún día.

—Vale.

—Las perlas negras —añade mientras las toquetea sobre su garganta— son de Carrie.

Por debajo del forro del cajón atisbo una fotografía con el borde blanco y con un tono sepia y descolorido. Sólo alcanzo a ver la esquina inferior derecha.

—¿Qué foto es ésa? —pregunto, alargando un brazo hacia ella.

Tipper me sujeta la mano.

—No es nada.

—¿Es de Rosemary?

Una mirada de dolor le nubla el rostro.

—No.

Coloco las manos por detrás de la espalda.

—Quería ver si era de Rosemary.

Mi madre me mira y por un momento creo que va a echarse a llorar, que va a prorrumpir en lágrimas por su hijita perdida. O quizá, en cambio, me dirá que no pasa nada por echar de menos a Rosemary, por pensar en ella a todas horas, como hago yo. Pero se recompone.

—¿Sabes qué? —dice—. Creo que deberías ponértelo esta noche.

Se quita el collar de perlas negras y me lo abrocha.

8

Deja que te cuente algo más sobre Penny y Bess. La gente suele decir que parecemos princesas de un cuento de hadas (occidental). Las tres rubias y esbeltas. Una copia de nuestra madre. Por eso, la gente nos encuentra atractivas. Les gustan nuestras miradas serias y nuestras risas alegres. Quizá estemos esperando a que nos rescaten, piensa la gente. Somos algodón blanco y pies llenos de arena, dinero viejo y lilas, así somos las tres. Pero resulta fácil distinguirnos.

Bess (Elizabeth Jane Taft Sinclair) tiene catorce años, y siempre va corriendo detrás de Penny y de mí. Es la hacendosa, la que quiere agradar, la mártir de la familia. Ayuda a nuestra madre en la cocina, batiendo helados y horneando tartas. Ordena sus brillos de labios por colores, tiene los tubos alineados sobre una bonita bandeja en su tocador. Apila sus camisas y jerséis en función de códigos de color.

Bess tiene acné en la frente y no lo deja en paz: se echa cremas, tónicos, alcohol, corrector. Quiere despachar ese acné, conquistarlo. En ese sentido, se parece a nuestro padre. Ha heredado su ética de trabajo y su orgullo hacia esa mentalidad, pero también su indignación cuando el esfuerzo no obtiene una recompensa clara. Bess es un estampado floral, un bote de lápices afilados, un organigrama semanal redactado con una caligrafía pulcra. No siempre resulta simpática, ni mucho menos. Pero siempre es buena.

Penny (Penelope Mirren Taft Sinclair) tiene una capacidad asombrosa para ganarse las simpatías de la gente, pese a lo egoísta que es. Todos quieren estar cerca de ella. Es la guapa de la familia, la que resalta en las fotografías. Cuando la abuelita «M» seguía viva, solía recalcar ese detalle: el magnetismo físico de Penny. «Qué hermosura», repetía a menudo, mientras se llevaba a Penny a un aparte para darle caramelos de tofe.

A mí me etiquetó como la «niña buena» y a Bess como la «pequeña ayudante».

Si mi pelo es de color mantequilla y el de Bess como el de la luz del sol a comienzos de la primavera, el de Penny es de color crema. Tiene dieciséis años y la esbelta constitución de un galgo. Cuando quiere se muestra indiferente para hacerse la interesante. No es que se mate a trabajar. Le gustan las cosas bonitas y, cuando alguien le cae mal, lo convierte en el blanco de un odio inflexible.

A Penny le gusta el orden, pero de un modo distinto que a Bess. Quiere que las cosas discurran con fluidez, sin conflictos. «Limítate a ser normal», me dice. Lo que quiere decir es esto: no te enfades, no zarandees el barco, déjate llevar. A Penny le molestan las muestras de agitación e inquietud. Se vuelve fría y callada, y esa frialdad y ese silencio la protegen de sus sentimientos. Lo que quiero decir es que Penny prefiere la calma chicha.

En cuanto a mí, soy deportista y adicta a los narcóticos.

Una líder y una doliente.

Por fuera, soy una chica de ojos grises con el pelo de color mantequilla, en este momento con la mandíbula recia y una boca repleta de alambres. Piel pálida, mejillas sonrosadas. Un poco más alta que mis hermanas, más que muchos chicos de mi edad. Poseo los andares resueltos y los hombros robustos de una excelente jugadora de sóftbol. Me planto delante de las multitudes con una sonrisa. Ayudo a a mis hermanas a resolver sus problemas. Ésas son las cualidades que cualquiera puede observar a simple vista.

Pero mis entrañas están compuestas de agua salada, madera deformada y clavos oxidados.

9

El día después de nuestra llegada, me levanto a las seis de la mañana. Me pongo un jersey encima del camisón, porque las mañanas son frías en Beechwood. Cuando me dirijo al piso de abajo a por un café, me detengo junto a la puerta de la antigua habitación de Rosemary.

La han vaciado. Las literas están hechas con esmero, cubiertas por colchas antiguas de la colección de mi madre. Rosemary dormía en la litera de arriba junto con unos treinta animales de peluche, en su mayoría leones. Pero ya no están aquí. Ni siquiera su león favorito, uno blandito y blanco llamado *Shampoo*.

Tampoco están los libros de Rosemary: viejos álbumes ilustrados y novelas infantiles, antologías de cuentos de hadas. Han desaparecido sus Barbies, esa especie de espiral para pintar, su bola mágica. Los estantes empotrados de la habitación albergan unos cuantos adornos que no recuerdo haber visto allí: un jarrón verde y blanco, varios libros sobre botánica. Cuando abro el armario, está vacío a excepción de unas cuantas mantas dobladas meticulosamente.

Tipper ha debido de esforzarse mucho para quitar de la vista cualquier recordatorio de Rosemary, a fin de ahorrarle disgustos a cualquiera que se aventure aquí sin darse cuenta.

Me subo a la litera de arriba, en la que dormía mi hermana.

Tendría que haber jugado más a «la familia de leones» con ella.

Tendría que haberle hecho más trenzas de raíz, aunque Bess se encargaba de eso.

Tendría que haber preparado más galletas con ella, aunque a veces lo hacía.

Rosemary era esa cría que quería subir y bajar por las escaleras del porche un millar de veces, levantando siempre primero la pierna derecha, seguida de la izquierda. La niña de cuatro años con tutú que corría por las pasarelas con una varita mágica. La niña de siete años con aletas y gafas de bucear que pegaba pisotones con frustración al ver que nadie quería llevarla a la playa. La niña de diez años con una pila de novelas muy sobadas de Diana Wynne Jones; la que pedía repetir la tarta de ruibarbo con fresas; la que horneaba galletas salpicadas con pepitas de tofe; la que me exigía que le leyera cuentos de hadas, aunque ya era mayorcita como para leerlos sola.

—¿Cuándo ha despejado esto mamá?

Penny está junto a la puerta. Acaba de levantarse y tiene el pelo rubio enmarañado. Lleva unos pantalones de chándal cortos y verdes de North Forest, una vieja camisa beige y esas pantuflas entrañables que tienen caritas de cordero en las puntas de los dedos.

—No lo sé. Puede que se encargara Luda en otoño.

—Necesito un café —dice Penny. Pero se sube a la litera de Rosemary, a mi lado.

Sé que no quiere hablar de nuestra hermana. Ni de sentimientos. Nunca quiere hablar de eso. Si le insistes se pone hecha una furia, así que prefiero guardar silencio.

Penny pone los pies en alto, sin quitarse las pantuflas de corderitos, que tocan el techo.

Yo también levanto los pies, enfundados en unos calcetines azules y elásticos.

Movemos a la vez los dedos de los pies apoyados en el techo.

—¿Te apetece que vayamos a buscar tesoros al desván? —le pregunto, pues acabo de tener una idea—. Podríamos buscar esos libros antiguos. O algún juego. A lo mejor nos apetece quedárnoslos.

No menciono las demás pertenencias de Rosemary: su ropa, sus leones de peluche y esas cosas.

—No me importaría echar una partida al *Cluedo*.

—Y encontrar los libros de Diana Wynne Jones —añado.

—Eran muy bonitos —dice Penny—. No me importaría releer alguno de esos libritos.

Subimos sin hacer ruido hasta el piso de mis padres. Al final del pasillo hay una puerta que conduce a una estrecha escalera de madera. Lleva hasta el ático, la torreta. Es una habitación hexagonal con dos ventanas y suelo de madera, pero en ella suele hacer un calor sofocante, así que Tipper la utiliza como zona de almacenaje.

El cuarto huele a polvo y a madera. Hay un par de alfombras enrolladas. Hay baúles y cajas de cartón cuidadosamente etiquetadas con la caligrafía de nuestra madre. Tal como esperaba, hay un puñado de cajas nuevas pegadas a una pared, cerradas con cinta de embalar.

Penny y yo dedicamos la siguiente media hora a examinar sus contenidos. Saludo a *Shampoo* y a los demás leones de peluche, a los pantalones cortos y las camisetas de Rosemary. Cómo la echo de menos. Pero no quiero que Penny se vaya, así que me apresuro a cerrar esas cajas. En vez de eso, me concentro en los juegos. Encontramos el *Cluedo*, el *Scrabble* y la bola mágica. ¿Queremos el espirógrafo para algo? No.

Penny zarandea la bola mágica, mientras yo rebusco un poco más.

—¿Me voy a enamorar? —le pregunta.

«Prefiero no decírtelo ahora», responde.

—¿Al menos me enrollaré con alguien? ¿Este verano? ¿Con quien sea?

«No está claro. Prueba otra vez.»

—Ugh. ¿Habrá besos o no? —pregunta, exasperada.

«Todo apunta a que sí.»

—Eso está mejor —dice Penny.

Los chicos han hecho cola para llamar su atención desde que empezó a estudiar en North Forest, pero Penny asegura que nunca ha estado enamorada de ninguno. «Algunos eran muy guapos —me dijo en una ocasión—. Pero eran demasiado idiotas como para enamorarse de ellos.»

Es injusto que Penny posea semejantes belleza y magnetismo, como si unas hadas madrinas le hubieran concedido esos dones al nacer, y que encima los valore tan poco. Ha besado a tantos chicos que ya ha perdido la cuenta, es la primera a la que invitan a todos los bailes, nunca está sola a no ser que quiera estar sola. Se la valora por la gracia de sus pómulos, por el azul de sus ojos, por la longitud adicional de su cuello. Y ésa es la única forma que conoce de estar en el mundo.

—¿Carrie se va a enamorar? —le pregunta a la bola mágica.

«Yo diría que sí.»

—Ooh, Carrie, te vas a enamorar.

—No ha dicho cuándo —le recuerdo—. Puede que me enamore cuando cumpla los treinta.

—¿Carrie se enamorará este verano? —le pregunta Penny a la bola mágica.

«Dalo por hecho.»

—No hay nadie de quien enamorarse —le digo a la bola—. Y tampoco hay nadie a quien pueda besar Penny.

—Eso es cierto —se lamenta mi hermana.

En ese momento no sabemos que van a venir los chicos. No sabemos que lo pondrán todo patas arriba, que nos sacarán de quicio, que cambiarán el concepto que tenemos de nosotras mismas y pegarán un vuelco a nuestras vidas, como dioses ebrios que juegan con el destino de los mortales.

Pero las dos tenemos ganas de cambios.

Penny sigue haciéndole preguntas absurdas a la bola: «¿Conseguiré aprenderme la tabla periódica?» «¿Me casaré con Simon Le Bon?» Es el cantante de una banda que le gusta. «¿Bess es la tía más cansina del mundo o existe alguien más pesado?» «¿*Wharton* superará su miedo a las gaviotas?»

Nos agenciamos el *Cluedo*, el *Scrabble* y un *backgammon*, además de unas cuantas novelas raídas de Wynne Jones. Por último, abrimos una caja con los cuentos de hadas de Rosemary. Muchos de ellos son antiguos, pertenecieron a mi padre cuando era pequeño, que a su vez los heredó de su madre. Son enormes, tienen unas ilustraciones cargadas de misterio. Los capítulos se inician con letras llenas de florituras. Éstos son los libros que yo solía leerle a Rosemary antes de dormir.

—Mamá nos los leía a Bess y a mí. —Penny acaricia el libro situado en lo alto de la pila—. Pero no recuerdo que se los hubiera quedado Rosemary.

—Pues así fue.

—Espero que no le dieran miedo. Algunos son muy sangrientos.

—Nunca le asustaron los cuentos.

Me llevo los libros a mi habitación. Después voy con Penny al piso de abajo, donde Tipper ha preparado unas magdalenas de zanahoria con pasas, nueces y ralladura de coco. Nos tomamos un café con leche y comemos magdalenas calientes en el porche, donde el sol ya calienta.

Le doy una paliza a Penny al *Scrabble*.

10

—Carrie —me llama Bess desde la orilla cuando llego a la Playa Grande—. Te necesitamos.

Mis hermanas repiten esa frase a todas horas. Lo dicen porque soy la mayor. En este caso, me necesitan para poner la sombrilla, un enorme artilugio de color blanco con un mecanismo enrevesado, pero todo comenzó con un «te necesitamos» para atarnos los zapatos. Eso se transformó en un «te necesitamos» para jugar a las sirenas con nosotras, pasó a ser un «te necesitamos» para recortar muñecas de papel, y dejó paso a un «te necesitamos» para decirle a la niñera que no queríamos pintar la mesa del comedor.

En fechas más recientes, evolucionó a un «te necesitamos» para que nos enseñes a depilarnos las piernas, para ayudar a Bess a redactar un trabajo o para lograr que readmitan a Penny en el equipo de tenis después de haberse saltado tantos entrenamientos. Para ayudar a Penny a hacer la maleta cuando la ha dejado para el último momento, para convencer a Tipper de que le deje a Bess ponerse el vestido escotado que quiere, para desviar los rumores que corren por la escuela ahora que Penny ha cortado con Lachlan, dos semanas antes de que termine el trimestre. «Te necesitamos» significa que mis hermanas me quieren, que confían en mí, que me admiran.

Después de plantar la sombrilla, las tres nos pasamos la mitad del día tumbadas debajo. Nuestros padres aparecen de vez en cuando y Gerrard se pega un chapuzón durante su descanso, pero mis hermanas y yo hemos montado el campamento. Dos toallas de algodón estampado extendidas de un extremo al otro. El parasol nos da sombra. Tenemos fresas, moras, bocadillos de jamón y queso brie y galletitas de mantequilla. Una nevera portátil para las bebidas. Una pila de revistas y un radiocasete que sólo encendemos cuando nuestra madre no anda cerca. Detesta la música en la playa.

Escuchamos cintas de Terence Trent D'Arby, Pet Shop Boys, R.E.M., Duran Duran. Nos tumbamos boca arriba y bailamos moviendo brazos y piernas.

Cuando nos bañamos, lo hacemos juntas. No nos lo decimos, pero ninguna de nosotras se mete sola en el agua.

—Tipper tiene una fotografía secreta escondida en su cajón joyero —les digo a mis hermanas mientras nos recostamos sobre las toallas, chorreando y jadeando. No quería contárselo, pero se me escapa.

—¿Una foto de quién? —Bess pone los ojos como platos.

—No la vi —respondo—. Sólo una esquina. La escondió para que no pudiera verla.

—Seguro que es de Rosemary —dice Penny.

—Si fuera de Rosemary, me habría dejado verla. Le pregunté si era ella.

—Puede que no. Si pensaba que te pondrías triste al verla.

—A lo mejor es del tío Chris —dice Bess.

El hermano de mi madre, Christopher Taft, se largó a Sudamérica con una mujer bastante mayor que él. Eso es lo único que nos han dicho. Ninguna de las hermanas llegamos a conocerlo y, que yo sepa, Tipper nunca más ha oído hablar de él. Sus padres «se desentendieron de Chris», eso es lo que solía decir nuestra difunta abuela «M».

—Ah, sí, Christopher —dice Penny—. ¿Queréis que vayamos a echar un vistazo?

—¡Ooh, sí! —exclama Bess.

—No podemos fisgar en sus cosas. —De repente, me preocupa que suban corriendo al piso de arriba y saquen la fotografía, dejando un rastro de arena y causando un estropicio en el cajón joyero de nuestra madre.

—No debería ocultarnos cosas —replica Bess con un mohín—. Tenemos derecho a ver sus fotos.

—Venga, Carrie —insiste Penny—. Si no tuvieras curiosidad, no nos lo habrías contado.

—Podríamos colarnos en su cuarto cuando esté entretenida en el jardín —añade Bess—. Tú podrías vigilar, mientras Penny y yo birlamos la foto.

—No —replico, tajante. No quiero que hagan enfadar a nuestros padres—. ¿Y si es una foto de Harris y ella desnudos?

—Puaj, no. —Penny saca la lengua.

—Qué asco —dice Bess—. Pero no creo que sea eso.

—Jamás podríais borrar esa imagen —insisto.

—Vale, está bien, lo que tú digas —consiente Penny—. Pero el tema lo has sacado tú.

11

Por la noche, Tipper corta unas flores estivales tempranas del jardín de la cocina. Viste la mesa de pícnic con un tapete que se extiende por el centro. Lleva puesto un delantal blanco e impoluto y prepara salmón a la parrilla. Hay unas rodajas redondas de limón en los vasos. Después de cenar, como Luda no ha llegado aún, mis hermanas y yo ayudamos a fregar los platos.

Más tarde, Penny sustrae una botella de vino de la bodega. Yo me agencio un sacacorchos y nos sentamos en el porche de Pevensie, la casa del tío Dean.

Pevensie no es tan grande como Clairmont. Ofrece vistas a las pistas de tenis recién construidas y a las pasarelas de madera que se extienden de un lado a otro. A lo lejos, se divisa el muelle familiar. La pequeña lancha motora (*Tragona*) está amarrada allí, y también el velero. La lancha grande suele estar en el muelle de atrás, el que utilizan los miembros del personal.

Servimos el vino en unos vasos de papel y charlamos sobre todo del colegio, a pesar de que por fin nos hemos librado de él. Erin Riegert, la amiga de Penny, llega mañana para una estancia indefinida. Las dos eran inseparables en North Forest.

—Espero que no me odie cuando llegue aquí —dice Penny, pensativa.

—¿Por qué debería odiarte? —inquiero.

—Es imposible —dice Bess.

—Erin vive en un piso, sola con su madre. Creo que le dieron una beca.

—¿No sabes si está becada?

—Sí, está becada. ¿Vale? Está becada.

—Ojalá hubiera podido traerme a una amiga —dice Bess.

—Podrías haber invitado a alguien —replica Penny.

—Mamá me dijo que no. Dijo que habría demasiada gente y que este año te tocaba a ti.

Típico de Tipper. Nunca ha intentado repartir las cosas de un modo equitativo entre sus hijas. En vez de eso, determina que es el turno de alguien, o que ese alguien es la reina del día.

—Puedes venir con nosotras a montar en kayak —le dice Penny a Bess—, bajar a la playa y todo eso. Podemos preparar helados con la máquina. Pero si Erin y yo estamos jugando al tenis, o queremos estar a solas en mi cuarto, o si nos vamos a Edgartown, tendrás que dejarnos y marcharte a hacer tus cosas.

—Qué mala eres —dice Bess, mientras se sirve más vino en el vaso.

—No —replica Penny. Ése es su procedimiento habitual: negar categóricamente haber herido los sentimientos de alguien—. Te he dicho un montón de cosas que puedes hacer con nosotras. El resto del tiempo, puedes pasarlo con Carrie.

—Carrie estará con Yardley —protesta Bess.

Y es cierto. Nuestra prima Yardley es un año mayor que yo, y cuando viene, pasamos mucho tiempo juntas.

Se ha hecho tarde, así que regresamos a Clairmont, pero cuando nos acercamos a la casa vemos que nuestros padres están sentados en el porche. Se oye la melodía de un disco de vinilo a través de la puerta mosquitera que conduce al comedor. Música clásica, un cuarteto de cuerda.

—Oh, mierda. El vino.

Tengo la botella vacía en la mano. Bess lleva los vasos de papel.

—Si lo ven, nos tendrán castigadas todo el verano —dice Penny.

—Lo sé —añade Bess, aunque no sabe nada—. ¿Y si lo arrojamos por el borde?

Se refiere al borde de la pasarela de madera sobre la que nos encontramos. Por debajo hay hierba y arbustos de rosas rugosas.

—No —dice Penny—. Alguien la encontrará y sabrá que hemos sido nosotras.

—Podemos meterla debajo de la pasarela —propone Bess.

—Chsss. —Las hago callar—. Tengo una idea.

Hago que vuelvan sobre sus pasos.

—¿Adónde vamos? —pregunta Bess.

—Ya lo verás.

Ver cómo me sigue con los ojos como platos es divertido. Me arropo en esa sensación como si fuera un jersey calentito. Fui yo la que consiguió que esa chica malvada del equipo de fútbol dejase en paz a Bess en el vestuario. Fui yo la que tuvo la idea de decirles a nuestros padres que Penny iba a visitar a Erin cuando quería salir por ahí con Lachlan. Fui yo la que consiguió que la readmitieran en el equipo de tenis. En ese sentido, me parezco a mi padre. Él siempre encuentra la salida a todas las situaciones. Es un solucionador de problemas.

Nos dirigimos a Goose Cottage. Es una casa pequeña comparada con las demás, con cuatro dormitorios coquetos con techos abuhardillados y una cocinita con lo básico. Ahora mismo no se aloja nadie allí.

Abro la puerta —nunca cerramos con llave en la isla— y meto la botella de vino en el cubo de reciclaje que hay allí. Le quito los vasos de papel a Bess, los enjuago y los tiro a la basura.

—Problema resuelto.

Nos adentramos en el salón vacío, tocando objetos conocidos y familiarizándonos de nuevo con la estancia. Las ventanas dan al mar. La televisión está cubierta de polvo.

«Hey, hey, hey, hey.» El viento transporta un sonido. Casi parece una voz, muy suave. Canturrea las palabras. Apenas un susurro.

—¿Qué ha sido eso? —pregunta Penny.

«Hey, hey, hey, hey», se oye de nuevo.

—Parece un gato —dice Bess.

—No puede haber ningún gato en la isla —replico—. ¿Cómo habría llegado hasta aquí?

—Podría ser de Gerrard —aventura Bess.

—Él no vive aquí —respondo—. Casi todas las noches se va a su casa.

—No es un gato —dice Penny—. Suena como si fuera... Rosemary.

«Hey, hey, hey, hey.» Es un sonido melodioso, como el arranque de una canción de Simple Minds que se hizo famosa hace un par de veranos.

—A ella le encantaba esa canción —dice Bess—. Madre mía. Se pasaba el día cantándola.

Penny empieza a canturrear un fragmento. «La, la, la, la, la. La, la, la, la.»

—No seas macabra —le digo a Penny con brusquedad—. Vas a asustar a Bess.

—Ya estoy asustada —dice mi hermana—. ¿A vosotras no os recuerda a Rosemary?

Un escalofrío me recorre el cuerpo.

Pero yo no creo en los fantasmas. Y estamos un poco borrachas. No hay motivos para ponerse nerviosas.

—¡Buuuuuuu! —exclama Penny—. En la casa de invitados, nadie puede oír tus gritos.

—¡Penny! —grita Bess.

—Déjalo ya, Penny —la regaño—. Será una gaviota que está buscando a su pareja. O una foca o algo así. Tenemos que enjuagarnos la boca. Seguro que hay pasta de dientes en el baño de arriba.

Mis hermanas me siguen por las escaleras. Encendemos la deslumbrante luz del cuarto de baño y el extractor se pone en marcha, acallando los sonidos del mar y lo otro, sea lo que sea.

La pasta de dientes está endurecida y tiene un tacto desagradable por llevar todo el año dentro del armarito de las medicinas. La estrujamos para echarnos un poco en el dedo índice y nos frotamos los dientes y la lengua, eliminando el rastro de vino de nuestro aliento.

Bess está atolondrada, ahora que se le ha pasado el susto, y el vino se le ha subido a la cabeza.

—Qué malas somos —dice—. Y ya vamos a ir todas al instituto. Saldré por ahí con vosotras. Erin vendrá aquí. Qué divertido, ¿verdad? Este verano va a ser el mejor.

Me enfurezco de repente.

—Basta. —Agarro a Bess por los hombros, con fuerza—. No digas eso.

—¿El qué?

—Lo de que será el mejor verano.

—Yo sólo...

—No es el mejor verano.

—Yo sólo quería decir que..., que será divertido, nada más. Quedarnos despiertas hasta tarde, colarnos en la casa de invitados.

—Rosemary no está. —Acerco mi rostro al suyo—. ¿Qué quieres decir con que será el mejor verano? Ella no está.

—Lo siento. Es que...

—No puedes borrarla de un plumazo y quedarte tan tranquila. ¿Cómo puedes ser así?

—No iba en serio —susurra Bess—. Sólo era por decir algo.

—Déjale que tenga ilusión con el puñetero verano —dice Penny, mostrando indiferencia, mientras se aplica brillo de labios en el espejo del baño—. Deja que sea feliz un rato. No te pases, Carrie.

—Eso —dice Bess, animándose ahora que Penny la defiende—. Deja que mire hacia delante.

—Tú siempre tan melodramática —dice Penny—. No tiene nada de malo que sea feliz. Es mejor estar feliz que acabar hecha, no sé, un mar de lágrimas. ¿Me equivoco?

Eso se lo dice a Bess, que asiente.

—No deberías decirme cómo debo sentirme, Carrie —alega—. Siempre me estás diciendo lo que debo sentir.

—Está bien. —Cedo de inmediato. Éstas son las hermanas que me quedan—. Entiendo lo que decís.

Cuando salimos al porche de Goose Cottage, aguzo el oído para captar ese sonido, ese «hey, hey, hey, hey». No puedo evitarlo.

Pero ha desaparecido.

Nos dirigimos a la cocina de Clairmont, donde asaltamos el congelador. Encontramos una tarrina de helado de chocolate y otro de menta con pepitas de chocolate.

Nos sentamos a la mesa de la cocina y hundimos las cucharas directamente en los envases.

12

Me tomo la codeína para conciliar el sueño. El sonido del mar al romper en la orilla me resulta estridente y extraño mientras permanezco tumbada en la cama.

Cuando por fin me duermo, sueño que Rosemary está subiendo a gatas por las largas escaleras que emergen de la Caleta. Tiene el pelo mojado y lleva el bañador verde, el de los bolsillos. El mismo con el que se ahogó.

Al principio ella me da miedo, en el sueño. Es un fantasma que emerge del mar, de regreso a un lugar donde nadie la quería lo suficiente como para mantenerla a salvo.

Pero sí que la queríamos.

Siempre la quisimos.

Siempre la querré.

—Te quiero, Rosemary —le digo.

Y en mi sueño, cuando Rosemary llega a lo alto de la escalera, está sonriendo. Se alegra de verme.

—Hey, hey, hey, hey —canturrea.

Se tumba sobre la pasarela, deja unas marcas sobre la madera seca con el bañador mojado. Extiende los brazos sobre la cabeza.

—La, la, la, la, la. La, la, la, la.

Cuando me despierto, el sol se filtra entre las oquedades de las cortinas.

He vuelto a despertarme temprano, a pesar de las pastillas.

Y Rosemary está arrodillada en la alfombra, vestida con un camisón veraniego y floral, con las pantuflas de corderitos de Penny.

13

Tiene delante el tablero de *Scrabble*, el mismo que Penny y yo dejamos en el porche ayer por la mañana. Tararea en voz baja mientras forma palabras con las fichas. «Tortita», que se entrecruza con «tiburón», que se entrecruza con «barniz», que a su vez se entrecruza con «calabaza».

La observo.

Es clavadita a la Rosemary de antes. Tiene la piel bronceada y pecas en la nariz. Su cabello trigueño está salpicado de mechones más claros. Tiene a su lado una bolsa de patatas fritas de la que va comiendo, abstraída.

Sé que está muerta.

Yo no creo en los fantasmas.

Pero tampoco pienso que se trate de una alucinación.

—Buenos días —dice Rosemary sin alzar la mirada.

—Hola, florecilla. —La observo, asombrada—. ¿Cómo has llegado aquí?

—Te echaba de menos —responde—. Por eso he vuelto un rato. —Me sonríe y levanta la bolsa—. Estoy desayunando patatas fritas.

Patatas fritas para desayunar: es algo que hicimos juntas en una ocasión. Resulta casi imposible conseguir comida basura en esta casa por la mañana, porque nuestra madre y Luda siempre madrugan para freír beicon y exprimir zumo de naranja. Ponen la NPR en la radio de la cocina y trajinan de acá para allá, como si fueran amigas. Bueno, Luda es la única que saca la basura a los cubos situados junto a la casa de los empleados; es la única que limpia la grasa de los fogones. Y Tipper es la única que decide los menús. Pero parece que se lo pasan bien juntas en la cocina.

El caso es que, una mañana, cuando Rosemary tenía siete años, se despertó a las cinco de la madrugada y por alguna razón vino a buscarme. Bajamos de puntillas por las escaleras y nos preparamos un té con un montón de leche y azúcar. Sacamos dos tipos de patatas fritas de la despensa: unas onduladas con sabor a salsa ranchera y otras normales que sólo tenían sal. Nos fuimos con las patatas y las tazas de té al muelle familiar. Vimos el amanecer. Rosemary quería que cantásemos esa canción que ella llamaba *Billie Jean Is Not My Lover*, y así lo hicimos. Le gustaba esa canción. No sabía de qué iba.

Desde entonces, a menudo me preguntaba si podíamos desayunar patatas fritas. A veces le decía: «Despiértame temprano y lo haremos», pero ella nunca venía lo bastante pronto. Tipper y Luda siempre estaban en la cocina. Otras veces le decía: «Buf, no, florecilla. Quiero dormir un rato más. Come un huevo y sé un orgullo para la familia. ¿Vale?»

Ahora me arrepiento de cada vez que le dije que no. Pero ¿acaso no es así como se siente la gente cuando muere alguien? Es un tópico. Ojalá hubiera hecho esto. Qué lástima que no hiciera lo otro.

—Fuiste una buena hermana —dice Rosemary, como si me leyera el pensamiento—. No habría vuelto por Bess, ni por Penny. Ni siquiera por papi, ni por madre.

Me incorporo y me froto los ojos.

—Tú quieres a nuestros padres.

—Vale, también habría vuelto por madre —se corrige—. Porque es nuestra madre. Anoche fui arriba y la vi.

—¿De veras? ¿Y cómo fue?

—Hum.

—¿Qué significa «hum»?

Se pone a juguetear con un mechón de su pelo.

—Pasó de mí.

—¿Qué?

—Mamá... Pensé que querría verme. Pero no fue así.

Rosemary gatea por encima del tablero de *Scrabble*, deshaciendo todas las palabras que acaba de formar.

—¿Vas a subirte a mi regazo? —pregunto.

—Sí.

Es demasiado grande, pero aun así lo hace. La estrecho entre mis brazos. Su cabello enmarañado huele a acondicionador y a agua salada. Su cuerpo parece sólido, no fantasmal en absoluto. Está respirando. Nos quedamos abrazadas un rato.

—Mamá me vio y se fue sin más —dice al fin—. Dio media vuelta con cara de susto, o eso me pareció, salió de su habitación y cruzó el pasillo. La seguí porque pensé que a lo mejor me abrazaría, que se echaría a llorar o se pondría contenta, pero cuando llegó a lo alto de las escaleras, antes de bajar, se dio la vuelta. Dijo: «Por favor, no me sigas. No me visites y no me sigas. Tengo que mantenerme entera. Por el resto de la familia.»

—Oh, florecilla.

—Se asustó de mí.

—Mamá te quiere. Lo que pasa es que... Ella te quiere —insisto.

—Supongo. —Rosemary se baja de mi regazo, coge la bolsa de patatas fritas y se sienta a los pies de la cama—. ¿Me lees un cuento?

—¿En serio? —replico—. ¿Vuelves de entre los muertos y, tras un abrazo rápido de reencuentro, quieres un cuento?

—Sí.

Experimento una sensación tan intensa de que nada de lo sucedido durante el último año llegó a ocurrir, que me toco la mandíbula para confirmar la operación.

—Te noto cambiada... Estás genial... Es un poco raro... Pero me acostumbraré —dice Rosemary, que va entrelazando frases mientras pone los ojos en blanco.

—Gracias.

—¿Te dolió? —me pregunta—. Porque morir duele un montón, pero sólo un ratito, después todo fue bien. Lo peor fue el miedo a estar muriéndome. Y cuando te vi la cara antes de que te despertaras, esa cara cambiada, pensé que seguramente te dolería mucho más que a mí, ¿no?

—Sí, me dolió. —Me alegro mucho de que ella no sufriera.

—Vamos, que lo que te hicieron en la cara duele mucho más que morirse.

Me río.

—Venga, lee de una vez. —Rosemary agarra un cuento de hadas y me lo da—. Ya sabes cuál quiero.

14

El cuento que quiere es «La Cenicienta». Siempre fue su favorito, aunque Tipper y yo a menudo intentábamos que eligiera otro. Porque es la típica trama del matrimonio, una de esas historias en las que la mejor recompensa para una niña buena es un príncipe agraciado. Incluso a Tipper le parecía anticuado. Pero a Rosemary le encantaba.

—¿Por qué te gusta «La Cenicienta»? —le pregunté en una ocasión.

—Por la ropa bonita y las fiestas. También me gusta la parte de la calabaza —respondió—. La calabaza es lo mejor.

De modo que leo «La Cenicienta» en voz alta, asombrada de haber accedido a hacerlo, en un intento por prolongar este momento insólito e íntimo.

Cuando termina el cuento, Rosemary se levanta.

—Adiós por ahora, Carrie. Estoy cansada.

Sale por la puerta de mi habitación, como si fuera un día como cualquier otro.

Yo me quedo sentada con el libro en la mano.

Las fichas de *Scrabble* están desperdigadas sobre la alfombra. La bolsa de patatas está vacía.

En nuestra familia siempre nos han gustado mucho los cuentos de hadas. Hay algo horrendo y verdadero en ellos.

Duelen, resultan extraños, pero no podemos parar de leerlos, una y otra vez.

Ahora quiero contarte el cuento favorito de Rosemary. Mi versión.

Quiero contarte este cuento, porque me parece una forma de contar la historia de mi familia y del verano en que tenía diecisiete años. De momento, no he encontrado otra manera de explicar lo que sucedió.

La Cenicienta

En una casa viven tres hermanas.

Dos de ellas son muy guapas, pero tienen un corazón perverso.

La tercera, su hermanastra —Cenicienta—, no sólo es guapa, sino también buena y trabajadora.

Sufre toda clase de penurias. Friega el suelo con las manos arrodillada. Tiene el rostro y las manos cubiertos de ceniza. Las uñas renegridas a causa del hollín.

Un día, el príncipe anuncia un festival con bailes y celebraciones que se prolongarán durante días. Habrá música y manjares de todo tipo.

Por supuesto, todo el mundo quiere asistir.

Cenicienta también quiere ir, pero para ella lo más importante es que sus hermanas la acepten. ¿Podría ir al festival con ellas? ¿Por favor?

La respuesta es no. Las hermanas, vanidosas y consumidas por su propia vida interior,

indiferentes al sufrimiento de los demás,

ebrias del ardiente licor del deseo de la aprobación parental,

desesperadas por sentirse queridas y valoradas...,

ven a Cenicienta como una competidora.

La madrastra le dice a Cenicienta que no puede asistir al festival, porque no tiene qué ponerse. Se marchan sin ella.

Así que Cenicienta acude a la tumba de su difunta madre. Por encima de la lápida, hay un pájaro encaramado a un avellano. El pájaro arroja un vestido dorado para que se lo ponga.

Todos sabemos cómo continúa la historia. Después de bailar con el príncipe, Cenicienta se va corriendo. Huye de él, porque se avergüenza de ser la hermana manchada de ceniza a la que nadie quiere.

Se le cae un zapatito.

El príncipe lo recoge y sale en pos de su dueña.

Cuando llega hasta la casa buscando a la mujer cuyo pie encaje en ese calzado, las hermanastras intentan ganarse su afecto. Se mutilan los pies, intentan agradar a su madre (que quiere casarlas bien) y confían en encontrar el amor.

Una de ellas se corta el dedo gordo del pie.

La otra se rebana el talón.

Introducen sus pies despedazados en el zapato, pero la sangre siempre se filtra. El príncipe se da cuenta de que en realidad no es de su talla.

Cuando el príncipe pregunta si la tercera hija puede probarse el zapatito, su propio padre responde que ella no es más que la «pequeña y deforme Cenicienta».

Aun así, se lo prueba, y su pie entra con facilidad en el zapatito manchado de sangre. La joven no tiene nada de deforme.

El príncipe la reconoce y se la lleva para casarse.

Ésta es mi historia.

Es decir, yo soy Cenicienta.

Soy la hermana buena,

la intrusa,

la que se lamenta.

Al igual que yo, Cenicienta deja atrás la deformidad para alcanzar la belleza y el ascenso social.

Su nuevo aspecto es mi nuevo aspecto.

Pero también soy una hermanastra.

Soy vanidosa y estoy consumida por mi vida interior,

ebria del ardiente licor del deseo de la aprobación parental,

desesperada por sentirme querida y valorada,

automutilada,

veo a mis hermanas como competidoras.

Ensangrentada.

CUARTA PARTE

Los chicos

15

Un par de días después de la aparición de Rosemary, mi tío Dean llega a la isla con sus hijos, Yardley y Tomkin (nombre de pila: Thomas). También trae consigo a Erin Riegert, la amiga de Penny. Gerrard los transporta a todos en la lancha grande, que tiene un camarote en la parte de abajo.

Dean es un vividor. Reside en Filadelfia. Es abogado, aunque no parece que trabaje demasiado.

Cuando se divorció hace ocho años, dejó que su mujer se quedara con los niños durante el año. Dean los tiene en verano y los trae a la isla. Es el padre divertido que trata de compensar el tiempo perdido. Cuando está aquí, Luda le lava la ropa, vacía el lavaplatos y escurre los restos de jabón de la bañera, pero Dean siempre ha sido el adulto que más cosas hace con nosotros, los niños. Está encantado de llevarnos a navegar o acompañarnos a Edgartown a tomar un helado, cuando Tipper está ocupada con las labores domésticas y Harris está al teléfono con su oficina. Cuando viene a la isla, Dean parece estar totalmente de vacaciones. Juega en el agua con Tomkin. Vive a lo grande, bebe cerveza, da palmadas en la espalda a la gente.

Mi padre y él son los dueños de Beechwood, pero hoy Harris recibe al tío Dean como si fuera un invitado. El barco llega a mediodía. Todos bajamos al muelle.

—¡¿Dónde te habías metido?! —exclama Harris con júbilo mientras Dean desembarca—. Hemos tenido que empezar el verano sin ti.

—Los negocios se complicaron —responde—. ¿Hay algo para comer? Me zamparía un buey.

—Hay sándwiches y patatas fritas —responde mi madre—. Estará todo listo en Clairmont dentro de una hora.

—¿Y esa ternera en lonchas con rábanos picantes que tanto me gusta?

—Servida en pan de masa madre. Y ensalada de atún. Si no puedes esperar, tienes la nevera llena.

Pevensie había sido aireada, limpiada y reabastecida.

—Tomkin tiene que hacer pis —dice Dean—. Bess, ¿puedes acompañarlo tú?

—Puedo ir solo —replica Tomkin.

Es flacucho y pecoso, con el pelo castaño y la nariz respingona. Tiene las piernas típicas de un niño de once años, cubiertas de arañazos y picaduras de bichos. Aquí, en la isla, se pasa todo el tiempo contemplando las pozas y escalando rocas. El año pasado, Rosemary y él construyeron una serie de casitas de hadas alrededor de un tocón, en la parte trasera de Pevensie. Algunas eran de piedra y otras tenían techos de hoja sostenidos por ramitas, hogares adecuados para las muñecas más pequeñas de Rosemary, pero en su mayoría vacías para albergar a hadas de verdad. Las amueblaron con conchas y trocitos de musgo, con escarabajos y rosas rugosas. A Tomkin le van esas cosas. Se lleva bien con las chicas. Da la impresión de no haber crecido casi nada desde el año pasado.

Bess se va con él, cargada con sus maletas.

Penny ya se ha ido del muelle. Le echó el lazo a Erin y las dos se fueron corriendo hacia la casa dando gritos, arrastrando el equipaje de la recién llegada. Erin podría instalarse en la antigua habitación de Rosemary, claro está, pero Penny quiere que duerma con ella. En cualquier caso, en su habitación hay dos camas.

Mi madre me pega un codazo.

—Yardley.

Me he quedado rezagada. No había vuelto a ver a esta gente desde Navidad, desde antes de mi operación. Hablé por teléfono con Yardley un par de veces. Ella me envió una tarjeta cuando empecé con el proceso. Sé que su madre la obligó a escribirla, pero la hizo a conciencia. La caligrafía oronda y torcida de Yardley cubría por completo el interior de la tarjeta, por las dos caras, y se extendía hasta el reverso.

Y esa %&$* sobre la dieta líquida. Hasta ahora no había pensado en lo mucho que me gusta masticar. Es más, estoy obsesionada con masticar. ¡Chicle! ¡Regaliz! Pero sólo del rojo. ¡Otras cosas que se mastican, como los caramelos! ¡O cosas crujientes, como los frutos secos!

Vale, los frutos secos me importan una mierda. Pero sí que masco un montón de chicle.

Perdona. No quiero darte envidia enumerando todas las cosas que mastico. ¡Se supone que esta tarjeta es para animarte!

Ah, una cosa curiosa. ¡Tengo novio nuevo! Le di calabazas a ese Reed del que te hablé en Navidad porque NO me apoyó nada cuando estuve tan agobiada con mi solicitud para la universidad. Sólo quería venir a casa a enrollarse conmigo, cuando yo estaba literalmente presentando una solicitud para Harvard y tenía que entregar el formulario al día siguiente.

Así que pensé: Vete al cuerno, Reed.

Novio nuevo = George.

George también quiere que nos enrollemos a todas horas, pero ya he entregado la solicitud, así que me da igual. Participa en carreras de canoas. Ni siquiera sabía que eso fuera un deporte, pero por lo visto lo es.

En fin, me quedo sin espacio, responde pronto.

Besos,

Yardley

No la admitieron en Harvard. Va a ir a la Universidad de Connecticut y hará el curso preparatorio para ingresar en Medicina.

Dean está decepcionado. Harris y él son alumnos de Harvard. Pero, en general, Yardley es «un orgullo para la familia». Tiene la cara y el cuerpo delgados, buen tipo, y las piernas fuertes y robustas. Es pecosa, su nariz es respingona como la de Tomkin y el pelo castaño y muy espeso, así que irradia salud y la deportividad nacional. Su voz es firme y armoniosa; su mandíbula traza una línea definida desde el mentón hasta las orejas.

Yardley tiene las cosas claras y sabe cómo trabajar duro, pero puede llegar a ser muy tonta. No es nada creativa —ella misma lo reconoce—, así que se queda maravillada ante las fiestas y demás extravagancias estivales de mi madre, e incluso ante algunos de mis dibujos y mis pulseras de la amistad.

—¡Carrie! —grita Yardley, que se apea del barco con una bolsa de mano llena de galletas saladas y botes con pelotas de tenis—. Ven aquí, bonita. Jolín, estás estupenda.

Le doy un abrazo.

—Bienvenida un verano más.

—Éste va a ser diferente.

—No tanto.

—Claro que sí. Ven a conocer a los chicos.

—¿Qué chicos? —La miro con los ojos entornados.

—Te he traído un regalo.

—¿Cómo dices?

—Era una broma. Bueno, no del todo.

Yardley me sube a rastras al barco y me conduce hasta el camarote, donde hay dos adolescentes merodeando junto a un tercero, que acaba de vomitar en un cubo verde.

—Son unos marineros pésimos, pero están como un queso —dice Yardley.

—Yo sí que soy un buen marinero —dice uno de ellos.

Es ancho de espaldas y tiene la piel clara, el pelo negro y espeso y unos pómulos prominentes. Da la impresión de que se ha roto la nariz varias veces. Lleva una camiseta del festival de música Live Aid y unos pantalones de tela rayada, cortos y holgados.

—El mar estaba muy picado —dice el chico del vómito.

Posee un atractivo menos convencional, es alto y tiene una nariz prominente, con el pelo rojizo y muy corto. Tiene una pinta de neoyorquino que no puede con ella. Lleva una cazadora de cuero, a pesar del calor.

El tercer chico se acerca y se inclina para decirle algo al oído a Yardley:

—Ese vómito ha sido el momento más espantoso de mi vida —finge susurrar.

En él predomina el color beige: piel bronceada, cabello castaño claro que se despliega sobre su frente, complexión media. Compensa esa monocromía con unos pantalones cortos de cuadros rojos y un polo rosa con el cuello levantado.

Debe de ser George. El de las carreras en canoa. A no ser que Yardley se haya buscado a otro. Es una chica del montón —mona pero no despampanante, que viste normal—, pero nunca le han faltado novios. No sé qué tendrá que les gusta tanto a los chicos. Quizá sea su confianza. Yardley no piensa —o, al menos, no lo parece— en todas esas cosas que a mí me ponen nerviosa. Sabe cuál es su lugar en el mundo, es una chica alegre, despreocupada, mejor preparada para amar y ser amada. Sea como sea, la adoro.

—Ésta es mi prima Carrie —anuncia—. Tiene diecisiete años, batea mejor que vosotros, sabe todos los secretos inconfesables de la isla y todos os alegraréis mucho de conocerla. ¿Entendido?

George el beige me estrecha la mano.

El chico de la espalda ancha y la nariz rota hace una reverencia cómica.

El pelirrojo de la cazadora de cuero levanta la cabeza del cubo.

—Siento dar tanto asco.

—Gracias por el regalo, Yardley —replico. Es un comentario atrevido pero sincero.

—De nada. —Mi prima se acerca al cubo lleno de vómito y lo recoge—. Major —le dice al chico—. ¿Has terminado de potar?

—Sí.

—¿Me lo prometes?

El chico frunce el ceño.

—Ya estamos en tierra firme, ¿verdad?

—Sí.

—Entonces, sí, te lo prometo.

Yardley sale del camarote y se dirige a la parte trasera del barco, desde donde arroja el contenido del cubo y lo enjuaga en el mar. Los demás la seguimos, los chicos cargando con sus maletas. Sus bolsas de viaje ya se las han llevado los empleados.

—¿Quieres un caramelo de menta, Major? —pregunta Yardley—. Te vendría bien tomar uno antes de conocer a mis tíos.

Major asiente.

Ella le da un caramelo de un cilindro de papel que lleva en el bolsillo trasero de los pantalones.

—Venga, niños, bajad del barco e id a saludar. Poned carita de buenos delante de mi tía Tipper, ¿vale? Y estrechadle la mano a mi tío Harris.

Y así, de golpe y porrazo, mis padres conocen a George Bryce-Amory, el novio beige de Yardley que lleva pantalones de cuadros y participa en carreras de piraguas. George es todo sonrisa, antebrazos musculados, exclamaciones de cortesía («Qué lugar más bonito») intercaladas con autocríticas burlonas.

—Pues la verdad es que cocino de pena —le dice a mi madre cuando ésta se ofrece a llenar la nevera de Goose para sus amigos y él—. Hasta el punto de resultar peligroso. Sé preparar, hum, café requemado y, déjeme pensar, gachas grumosas y poco más.

Acto seguido ella lo invita a venir a Clairmont para desayunar cuando quiera y le dice que puede servirse los restos de la tarta.

—El café siempre está listo a las seis —dice—. Y a las ocho hay huevos y magdalenas.

Promete comprar cereales para la casita de campo y le pregunta a cada uno por su marca favorita. A George le gustan los Lucky Charms.

84

—Son malísimos, lo sé. Debería tomar salvado de avena, pero es que me chiflan —explica.

Jeremy Majorino, más conocido como Major, es el vomitador que se marea en el barco, el del pelo rojizo y la cazadora de cuero. Es el producto (según nos cuenta) de una escuela privada con pretensiones artísticas de Brooklyn. Hace años que conoce a George del campamento de verano.

—Cuando George decide que quiere ser amigo tuyo, no tienes elección —dice Major, estrechando la mano a Harris con timidez—. Es el tío más leal que conozco.

Mientras todo eso sucede, el chico de la espalda ancha y la nariz fracturada se queda rezagado detrás de sus amigos, con las manos en los bolsillos, y contempla el mar. El viento hincha su camiseta descolorida. Los tres perros se le acercan y él se agacha para acariciarles la cabeza. Oigo cómo les dice en voz baja:

—Hola, guapetón. Oh, sí, tú también. Y tú. Agh, me has llenado la mano de saliva. ¡Con el hocico! Me la voy a limpiar en tu lomo, baboso. Te lo mereces. Vaya que sí. De todas formas, ¿seguimos siendo amigos? Seguro que sí.

Advierte que lo estoy mirando y se incorpora. Sonríe. Tiene los ojos castaño oscuro y las cejas muy pobladas, y parece que hace una eternidad que no se corta el pelo, que es casi negro.

Les dice a mis padres que su nombre es Lawrence Pfefferman.

—Pueden llamarme Lor, para abreviar. O Pfeff —añade.

—Ten cuidado —me susurra Yardley al oído.

—¿Por qué? —pregunto.

—Tú ten cuidado y punto —replica—. Pfeff es mucho Pfeff.

Se pronuncia «Feff». George les explica a mis padres que Pfeff y él se conocieron en el colegio en Filadelfia.

—¿Te gusta navegar, Lor? —pregunta mi padre, mientras gira la cabeza hacia Major con gesto burlón.

—Sí, señor.

—Estupendo. Esta tarde saldremos a navegar con el velero para ver el atardecer. Todos menos ese chico. —Otra pullita dirigida a Major, por haber vomitado—. ¿Te apuntas, George? ¿A navegar un rato?

George no parece decidirse a dejar solo a Major durante su primera noche en la isla, pero no hace falta que diga nada, porque Tipper interviene:

—Harris, esta noche tenemos la búsqueda de limones.

—Oh, pero es que hace un tiempo...

—No —replica mi madre, tajante—. Llevo días preparándola. Esta noche no es el momento.

Tipper se toma sus fiestas muy en serio. Mi padre sonríe.

—Mañana, entonces —les dice a George y a Pfeff—. Veremos un bonito atardecer. Venid, os enseñaré Goose Cottage.

Se carga la mochila de uno de ellos y enfila por la pasarela que conduce a la casa de invitados. Yardley y los chicos lo siguen.

Pfeff es el último en marcharse y, cuando lo hace, se agacha para acariciar las rosas rugosas. Pega un brinco para tocar la rama de un árbol que se arquea sobre la pasarela.

16

Mi madre se gira hacia el tío Dean.

—Hola.

—Estás tan guapa como siempre, Tipper. Me alegro de verte. —Dean sonríe.

—¿En qué estabas pensando? —pregunta en tono alegre; parece la típica esposa de una vieja comedia televisiva en blanco y negro. Ladea la cabeza.

—¿Por qué? Son buenos chicos —replica Dean, que enciende un cigarro. Es un tipo grandote, un poco más alto que mi padre, con cierta tendencia a engordar—. Yardley lleva cinco meses saliendo con George. He ido a cenar con él. Hemos jugado al golf un par de veces.

—No me lo has consultado —dice mi madre—. Ni siquiera me dijiste que iban a venir.

Dean mira hacia el mar y menea la cabeza.

—No tengo por qué decírtelo, Tipper. Y, desde luego, no tengo por qué pedirte permiso.

En un sentido estricto, tiene razón. Él también es dueño de la isla. Pero como Harris es el hermano mayor, y como Dean está divorciado, y seguramente por un millón de motivos más, mi tío es un segundón. Mi madre es la anfitriona y Dean deja que ella organice a los empleados que se ocupan de las labores domésticas y le llenan la nevera. Gracias a Tipper la despensa de mi tío está llena a rebosar de sus galletas favoritas y botellas de cerveza cara.

—¿Y si ya tuviera invitados en Goose Cottage? —inquiere Tipper con una sonrisa.

Dean se encoge de hombros.

—Hay cuatro habitaciones. Los chicos podrían compartir alguna, o alguien podría dormir en la cama plegable.

—Compartir casa con tres adolescentes no es un plato del gusto de mucha gente.

—¿Tienes a algún invitado en Goose, Tipper? —Dean le lanza una mirada inquisitiva—. Y si así fuera, ¿me lo habrías consultado antes? ¿Me habrías avisado, siquiera?

Tipper mira para otro lado.

—Yardley tiene dieciocho años —prosigue Dean—. Quiere pasar tiempo con su chico antes de que se vaya a la universidad y seguramente no vuelva a verlo. Por eso va a quedarse aquí unos días y se ha traído a unos amigos. No es para tanto.

—Tres chicos con los que no contaba —replica Tipper—. ¿Crees que tengo pollo suficiente esta noche para gente con tanto apetito?

Dean adopta un tono conciliador:

—Comerán perritos calientes. A ellos les da igual.

—A mí no. No quiero servirles perritos calientes.

—Son los amigos de Yardley —intervengo—. Me ha dicho que eran de buena familia y todo eso.

Tipper se gira hacia mí.

—No tienes ni idea de lo que cuesta organizar esta isla sin huéspedes inesperados.

—No puedes enviarlos de vuelta —replico—. Sería una falta de educación no dejar que se queden al menos una semana.

Tipper frunce el ceño. Sé que detesta ser maleducada.

—Animarán un poco el ambiente —añado.

No hace falta que mencione a Rosemary, pero ella ya sabe a qué me refiero. La ausencia de Rosemary es lo que hace falta animar.

—Podría ser divertido —continúo—. Para Penny y para mí. Podríamos llevarlos en los kayaks y, como dijo Harris, en el velero. Podríamos organizar un torneo de tenis o algo así.

Intento convencerla con un montón de actividades en grupo. Mi madre se cruza de brazos.

—Por favor, Tipper —insisto, apoyando la cabeza sobre su hombro—. Eres una gran persona, la mejor madre del mundo. Deja que me distraiga un poco. Lo necesiiiiito.

Tipper suspira, pero sé que ya he ganado la partida.

—Estoy hasta arriba de trabajo —le espeta a Dean—. Te agradecería que te encargases de la parrilla. Esta noche. Y a menudo. En cuanto te instales.

—Siempre es un placer ocuparse de la parrilla —responde Dean con una sonrisa.

Cuando se marcha mi tío, mi madre se gira hacia mí.

—Asegúrate de que se lo pasen bien, ¿vale?

—¿Los chicos?

—Pues claro, los chicos. Si van a quedarse, quiero ser una buena anfitriona. Llévalos a la playa, enséñales los kayaks. Y asegúrate de que entiendan cómo funcionan el vídeo, la lavadora, esas cosas, para que se sientan a gusto. Menuda jeta tiene Dean. —Menea la cabeza—. Trae a tres chicos sin avisar. Ni siquiera están las camas hechas en la casita de campo. ¿Puedes ocuparte de ello?

Major, George y Pfeff. Percibo su presencia desde aquí, como un pálpito o un corazón palpitante, en la casa de invitados. Testosterona, poderío, cerveza fría y carcajadas.

Le respondo que sí.

17

Cuando llego a Goose, reina el caos. En el jardín que da a la pasarela de madera, George y Major están jugando al ping-pong; han traído a rastras la vieja mesa desde el cobertizo del jardín, donde llevaba años cogiendo polvo. Van descamisados. George está musculado y luce un bronceado del mismo tono que su cabello beige; Major es pálido y delgado. Los calzoncillos bóxer de ambos asoman por la cintura de sus pantalones. Los de George, que son negros y de tela escocesa, contrastan un montón con sus pantalones rojos. Los de Major son lisos y azules.

—¡Hola! —George agarra la pelota para detener el juego—. Carrie, ¿verdad?

—Sí.

Las bolsas de viaje están apiladas en el porche. De ellas emerge un torrente de ropa. Raquetas de tenis, bolsas de totopos. Hay una máquina de escribir abierta con un papel encajado en ella.

Pfeff está sentado en el porche con la espalda apoyada en la pared de la casa, con una Coca-Cola en una mano y el teléfono azul de la cocina en la otra. El cable enroscado atraviesa la ventana.

—Lo siento... Lo siento... Ya te he dicho que lo siento —repite—. Lo sé, pero te estoy llamando ahora... Sí, la novia de George, Yardley. Nos invitó ella. —Alza la cabeza hacia sus amigos—. ¿Cuándo nos invitó Yardley?

—A mí, hace mucho —dice George—. A vosotros, pringados, el martes por la noche.

—El martes por la noche —repite Pfeff por el auricular—. No, no me sé el número de su padre. Está en una casa distinta a la nuestra. Estamos en la casa de invitados... En Massachusetts, creo. —Vuelve a alzar la mirada—. Estamos en Massachusetts, ¿verdad?

—Verdad —le confirmo.

—Ajá —dice Pfeff por el teléfono—. Ella dijo que... Major, ¿cuánto tiempo vamos a quedarnos?

Major se encoge de hombros.

—A lo mejor nos quedamos para siempre. Este lugar es alucinante.

—A lo mejor nos quedamos para siempre —repite Pfeff.

—Es su madre —me explica George. Lanza la pelota de ping-pong al aire y la vuelve a atrapar.

—Sé que soy un hijo horrible —dice Pfeff—. Y sé que te mereces tener un hijo maravilloso, así que es una putada tenerme a mí, pero también sé que me quieres a pesar de todo... Pues claro que te quiero. ¿Podemos llevarnos bien? Además, legalmente ya soy adulto. Eso significa que no tengo por qué volver a casa. Vale.

—He venido a enseñaros cómo funciona la lavadora y todo lo demás —digo.

—Ya nos lo ha enseñado Yardley —dice Major.

—Estamos al día —añade George.

Quizá se deba a que los dos van sin camiseta, porque no puedo parar de mirarlos. O quizá se deba a que ya han alterado la atmósfera habitual de Goose Cottage. O quizá se deba a que hace un calor sofocante, pero el caso es que les digo, sin pararme a pensarlo:

—Entonces, vamos a la playa. No podéis decir que habéis estado en Beechwood hasta que hayáis probado el agua.

—¡Me apunto! —exclama George.

Pfeff se despide de su madre y cuelga.

Las toallas de playa están en un armario situado junto a la puerta. Los chicos se ponen a buscar sus bañadores. Pfeff rebusca en su bolsa de viaje, arrojando camisetas y pantalones sobre el porche, después se cambia en el vestíbulo y exclama:

—¡No vengáis a verme la picha!

Major le responde que nadie querría ver una picha como la suya, y Pfeff replica:

—¿Qué quieres decir con eso? —Se le oye desde el vestíbulo—. Es una picha normal y corriente. Una buena picha, incluso. Oh, no, ahora Carrie pensará cosas horribles sobre mí. Major, no me la has visto nunca. En serio, Carrie, no me la ha visto.

George le dice que cierre el pico y Major dice que se queja demasiado. Los dos se cambian a toda prisa en los dormitorios del piso de arriba. George llama por teléfono a Yardley, que está en Pevensie, y juntos descendemos en tropel por la larga escalera de madera que conduce a la Caleta.

Las dos en punto es la hora perfecta para darse un baño en Beechwood. El sol lleva toda la mañana calentando el agua. La cala está resguardada del viento. La orilla es pedregosa. La arena de la Playa Grande es más agradable, pero la Caleta ofrece una sensación de intimidad mágica.

Los tres chicos corren al agua dando gritos, se zambullen bajo las suaves olas en cuanto el agua les llega por las rodillas. Me detengo un instante para observarlos. Los músculos de sus espaldas forman ondas. Sus hombros relucen al estar mojados. Se apartan el flequillo de los ojos y se salpican entre ellos. George nada con unos movimientos de crol impecables hacia las rocas afiladas que bordean la Caleta, después se detiene para caminar dentro del agua y mira a su alrededor. Major se hace el muerto, flotando boca arriba. Pfeff grita y va nadando a reunirse con George.

—¿Te vienes? —me pregunta Major—. No mordemos.

Me quito la ropa y me meto en el agua en bañador. La codeína que he tomado antes bloquea cualquier posible pensamiento sobre lo que le sucedió a Rosemary en estas mismas aguas. En vez de eso, escucho el eco de las olas, siento el cálido tamborileo del sol y la frescura prístina del agua sobre mi piel.

Estoy despierta. Me dejo ir.

Las terminaciones nerviosas de mis dedos ansían tocar a alguien,

el pulso se me acelera en las venas.

Estos chicos... están aquí, en nuestra isla. Transformándola. Seguramente, profanándola.

Puede que aguanten una semana.

Puede que se queden para siempre.

18

Antes de cenar, me pongo uno de los muchos vestidos blancos de algodón que tengo. Me siento demasiado mayor para el amarillo, y como hoy toca la búsqueda de limones, todos tenemos que vestirnos de blanco o de ese color. Me peino y me aplico colorete.

Las perlas negras están encima de mi cómoda, llevan ahí desde hace varias noches y me doy cuenta de que no tenía que habérmelas quedado. Tipper se enfadará por no habérselas devuelto antes. Es muy quisquillosa con estas cosas, pequeñas infracciones del protocolo que según ella denotan que no sabes apreciar algo. «Educación y buenos modales abren puertas principales», repite siempre. En su opinión, demuestran que tienes en cuenta a los demás; que valoras su tiempo, sus pertenencias, su afán creativo.

Sé que está en el piso de abajo, con el delantal puesto, atareada con Luda en la cocina, así que redacto una breve nota.

A la queridísima madre que me prestó estas perlas:
Gracias por darme la oportunidad de ponerme este collar y por decirme que algún día será mío.
Con cariño,

Carrie

• • •

La puerta del cuarto de mis padres está abierta. No hay nadie en la habitación, sólo *Wharton*. Está dormida sobre una manta de algodón a los pies de la cama y ni se inmuta cuando entro.

La ropa de Harris está tirada encima de una butaca. Su mesilla de noche está abarrotada de cosas: dos pares de gafas, libros (*La costa fatídica, Paloma solitaria,* un libro sobre la CIA), un espray nasal, pañuelos de papel y un frasquito de plástico naranja con las pastillas que le recetaron para dormir. Halcion, se llaman.

La mesilla de Tipper sólo tiene un bonito recipiente de cristal con crema de manos aromatizada y un platillo donde sé que deja sus pendientes.

Me quedo contemplando un rato el lado de la cama de Harris.

Utiliza espray nasal.

Necesita pastillas para dormir.

Se le olvida tirar los pañuelos a la basura.

El Harris Sinclair que yo conozco siempre está atento, es un hombre decidido. Cuando juega a tenis su saque es demoledor, igual que sus opiniones. Pero su mesilla de noche parece vulnerable. Denota fatiga y malestar.

Tras echar un vistazo en derredor para confirmar que estoy sola, abro el frasco de Halcion. Me guardo un puñado de píldoras en el bolsillo del vestido, aún quedan más que de sobra en el frasco. Lo tapo.

Entonces me acerco al tocador de Tipper. Guardo el collar de perlas negras en el cajón joyero y dejo la nota por debajo a modo de sorpresa.

Le gustará el detalle.

Estoy a punto de cerrar el cajón cuando siento la atracción de la foto. Aunque me haya convencido de lo contrario, en el fondo tenía intención de mirarla desde el principio. Y no quería que mis hermanas estuvieran presentes.

Levanto el forro de terciopelo negro y extraigo la fotografía. Alguien la estrujó y luego la alisó. La imagen está cubierta de pliegues entrecruzados.

Calculo que fue tomada a finales de los sesenta o principios de los setenta. En un lado aparece mi madre. Tiene el aspecto de la época en que iba a la universidad y de cuando se acababa de casar: el pelo recogido con una diadema y un gesto coqueto. Está sentada en un banco, al aire libre. Lleva un vestido con un cuello Peter Pan. Por detrás de ella, deduzco que lo que se ve es Harvard Radcliffe. Ladrillos viejos y árboles enormes, una porción de césped. Ella está riéndose y dirige la mirada hacia un hombre... sin rostro.

Parece que alguien le ha raspado la cara con un cúter.

Se puede ver que es un hombre blanco y de complexión media. Podría ser mi tío Chris, al que no he llegado a conocer. O podría ser otra persona. Lleva una camiseta blanca y unos vaqueros azules de cintura alta, del tipo que estaba de moda entonces. No se le ven los pies y está señalando hacia la cámara, como si le diera instrucciones al fotógrafo, que sacó la foto antes de tiempo.

¿Mi madre raspó esta foto, luego la estrujó... y después cambió de idea?

Vuelvo a meterla debajo del forro de terciopelo del cajón joyero, asegurándome de dejarlo tal como estaba.

19

La búsqueda de limones escondidos es una tradición vesperti-
na. A veces se celebra a principios del verano, a veces cerca del
final, y algunos años nos la saltamos. Tipper tiene un atuendo
especial para la ocasión, un vestido sin mangas de algodón con
alforzas, de color amarillo limón. Lo combina con una rebeca
blanca, también de algodón. La recuerdo con ese vestido cuando yo tenía tres años. Penny y yo llevábamos unos delantales
con un estampado de limones, comprados especialmente para
la ocasión.

Cuando llego al piso de abajo, el porche está decorado
con guirnaldas de luces y hay antorchas encendidas que se-
ñalan los límites del jardín. Bess hace girar a Tomkin, nuestro
primo pequeño, sentado en el columpio de neumático que
cuelga del árbol grande del jardín delantero. Tomkin lleva
una camisa blanca y unas bermudas a juego, que ya están
bastante sucias. Bess va descalza, viste un traje amarillo y radiante, con mangas bombachas y escote en forma de corazón.

El tío Dean está a cargo de la parrilla, tal como prometió,
ataviado con unas bermudas blancas y una camisa de cuadros
amarilla muy hortera que creo que se pone para jugar al golf.
Está en su salsa, cocinando un número ingente de pechugas
de pollo marinadas con limón.

La mesa gigante de pícnic está cubierta con los manteles
con estampado de limones de mi madre. En una mesa aparte,
están dispuestos los primeros platos del buffet. Hay varias

pilas de servilletas verdes, ramos de flores blancas y amarillas, bandejas y cuencos con «piscolabis», es decir, las cosas que se comen durante la hora del cóctel. Cuencos de aceitunas mezcladas con corteza de limón, mousse de salmón y galletitas saladas de sésamo, anacardos y tomates cherri amarillos.

Mi prima Yardley ha envuelto su atlética figura en un vestido ceñido, amarillo y floral del que asoman las tiras azules de su sujetador. Lleva el pelo recogido con una cinta. Está ayudando a Luda (que va toda de blanco, con un delantal a juego) a ultimar los detalles de la mesa de las bebidas. Hay tres tipos distintos de limonada —normal, de fresa y de lima-limón—, con soda, tónica y diferentes licores para preparar combinados. En el reproductor suena la novena sinfonía de Beethoven. Es una de las piezas favoritas de mi madre.

Penny y Erin suben desde la Playa Grande, con los zapatos en la mano. Erin va vestida con ropa de Penny: una camiseta amarilla y un peto blanco. Penny se ha puesto su vestido blanco sin mangas. Erin es bajita y robusta, tiene el pelo cobrizo y ondulado y lo lleva recogido en una coleta alta. Tiene un rostro angelical —con forma de corazón, con unos bonitos labios rojos y unas cejas oscuras—, y en el colegio suele inclinarse por los jerséis negros de cuello alto y las faldas largas y ceñidas, combinadas con botas Doc Martens. Al lado de la lánguida Penny, Erin siempre parece bullir de energía.

Me dirijo hacia ellas mientras Penny se sienta en el césped, sin preocuparse por su vestido, para quitarse la arena de los pies.

—Apenas te vi en el muelle —le digo a Erin.

—Me daba vueltas la cabeza por toda esa testosterona que había en el barco —responde—. No sabía que Yardley iba a traerse un séquito.

—Yo tampoco.

—El tal Pfeff es majo —dice Penny, que sigue sentada.

—Major tendrá mejor aspecto cuando no esté potando —dice Erin—. Ya te dije que era el mejor de los tres.

—No sé cómo puedes fijarte en un chico que ha echado los hígados delante de ti —replica Penny—. ¿A nuestra madre le parece bien que se queden? —me pregunta. Una vez que tiene los pies limpios, se pone las alpargatas.

—Está mosqueada. Pero se la han camelado. Y yo hice un poco de presión para que les permitiera quedarse.

—¿Dónde van a dormir? —pregunta Erin.

—Hay sitio en Goose —responde Penny—. Están en Goose, ¿verdad?

—Ajá.

—Este lugar es alucinante —dice Erin—. Le estaba diciendo a Penny que no sabía lo que iba a encontrarme.

No quiero que se sienta rara aquí.

—Sólo es una...

—¡Una isla entera! —interrumpe Erin—. Con una casa de sobra para cuando tenéis invitados. ¿Quién tiene una casa de repuesto? Mira que sois raros.

—Cuando tengas hambre puedes ir a la cocina y coger cualquier cosa —le informo—. Bueno, si ves una tarta entera o algo así, no te la comas, pero sí manzanas, patatas fritas, galletas o cosas así. Café y refrescos. No te cortes. La cena suele servirse a las siete, salvo que sea una noche especial, como la de hoy. Y, hummm, a ver, ¿qué más? Puedes usar el champú, el acondicionador y esas cosas. La crema solar. ¿Y ya conoces a Luda? —La señalo—. Si necesitas algo, puedes pedírselo a ella.

—Gracias. —Erin sonríe—. Penny no me ha explicado nada.

—Venga ya —replica mi hermana—. Tarde temprano te lo habría contado.

—Tampoco te dijo que trajeras ropa blanca, ¿verdad? —inquiero.

—No. —Erin contempla al grupo que está en el jardín—. No voy vestida para la ocasión.

—No pasa nada —le digo—. El séquito tampoco irá.

Los chicos llegan tarde, hacen una entrada triunfal al venir corriendo por la pasarela y subir la pendiente del jardín para presentar sus respetos a mi madre. George va vestido de blanco de arriba abajo. El color no casa bien con su tez y su cabello beige, pero va muy conjuntado: un polo con chaqueta y pantalones, como un tenista de los años veinte. Los otros dos visten con camisetas blancas y chinos color crema; Major lleva puestas unas Converse negras (un toque neoyorquino) y Pfeff va en chanclas (pasa de todo).

Tipper ríe y sonríe todo el rato, se asegura de que a nadie le falte bebida. Está encantada de tener invitados, por más que le haya dicho al tío Dean lo contrario. La familia ha salido a buscar limones durante innumerables veranos. Estamos tan acostumbrados a la tarta de limón de Tipper, y a su espumosa mousse de limón servida en tarros de gelatina, que ya no nos sorprenden. Erin y los chicos suponen un público nuevo.

Cenamos en el césped, en vez de en la mesa de pícnic. Han extendido unas mantas de algodón blancas y amarillas, viejas y desparejadas, algunas hechas con retales, para que la gente se siente encima mientras sirven la cena.

George y Yardley se acurrucan en la hamaca del porche. Penny, Erin y yo nos sentamos con Pfeff y Major, mientras que Bess y Tomkin sacan unos mazos y unos aros para jugar al cróquet. Apenas prueban el pollo, la ensalada y el pan de masa madre. Se están reservando para el postre.

Los vemos jugar. Nuestro juego de cróquet es antiguo, perteneció a la madre de Harris. No lo usamos a menudo. Más que un pasatiempo, es una pose. Bess y Tomkin juegan como los ángeles, impulsando las pelotas de colores, corriendo y riendo, protagonizando una escena de lo más pintoresca.

Major comenta una película, *Todo en un día*, que no ha visto nadie. Está explicando la trama, con todo lujo de detalles, pero Pfeff lo interrumpe.

—No les cuentes el argumento.

—¿Por qué no?

—Porque a nadie le gusta que le cuenten la trama de la maldita peli. Le quita toda la gracia.

—Yo sí quiero oírlo —replico—. Echamos de menos ir al cine. Primero el internado y ahora aquí... Nunca puedo ver nada.

—Tenemos un par de reproductores de vídeo —explica Penny—. Pero no hay nada que ver.

Se recuesta sobre la manta de pícnic. Todas las miradas de los chicos se dirigen hacia sus piernas, a medida que la falda se le desliza por encima de las rodillas.

—Calculo que tenemos doce películas entre las tres casas —digo.

—Son once —me corrige Penny desde su posición horizontal—. Y la selección no tiene ninguna lógica.

—Son pelis infantiles, en su mayoría —explico—. De cuando éramos pequeñas.

—Tenemos *La bruja novata* —dice Penny—. La habré visto un millón de veces.

—Y algunas pelis clásicas que nuestro padre opina que deberíamos ver —añado.

—Ni siquiera son grandes clásicos —dice Penny—. Sólo son pelis que les gustan a los carrozas, como *Ben-Hur*. —Menea la cabeza—. Buf, qué estupidez de película.

Mientras hablamos, no dejo de mirar a Pfeff. La verdad es que no es tan guapo. Tiene los labios finos. Diría que el espacio entre la nariz y el labio superior es demasiado estrecho como para resultar atractivo. Pero tiene un apetito voraz: come con hambre y entusiasmo, y no deja de decir que le encanta el pollo y el pan de masa madre. Se levanta para repetir.

—Me iré a vivir con tu madre en vez de con la mía —me dice—. He acabado con ella. Quiero que me adopte tu familia. O sea, que tenéis que acogerme. Seguiré comiendo así cada día hasta que vaya a la universidad.

—No seas vomitivo —dice Penny. «Vomitivo» es su palabra favorita esta temporada. La utiliza cuando quiere expresar lo contrario de lo que significa.

Sin dejar de mirarme, Pfeff le responde:

—Yo sólo digo que soy un hombre al que se le conquista por el estómago.

—En Amherst sólo podrás probar la comida de la cafetería —dice Major—. Así que come, come.

Major y Pfeff van a estudiar en Amherst, una universidad situada al oeste de Massachusetts.

—Estoy en ello —responde Pfeff.

Tipper me ha pedido que explique las reglas de la búsqueda de limones escondidos. Pese a su vocación de anfitriona, a mi madre no le gusta hablar en público, así que hace ya dos años que me ocupo de este menester. A mí no me importa hablar en público. Sé que poseo una voz fuerte, algo que la gente no se espera cuando ve mi mandíbula. O no se esperaba.

Cuando Tipper me da la señal, antes del postre, me sitúo sobre los escalones de Clairmont y toco una campana.

—La búsqueda de limones casi anual de la familia Sinclair está a punto de comenzar —anuncio mientras todos se congregan al pie de las escaleras—. Gracias a mi madre, la maravillosa Tipper Sinclair, comprobaréis que hay cien limones y una única lima escondidos a lo largo de la isla Beechwood. En ningún caso tendréis que jugaros el tipo para conseguirlos. No están ocultos en tejados ni entre zarzas. Y tampoco están dentro de las casas, aunque quizá no resulten visibles a simple vista. Todos, niños y adultos por igual, llevaréis una cesta.

Señalo hacia una serie de cestas que ha traído Luda. Son de mimbre, algunas oscuras y otras más claras. Cada una tiene una forma distinta, pero todas tienen un lazo de color amarillo claro.

—Recoged limones —continúo—. Pasead cerca o lejos. Pero, por favor, no os metáis solos en el agua. —Veo que Tipper tuerce el gesto, pero tenía que decirlo. La idea de que Tomkin, Bess o cualquiera se vaya a nadar a esas playas sin compañía me pone la piel de gallina—. No os molestéis en acercaros a la casa del personal, pero cualquier otro rincón es un posible refugio de un fruto cíclico. —Aunque digo lo mismo todos los años, se oyen unas carcajadas—. Al final de la búsqueda, volveréis a oír esta campana. A continuación, se llevará a cabo el recuento de limones... Lo hará Tipper. —En ese momento, le hago una reverencia a mi madre—. Y se concederán dos premios. Uno para quien encuentre más limones y otro para quien encuentre la lima.

—¡En marcha! —exclama Tipper, ondeando el brazo—. ¡Buena suerte!

Se recogen las cestas. Se encienden las linternas.

La música del interior de la casa sube de volumen a medida que la gente sale del jardín.

Cien limones (y una sola lima) aguardan.

20

Los chicos se van juntos. Penny agarra a Erin y las dos se dirigen al cobertizo de las lanchas. El tío Dean agarra a Tomkin y los dos se alejan corriendo. Bess, que se toma muy en serio la búsqueda, desaparece por la parte trasera de Clairmont, bordeando la casa.

Yo me voy con Yardley. Decidimos caminar hacia las pistas de tenis y la zona boscosa que las rodea. Pasamos junto a Tomkin, que está buscando entre unos arbustos al lado de la pasarela.

—Le he dicho a papá que me dejara en paz —le dice a Yardley con orgullo—. No necesito su ayuda para encontrar limones. ¡Ya tengo once años!

—Por supuesto que sí, tontín —le dice Yardley. Se saca la lima del bolsillo y se la lanza—. De todas formas, aquí tienes.

Tomkin la coge al vuelo.

—¿En serio?

—No digas nada —replica su hermana, y seguimos caminando.

—¿Dónde has encontrado la lima? —le pregunto—. ¿Y cuándo? Acabamos de salir de Clairmont.

—Estaba en la hierba, disimulada, justo al pie de las escaleras —me explica—. En esta familia nadie ve lo que tiene delante de las narices.

Seguimos caminando un rato en silencio.

—He encontrado una fotografía de mi madre —le suelto después de haber tenido esa frase en la punta de la lengua toda la tarde, sin nadie a quien decírsela—. De cuando acababa de casarse, calculo, junto a un tipo al que no conozco.

—¿Hummm?

—La cara del tipo estaba raspada y se veía el papel blanco de debajo. No lo reconocí.

Yardley se detiene.

—Parece de una película de terror.

—No, parece como si alguien odiara tanto al tipo de la foto como para querer borrar su rostro.

—Eso sigue siendo de peli de terror.

—Pero ¿por qué Tipper habrá conservado la foto?

Yardley reanuda la marcha.

—¿Dónde la encontraste?

—En su cajón joyero.

—¡Ostras! —exclama—. ¿La tenía guardada ahí, como si fuera algo valioso? ¿Con la cara borrada?

—Ajá.

—Pero ¿es una foto antigua?

—De antes de que yo naciera. Creo.

—Hummm. —Seguimos caminando otro rato en silencio—. Sinceramente, Carrie, yo lo dejaría correr. Desde que mis padres se divorciaron, paso olímpicamente de un montón de cosas. Documentos legales, pruebas de que mi padre tenía novias, o furcias, incluso. Mensajes furiosos de mi madre en el contestador, discusiones sobre dinero y regímenes de visitas y... ¿Sabes qué? Yo paso de todo. No necesito saberlo, soy más feliz así. Que los idiotas de los adultos lidien con sus chorradas emocionales, con sus tejemanejes ilegales y con las idas y venidas de esos tipos turbios. Si te pones a indagar en las vidas de los adultos, las cosas se ponen feas enseguida y se te indigesta el desayuno. Mi deber es, no sé, estudiar y llegar a ser médico para ayudar a la gente. Tratar bien a mis amigos. No quedarme embarazada, ni conducir borracha. Así que me limitaré a seguir enamorada de George y a disfrutar del verano.

Intento olvidar la imagen de esa fotografía, enterrarla bajo el grueso manto de tierra de mi mente, una tierra que está repleta de cosas en las que no quiero pensar, pero con las que cargo a pesar de todo.

—¿Estáis enamorados?

—Eso creo —responde—. No estoy segura.

—Creo que, si yo estuviera enamorada de alguien, lo sabría —replico—. Con la gente a la que quiero, no tengo ninguna duda.

Con mis hermanas, por ejemplo. Incluso cuando se portan mal o son un incordio, las quiero, y eso es un hecho. Tuve a Bess en brazos cuando era un bebé. Penny y yo llevamos juntas desde que tengo uso de razón.

—Yo también pensaba que lo sabría —dice Yardley—. Pero con una persona nueva es más difícil. Sólo llevo cinco meses saliendo con George. Siento que estoy enamorada de él, pero que podría dejar de estarlo si empezase a actuar como un cretino.

—Yo diría que está muy muy coladito por ti.

—Ya. Pero podría ser por la isla privada. Eso hay que tenerlo en cuenta, ¿no? —dice Yardley—. Cuando tienes todas esas ventajas añadidas, nunca sabes si una persona te quiere por ser como eres.

—Qué cínica.

—Ya, bueno, no siempre pienso así —replica—. Sólo ahora. En la oscuridad. Al ver que no me ha elegido como pareja para buscar limones.

Llegamos a las pistas de tenis. Yardley enciende las luces. Parpadeamos mientras echamos a correr sobre la tierra batida. Un par de limones; encuentro yo los dos. Al irnos dejamos las pistas a oscuras otra vez. Luego salimos de la pasarela y nos dirigimos hacia la zona boscosa situada detrás de las pistas, hasta topar con el sendero perimetral.

Yardley encuentra un limón.

En Pevensie avanzamos en círculo, examinando la hierba, los listones de la cerca, la celosía para las enredaderas, miramos debajo de los escalones y de los cojines del balancín del porche.

Un limón para mí.

Cuando bajo desde el porche de Pevensie, no hay ni rastro de Yardley.

Vuelvo a rodear la casa y, cuando regreso a la parte delantera, veo que George y ella se están besando. Yardley lo tiene presionado contra la casa, mientras le desliza una mano por la camisa.

Me quedo inmóvil un rato. George le ha apoyado una mano en el trasero, como si lo hubiera hecho un millar de veces. Yardley ha dejado de ser esa chica pragmática y divertida que conozco para transformarse en una mujer experimentada, en una persona con el arrojo necesario como para presionar a su novio contra la pared de una casa y deslizarle la mano por el estómago hasta llegar al pecho, como si supiera que a él eso le gusta.

Yardley se gira y me dice:

—Sigue sin mí, Carrie. Voy a buscar limones con George. ¿Vale?

—Es una bonita forma de llamarlo —susurra él, riendo.

—Ésta es mi casa —dice Yardley—. ¿Quieres ver mi habitación?

Me doy la vuelta y corro por las oscuras pasarelas de la isla.

21

Recorro el sendero perimetral, que describe una curva alrededor de la isla en dirección a la Playa Grande, hasta que me topo con Pfeff.

—¡Buenas! —exclamo cuando lo veo aparecer.

—¡Ostras! Qué susto me has dado.

—¿Qué tal la búsqueda?

Me muestra una cesta con dos limones.

—Fatal. He perdido de vista a George, después a Major y... no sé. No encuentro limones por ninguna parte. A lo mejor necesito gafas. Debería ir a que me gradúen la vista. ¿Puedes darme alguna pista?

—No los he escondido yo.

Su piel reluce bajo la luz de la luna. De repente, tomo conciencia de las tiras de mi vestido, del roce de mi pelo en la espalda, del aparato en la dentadura, del bálsamo en los labios.

—Ah, ¿no? —replica—. Como has dado ese discurso tan impresionante, pensé que conocerías todos los escondites.

—Pues no.

Nos encontramos en un punto donde el sendero atraviesa un acantilado. Más allá del borde, abajo, las olas rompen contra unas rocas oscuras. Pfeff se apoya en la barandilla y se asoma.

—Este lugar es peligroso.

Me apoyo en la barandilla, a su lado. Su brazo desnudo se encuentra a escasos centímetros del mío.

—Cuando éramos pequeñas, teníamos prohibido venir solas por este sendero —le explico—. Por si alguna tenía la ocurrencia de subirse a la baranda.

Pfeff se asoma un poquito más.

—Aunque hace que te sientas vivo, ¿no?

Me asomo y noto una descarga de adrenalina.

—¿Crees que debería subirme? —pregunta Pfeff—. ¿Para saber qué se siente al estar en un peligro mortal?

—No digas tonterías.

—Ah. —Da la impresión de estar escarmentado—. Vale.

—Cualquier prudencia en el mar es poca —afirmo—. La gente guay no se la juega.

—Ja. —Sonríe—. Eres muy lista, ¿sabes?

—A veces.

Pfeff me mira. Lleva una camiseta fina y blanca con el cuello holgado que le deja al descubierto la clavícula. Le brillan los ojos.

Se inclina hacia mí, poco a poco, y cuando comprendo que va a besarme, me quedo tan sorprendida que no puedo moverme. Nuestros labios se tocan con suavidad. Siento un roce tan ligero como el de una pluma. Cuando se aparta, todavía noto el punto donde nos hemos tocado.

Nunca me habían besado. Es como
zambullirse en agua fría, como
comerse una frambuesa, como
escuchar la melodía de una flauta, y a la vez como
ninguna de esas cosas.

—Me encanta la gente lista —dice Pfeff en voz baja—. Y con la luz de la luna, y el peligro, y los limones, y todo el mundo vestido de blanco, me siento como si estuviera en una película o algo así. ¿Tú no?

—La verdad es que no —respondo—. Ésta es mi vida normal.

—Pareces una chica salida de una película —susurra Pfeff—. Tenía que besarte. Porque mira dónde estamos. ¿Lo ves? —Señala hacia el mar, el cielo, la luna—. Sería una lástima desperdiciarlo. —Ladea la cabeza y esboza una sonrisa—. Espero que no te haya dado asco.

—No —respondo—. Para nada.

—Ah, genial.

Le apoyo una mano en el cuello y me pongo de puntillas para volver a besarle. Su cuello tiene un tacto cálido bajo mis dedos y, de repente, mi boca ya no está

defectuosa,

marcada,

infectada,

incompleta,

como me lo ha parecido desde que descubrí que tenía que operarme. En vez de eso, mi boca está cargada de

conexiones y

sensaciones.

Pfeff se inclina hacia mí y separa los labios, me desliza una mano por la cintura hasta llegar al pecho. Estoy flotando, aturdida, con esta sensación nueva. Él gime con suavidad y me besa un poco más fuerte, noto su aliento caliente.

Y entonces se termina. Pfeff se aparta y sonríe.

—Debería irme —susurra.

—Está bien. —Me siento confundida y desorientada. No sé qué hace la gente después de besarse sin previo aviso bajo la luz de la luna. No quiero que se vaya.

—¿Te has olvidado de la búsqueda de limones? —me pregunta.

—Casi. —Me echo a reír.

Quiero que vuelva a besarme, o que me dé una oportunidad para poder besarlo yo, pero parece que su estado de ánimo ha cambiado.

—Será mejor que siga buscando limones —dice—. Por si no te habías dado cuenta, me gusta ganar.

—Si quieres ganar, tendrás que encontrar más limones.

Pfeff sostiene su cesta en alto.

—En ese caso, voy a acaparar un montón —afirma—. Buena suerte, bella Carrie.

Y dicho eso, Pfeff desaparece en la oscuridad de la noche.

22

Paso la mayor parte de la siguiente hora en el muelle familiar. Encuentro varios limones en las embarcaciones, pero tengo la cabeza en otra parte.

No paro de evocar lo ocurrido. Ese primer beso, ¿no habrá sido más que un arrebato impulsivo por parte de Pfeff? ¿Un chico y una chica bajo la luz de la luna, con el oleaje rompiendo a sus pies?

¿O será que le gusto, porque me considera «lista» e «impresionante»? Ésas han sido sus palabras.

¿Qué más ha dicho? «Pareces una chica salida de una película.» «Buena suerte, bella Carrie.»

Pero se ha referido a esos besos como si fueran un juego, un simple divertimento para no desaprovechar la belleza de la velada y el dramatismo del paisaje. Y luego se ha ido a buscar limones.

Pero antes de besarme tenía una expresión extraña en la mirada. Evoco el roce de sus labios, el olorcillo a agua marina en su pelo.

Estoy sentada en el borde del muelle cuando oigo sonar la campana. Tipper quiere que regresemos todos nada más oírla. La búsqueda de limones ha terminado.

Mientras todos se arremolinan en el jardín de Clairmont, Harris anuncia que es la hora de los premios. Tipper se sitúa a su lado, como si fuera la azafata de un concurso de la tele.

Tomkin gana el premio de la lima, por supuesto. Es una cometa con forma de cubo: tres cubos unidos entre sí, un fragmento rojo y radiante de geometría, diseñado para lanzarlo al cielo. Después la gente comienza a contar sus limones.

Pfeff llega tarde al recuento, con un puñado de limones que asoman cómicamente de sus bolsillos traseros y delanteros, más los que lleva en las manos.

—He perdido la cesta —anuncia mientras se arrodilla con un gesto dramático a los pies de mi madre—. Sospecho que me la ha birlado alguno de estos capullos. —Señala a Major y a George—. Perdón, quería decir alguno de estos memos.

Tipper se ríe.

—Sea como sea, debo añadir que me la sustrajeron cuando apenas contenía dos limones, pero, a pesar de todo, perseveré, y ahora, mi señora, os ofrezco... —comienza a sacarse los limones de los bolsillos y los deposita sobre la hierba— veinte limones.

Ha ganado Pfeff, derrotando a Bess y Erin, que estaban empatadas con quince cada una.

Mi madre lo premia con un cheque regalo de cien dólares en la librería de Edgartown.

El postre se compone de una mousse de limón coronada con esponjosas porciones de nata montada y una tarta de limón bañada en sirope también de limón.

Espero que Pfeff se acerque a mí.

Quiero ir con él.

Percibo su presencia allá donde se encuentre: hablando con mi padre, haciendo el ganso con sus amigos, sirviéndose limonada. La gente lleva sus platos con el postre hasta las mantas de pícnic. Bess pone canciones de Madonna. *Where's the Party*, *True Blue*, *La Isla Bonita*.

Quiero hablar con Penny, contarle que me he besado con Pfeff, pero Erin y ella se han adueñado del columpio y no parece que vaya a ser fácil interrumpirlas. Yardley está ayudando a su hermano a montar la cometa. Así que me quedo a solas con mi nueva experiencia, con el secreto de lo ocurrido en la pasarela bajo la luz de la luna.

Los chicos se sientan en una manta con los platos llenos de tarta. Elijo una manta cerca de ellos, me estiro y me pongo a mirar las estrellas.

—Tienes que jugar al tenis —le está diciendo Pfeff a Major—. George me gana siempre y así no tiene gracia. Necesito a alguien de mi nivel.

—No soy tan deportista —dice Major—. No he venido a esta isla para hacer ejercicio.

—El tenis no es ejercicio. Es un juego —replica Pfeff.

—Yo sí me esfuerzo cuando juego al tenis —replica George—. Por eso soy mucho mejor que tú.

—Demasiada presión grupal para mi gusto —dice Major—. Juega con Yardley o con una de sus primas, Pfeff. Seguro que todas saben jugar.

—Ya, pero prefiero el ambiente de camaradería y competición masculinas —dice Pfeff.

—Uf, a mí no me líes —replica Major.

—Acabo de recordar que no he traído la raqueta —añade Pfeff.

—Seguro que tienen alguna de sobra —dice George.

—Y tampoco he traído calcetines —dice Pfeff—. Ahora que lo pienso, creo que tampoco ropa interior.

—¡Puaj! —exclama George.

—Es que hice la maleta a toda prisa.

—Pero si llevabas casi una semana en mi casa —protesta George.

—Y allí se han quedado mis calcetines y mis calzoncillos. En el estante inferior del cuarto de invitados.

—¿Has dejado toda tu ropa interior ahí, para que la encuentre mi madre?

—¡No ha sido aposta! —Pfeff se echa a reír—. Buf, tengo que conseguir unos calzoncillos como sea.

—Puedes probar a lavarlos —dice Major—. En Goose hay una lavadora.

—Pero ¿y si me olvido una noche? —dice Pfeff—. ¿Y si me olvido y ya sólo puedo ponerme ropa interior usada? Tipper se dará cuenta.

—Ya, seguro —replica Major.

—Me olerá —insiste Pfeff sin parar de reír—. O, aunque no lo haga, tendrá una especie de sexto sentido para saber que soy un guarro que no tiene cabida en su isla.

Entonces veo una oportunidad y la aprovecho.

—Yo puedo llevarte a Edgartown —le digo—. Y resolver todos tus problemas.

—Oh, no. —Pfeff abraza a George en broma—. Carrie nos estaba espiando.

—Estabais hablando a voces sobre tu ropa interior a mi lado —replico.

—¿Edgartown es el lugar donde está la librería? —pregunta Pfeff—. Me refiero al local para el que tengo un cheque regalo por ser el dios de los limones.

—Ajá. Allí hay muchas tiendas.

—Vale, está bien. ¿Podemos ir mañana?

—Claro. —Me incorporo.

—¿A qué hora te viene bien?

—A las once —respondo—. Quedamos en el muelle.

—Allí estaré. —Pfeff se levanta. Recoge un mazo de cróquet del césped—. Ahora voy a hacer que Major juegue al cróquet, ya que pasa del tenis.

—Me apunto —dice su amigo—. Con el cróquet no se suda, así que va en la línea de mi plan de descanso.

Me recuesto y vuelvo a contemplar las estrellas.

Qué chico tan mágico. Un chico con limones en los bolsillos. Un chico con chanclas que necesita un corte de pelo. Que dice «memos» delante de mi madre a modo de corrección después de haber soltado la palabrota «capullos». Un universitario, o a punto de serlo, que me ha besado esta noche y que podría volver a hacerlo.

Vamos a salir juntos a navegar.

23

Casi todos se han ido del jardín y yo voy de camino a casa cuando diviso a mi padre al final del muelle. Está con los perros: *Wharton, McCartney, Albert* y *Reepicheep*, el labrador del tío Dean. Está agachado, haciendo algo bajo la luz de la luna, se ha puesto un jersey oscuro sobre las prendas blancas.

Doy la vuelta y me dirijo hacia allí. No me he olvidado de la fotografía del cajón joyero de mi madre y no es habitual encontrar a mi padre a solas. Quiero preguntarle por ello.

Harris ha levantado un tablón suelto.

—Hay que repararlo —dice cuando me acerco—. Tiene unos clavos oxidados que sobresalen. —Vuelve a depositar el tablón en el borde del muelle—. Seguro que no es el único. Pediré que le echen un vistazo.

Me da igual el mantenimiento de la propiedad, pero finjo mirar con interés el viejo tablón.

—Está deformado.

—Hay muchos así. Las tormentas que hubo esta primavera han hecho mucho daño en la isla. —Harry se sienta en una de las sillas plegables de madera que hemos colocado en el muelle. Ha dejado su vaso de whisky, con el hielo medio derretido, apoyado en uno de los brazos del asiento—. ¿Te has divertido esta noche?

—Sí.

—Tu madre se ha enfadado conmigo por no participar en la búsqueda.

Asiento. Es la dinámica típica entre ellos.

—Quiere que valoremos su trabajo con una participación plena.

—Y lo valoro. Pero no me apetece salir por ahí a buscar limones como un colegial. —Suelta una risita—. Dean se lo ha tomado muy en serio. Le está haciendo la pelota a Tipper por haber traído a todos esos invitados.

—¿Crees que le perdonará?

—Dean hace lo que le da la gana y luego se camela a la gente. Es su *modus operandi* —dice mi padre—. Siempre consigue que le perdonen.

Llega *Albert* con una pelota de tenis en la boca y la deja en el suelo.

—Está bien, chuchos —les dice a los perros. Se pone de nuevo en pie con la pelota—. ¿Estáis preparados?

Sí, lo están.

Harris toma impulso, finge arrojarla y se ríe al ver su desconcierto. Después la lanza de verdad y los cuatro perros se zambullen en el océano y chapotean como locos hacia la pelota. Harris me mira.

—Son incansables —dice—. Nunca deja de asombrarme.

Los perros salen del agua y él vuelve a arrojar la pelota.

—¿Puedo hacerte una pregunta?

—Puedes. —Me guiña un ojo para quitarle hierro al asunto.

Tenía pensado preguntarle por la fotografía, pero me interrumpo antes de llegar a decir nada. Preguntarle algo así supondría poner a Harris en una situación vulnerable. «Tu mujer tiene un secreto.»

Si ya sabe que Tipper conserva la foto, me imagino que no le hace ninguna gracia, tanto si se trata del tío Chris como de un antiguo novio. Y si no lo sabe, le enfurecerá no haberse enterado. En cualquiera de los casos, echará pestes.

—No importa —replico, frunciendo los labios.

—¡Suéltala! —le dice a *Albert*, que ha subido por la rampa con la pelota de tenis.

El perro la deja caer.

—Buen chico. —Mi padre recoge la pelota y la sostiene en alto, esperando a que los demás salgan del agua y presten atención—. ¿Estás segura? —me pregunta—. «El verdadero sabio no es quien proporciona las respuestas correctas, sino el que plantea las preguntas adecuadas.»

—Creo que era una pregunta inadecuada.

—Claude Lévi-Strauss —añade para explicar la cita—. Antropólogo.

Los perros están expectantes. Harris lanza la pelota y los cuatro se arrojan al agua, nadando y jadeando. Mi padre me rodea los hombros con un brazo.

—Tu discurso de los limones estuvo bien —dice—. Me sentí orgulloso.

24

Esa noche, me tomo una de las pastillas para dormir que robé.

Me la tomo porque siento curiosidad.

Me la tomo porque, si no lo hago, lo más probable es que me levante en mitad de la noche sudando, sedienta y desorientada. Me pasa a menudo. Me gusta la sensación que me producen los analgésicos, así que prefiero reservarlos para cuando estoy despierta.

Me la tomo, además, porque lo que ha ocurrido esta noche me ha puesto muy nerviosa: la fotografía de mi madre, ver a Yardley y a George, los besos de Pfeff, el plan para mañana, la conversación con mi padre. Estoy llena de energía, pero al mismo tiempo me noto muy cansada. Quiero apagarme como si fuera una luz.

Soy precavida. No ingiero nada más junto con la pastilla para dormir. No he bebido nada de alcohol.

Y funciona. Me quedo dormida enseguida. No sueño con nada.

Todavía no sé que transcurrirán varios años, y pasaré por dos ingresos en clínicas de desintoxicación, antes de dejar las pastillas.

Tampoco sé que este hábito me costará la expulsión de la universidad. Ni que, después de haberme rehabilitado, siempre beberé un poco más de la cuenta para llenar el vacío que antes ocupaban las pastillas.

Todavía no sé que me arrepentiré de beber tanto y de que ese vicio haya mermado mis capacidades mentales. Me enturbia la mente y me convierte en una versión más egoísta y tonta de la persona que podría haber sido. Todavía no sé que, cumplidos los cuarenta, me preguntaré si mi hijo Johnny ha muerto, en parte, por mi adicción a la bebida.

No sé nada de eso.

Así que duermo.

25

Deja que te cuente otro cuento de hadas. No es de los famosos. Lo descubrí en la antología de los hermanos Grimm que teníamos en casa. Y se lo volví a leer a Rosemary el verano en que tenía diecisiete años.

Ésta es mi versión.

Los peniques robados

Érase una vez un hombre que fue a visitar a un amigo. Ese amigo tenía esposa y varios hijos.

El día que llegó su invitado, todos se sentaron a comer. Cuando el reloj marcó las doce del mediodía, se abrió la puerta principal de la casa.

Entró una niña de unos diez años. Llevaba puesto un vestido blanco e iba descalza.

Nadie se fijó en ella, excepto el invitado. Todos siguieron comiendo.

La niña pasó junto a la mesa sin decir nada y entró en la habitación contigua. No desvió la vista del frente.

—¿Quién es esa niña? —preguntó el invitado.

La familia respondió que no había visto a nadie. Retomaron el almuerzo.

Al cabo de un rato, la niña apareció otra vez, pasó junto a la familia y cruzó la puerta principal.

—¿Quién es esa niña? —volvió a preguntar el invitado—. La que va descalza.

Pero, de nuevo, la familia no había visto a nadie.

Al día siguiente, a mediodía, todos se habían reunido otra vez para comer cuando se abrió la puerta principal. Entró la niña. Igual que la vez anterior, pasó de largo sin decir nada y entró en la habitación contigua.

Nadie más la vio.

En esta ocasión, el invitado la siguió. A través de una rendija de la puerta, vio a la niña arrodillada, arañando los tablones del suelo. Escarbaba con desesperación. El invitado temió que se hiciera daño en las manos.

El hombre les contó a sus anfitriones lo que había visto. Describió su pelo enmarañado, su cara redondeada, el lunar que tenía en la barbilla.

Entonces le revelaron lo que le habían estado ocultando durante esa visita tensa y extraña: una de las hijas había muerto hacía cuatro semanas de una enfermedad repentina. Era una niña de diez años con el pelo enmarañado, la cara redondeada y un lunar en la barbilla.

Los padres entraron en la habitación contigua. Arrancaron los tablones del suelo, en el lugar donde la niña había estado escarbando, y encontraron dos peniques.

La madre conocía la historia. Le había dado ese dinero a su hija para que se lo entregara a un vagabundo que mendigaba por la calle.

La niña se lo había guardado en el bolsillo.

—Seguramente, querría comprarse unas galletas —dijo la madre—. Así que se quedó los peniques.

La niña fantasma asintió.

—Voy a donar este dinero —dijo la madre—. Para ayudar a algún necesitado. Mi hija ya no debería preocuparse ni reconcomerse más.

Cuando el invitado se giró hacia el rincón donde se encontraba la niña fantasma, ésta había desaparecido. Estaba descansando en su tumba.

• • •

Ésta es mi historia. Yo soy el invitado.

Soy la que puede ver al fantasma de la niña de diez años. Rosemary ha vuelto para pedirme ayuda, mientras busca reposo.

El invitado es el que ve la verdad, el que dice la verdad, el que puede percibir y reconoce el dolor, y de ese modo absuelve a la familia. Ésa soy yo.

Mejor dicho, me gustaría ser el invitado.

Pero no quiero mentir.

Si pretendo contar bien esta historia, contarla como es debido, debo admitir que yo no soy el invitado. En esta historia, la historia de los peniques robados, te prometo que
yo soy el
fantasma.

26

Pfeff no se presenta en el muelle a las once.

Me entretengo poniendo a punto la lancha. Reviso el ancla y los chalecos salvavidas. Me aseguro de que tenga gasolina. Llevo una lista de la compra que ha confeccionado mi madre y una nevera portátil para los helados que me ha pedido que compre en Edgartown.

¿Habrá cambiado él de idea? ¿O se le habrá olvidado?

Mi padre nos enseñó a no esperar a las personas que llegan tarde. «Es mejor llegar tres horas pronto que un minuto tarde», es una de sus citas favoritas. Está sacada de *Las alegres comadres de Windsor*, de Shakespeare. No me la he leído, pero nos lo dijo Harris.

Zarpo a las once y diez.

Es una estupidez, es absurdo, pero se me saltan las lágrimas mientras enciendo el motor de la lancha y me alejo del muelle. Me han dado plantón.

Quiero ser la clase de chica de la que un chico no se olvida. La clase de chica a la que los chicos esperan durante horas.

Los novios de Penny siempre la esperan. Lachlan y los chicos que tuvo antes que él. Van a sus partidos de tenis. La esperan fuera del aula para ir a almorzar con ella y le guardan un sitio en la sala de actos.

En fin. No quiero pensar en ello. Compraré jabón y crema solar en el supermercado, aparte de algunas revistas para leer en la playa; compraré dulces en Murdick's y una sombrilla nueva para reemplazar la que se ha roto. Me compraré un batido de fresa y me lo beberé mientras contemplo los barcos en el puerto.

No tiene importancia.

Sólo fue un beso. Dos.

Besarse no significa nada para un chico como Pfeff, que sin duda habrá besado a un millón de chicas e incluso se habrá acostado con ellas. Anoche, simplemente se dejó llevar por el momento. Y yo también.

No debería importarme. Ni siquiera lo conozco.

Estoy pasando por delante de la Caleta cuando oigo un grito entre el estrépito del motor:

—¡Carrie!

Reduzco la velocidad y entorno los ojos. Pfeff está sumergido en el agua hasta los tobillos, ataviado con unas bermudas y una sudadera con capucha. Está ondeando los brazos.

Apago el motor.

—Me acabo de despertar —grita—. ¿Llego tarde?

No sé si quiero volver a verlo. Cada palabra que dice me recuerda una cosa: no le intereso. No me valora lo suficiente como para despertarse a tiempo.

—¡Carrie! —grita de nuevo—. ¡Espera! Voy contigo.

Echa a correr y se zambulle entre el suave oleaje.

Está nadando hacia el barco. Con la sudadera puesta. Sus brazadas son enérgicas, pero poco ortodoxas. Estoy más lejos de lo que cree.

Lo observo durante un rato, y pienso. Pfeff se está esforzando un montón. Para alcanzarme. Ya casi ha dejado atrás la cala, así que enciendo de nuevo el motor y avanzo lentamente hacia él.

—Has tomado una mala decisión —le digo, mientras se impulsa por la escalera.

—Me ocurre a menudo —replica, al tiempo que menea la cabeza para sacudirse el agua del pelo—. Dios, esta sudadera pesa una tonelada.

Se la quita y también la camiseta empapada.

No sé hacia dónde mirar. Está muy cerca. Tiene los hombros bronceados, y un poco de vello en el pecho. Lleva una cadenita al cuello de la que cuelga la chapa identificativa de un perro.

—Gracias —dice—. Por no alejarte con el barco mientras yo hacía esta machada. —Se agacha, empapado y desnudo de cintura para arriba, y me besa con suavidad en la mejilla, junto a la mandíbula. Tiene los labios muy fríos—. Venga, en marcha.

Un beso. Pero sin llegar a serlo. No sé qué pensar al respecto, así que finjo que apenas recuerdo lo que pasó anoche. Como si hubiera besado a un millar de chicos. Como si besarme bajo la luz de la luna fuera mi pasatiempo habitual de los viernes por la noche y por la mañana ya no significara nada.

Navego hacia Edgartown.

Pfeff escurre la camiseta y la sudadera inclinado sobre el borde de la lancha.

—Tendré que comprarme unos zapatos —dice—. Me he dejado las chanclas en la orilla.

—¿Has traído la cartera?

—Pues sí. —Abre la cremallera del bolsillo de sus bermudas y saca una cartera de lona azul completamente empapada. Cuando la abre, muestra varios billetes de veinte mojados y el cheque regalo de una librería—. Mierda. —Vuelve a doblar los billetes mojados y los guarda en la cartera.

La lancha va tan deprisa que es preciso gritar para hacerse oír, así que no hablamos demasiado. Tardamos casi una hora en llegar al puerto de Vineyard. Cuando amarramos en el muelle, Pfeff ya está seco y ha vuelto a vestirse.

—Oye —dice, tocándome el brazo, mientras recorremos el muelle en dirección al pueblo.

—¿Sí?

—Siento..., eh..., siento haberme quedado dormido. Y haberte hecho creer que no iba a venir.

—No pasa nada.

—Genial. —Me sonríe. Sus ojos oscuros adoptan un gesto risueño—. Vámonos de compras. ¿Estás preparada? Me encanta ir de tiendas.

27

En Edgartown, las aceras son de ladrillo. Casi todos los edificios están construidos con azulejos blancos. Las calles están bordeadas por cercas de madera con rosales enroscados. Puedes cruzar el pueblo andando en diez minutos.

Las tiendas o son antiguas o son funcionales —un supermercado diminuto, una ferretería, una licorería—; también pueden ser pintorescas y turísticas, donde venden artículos para el hogar, carillones, libros y dulces. Hay varias heladerías.

Primero vamos a una tienda de artículos de playa. Suena música pop. Las paredes están repletas de bañadores con frases cursis en el trasero («Vineyard es perfecto para los amantes»), camisetas de *Tiburón* (la película se rodó en esta zona), toallas de playa baratas, cometas y viseras.

Pfeff habla con la chica del mostrador, le pregunta por las tallas de las sudaderas. Tiene pinta de universitaria. Aburrida. Unos años mayor que nosotros.

—¿Crees que mi talla es la M? —pregunta—. ¿O quizá la L? —Y antes de que la chica pueda responder, añade—: Ah, ya que estás aquí, me gustaría consultarte una cosa. ¿Vale?

—Vale.

—Al parecer, soy una persona que toma malas decisiones —dice Pfeff—. De hecho, eso ya lo sabía. La cuestión es que tomé malas decisiones al hacer la maleta para venir aquí... Bueno, en realidad no estoy en Edgartown, sino en esa isla de allí... —Señala hacia el puerto—. Está por ahí, en alguna parte. El caso es que me preguntaba dónde compra la gente la ropa interior en este pueblo. Si es que existe la clase de sitio donde una persona puede comprar ropa interior.

—Sí —dice la chica—. Aquí usamos ropa interior.

—Yo sé adónde ir —intervengo.

Pero Pfeff me ignora y me doy cuenta de que en el fondo no le importa obtener esa información. Lo que quiere es tener un tema de conversación.

—Está bien. ¿Dónde venden calzoncillos en Edgartown?

La chica le indica una tienda.

—¿Y calcetines? —pregunta Pfeff—. ¿Crees que tendrán calcetines?

—Sí —responde ella—. Pero aquí también tenemos.

Le enseña unos calcetines con dibujitos de hidroaviones, mapas de la isla, gaviotas, langostas y ballenas. Pfeff se compra un par de cada.

—¡Qué calcetines tan chulos! —exclama—. Con ellos ya estoy listo para la vida moderna. —Me muestra los que tienen unos dibujitos de langostas—. Ooh, ¿crees que tendrán calcetines de gambas? —Se gira hacia la chica—. ¿Tenéis calcetines de gambas? ¿O de cangrejos? Compraré todos los calcetines de crustáceos que tengas. Es decir, un par de cada. Tampoco voy a tirar la casa por la ventana.

La chica sólo tiene calcetines de langostas. De ningún otro crustáceo.

—¿Y cangrejos de río? —pregunta Pfeff—. ¿Y almejas?

La dependienta le dice que las almejas son moluscos y que tampoco tiene calcetines de ese tipo.

—Gracias de todos modos —dice Pfeff—. Soy muy concienzudo con estos temas.

Paga con una tarjeta de crédito y no sólo compra calcetines, sino también unas chanclas que se pone de inmediato, una camiseta de Vineyard para sustituir su sudadera empapada y dos pares de gafas de sol espejadas, baratas y ridículas.

—¿Parezco el prota de *Top Gun*?

—Tom Cruise no usa gafas espejadas —respondo—. Las suyas son normales.

—De eso nada —replica Pfeff—. Claro que son espejadas. Estoy seguro.

—En cualquier caso, no te pareces en nada a Tom Cruise. Aunque sí que se parece un poco.

—Soñar es gratis —dice Pfeff—. Déjame soñar. Tú vas por ahí con el aspecto de una supermodelo. No sabes lo que se siente al ser un humano normal y corriente.

Me ruborizo. Es un cumplido barato y convencional. Y no es cierto. Pero, en el fondo, me halaga escucharlo.

—Calla —replico—. ¿Tienes hambre o quieres ir primero a comprar los calzoncillos?

—No he desayunado —dice Pfeff—. Porque tomé malas decisiones.

Pedimos rollitos de langosta, Coca-Cola, almejas fritas y chips de pepinillos. Nos lo comemos sentados en un banco, junto al puerto. Más tarde, Pfeff se compra ropa interior. Y un jersey de rombos que le hace parecer «como un abuelo, pero en el buen sentido».

En la librería, quiere comprar regalos: Armistead Maupin para Major, Stephen King para George y un thriller médico para Yardley, porque quiere estudiar Medicina. Tiene una cultura literaria sorprendente.

—Leo un montón de libros famosos —me explica—. Pero los libros que nos obligan a leer en clase me aburren.

Vamos al piso de arriba, a la sección de ciencia ficción, donde encuentra varios libros voluminosos que añadir a la pila.

Cuando bajamos por las escaleras hacia la parte delantera del local, Pfeff ve a alguien que conoce: una chica menudita con el pelo largo y negro, asiático-americana, vestida con unos vaqueros cortos raídos y una camisa de cuadros. Lleva una bolsa enorme que parece de mimbre. Tiene el rostro redondeado y ligeramente tostado por el sol.

—Sybelle —susurra Pfeff, como si fuera un gran secreto—. Ésa es Sybelle.

La chica se gira.

—Ostras, Pfefferman. ¿Me estás siguiendo?

—Ja. ¿Cuánto hace ya? ¿Un año? —Se gira hacia mí—. Hacía una eternidad que no la veía. No la estoy siguiendo. Carrie, ésta es Sybelle. Sybelle, ésta es Carrie. Sybelle y yo participamos en una movida al aire libre el verano pasado, en el parque nacional de Canyonlands. Una especie de programa donde nos sacaban a la naturaleza durante tres..., no, quizá cuatro semanas. Estuve a punto de morir en múltiples ocasiones.

—No estás hecho para la montaña —replica Sybelle.

—Hicimos rápel y cosas así —añade Pfeff—. Aún tengo las cicatrices.

—¿Tienes tiempo para ir a tomar un helado? —pregunta Sybelle—. Podríamos ponernos al día.

—Por supuesto —responde Pfeff. Paga los libros con su cheque regalo—. Quedamos en el muelle, ¿vale, Carrie? No tardaré. Es que no veía a Sybelle desde que estuve a punto de caerme por un barranco en Utah.

—Vale —respondo con una sonrisa forzada.

—¿Seguro que no me estás siguiendo? —inquiere Sybelle.

—Ni siquiera me alojo en esta isla —responde Pfeff—. Estoy en otra, de verdad.

Me entrega sus bolsas y añade:

—Lo hemos pasado genial de compras, ¿a que sí?

—Yo no me he comprado nada —replico.

Y entonces se van.

28

Dejo las bolsas en el barco.

Hago los recados que me encargó mi madre.

No importa. No importa.

Ni siquiera lo conozco.

Me compro un batido de fresa. Sabe igual que todos los veranos. Es el mismo batido que me bebía a los tres años, a los nueve, a los trece. En el mismo vaso blanco de cartón.

Me apoyo en la lancha. Se me quedan las manos frías. Y los labios.

Busco el jersey que llevo en el bolso y me lo pongo. Sin venir a cuento, con timidez, me cepillo el pelo y me aplico bálsamo en los labios.

Y espero a Pfeff.

Desde las tres y cuarto hasta las cuatro. Después hasta las cuatro y media.

Podría marcharme, como he hecho esta mañana. Pero no hemos concretado una hora para encontrarnos. Así que no se está retrasando.

Y si lo dejo aquí, alguien habrá de venir desde Beechwood para recogerlo en algún otro momento. O tendré que hacerlo yo.

¿Y se sabe siquiera el número de teléfono de Goose? Lo dudo. ¿Harris y el tío Dean salen en el listín telefónico de Cabo Cod? Puede que sí o puede que no.

Si dejo tirado a Pfeff, se enfadará. Y perderé mi oportunidad.

Así que lo espero. Y mientras lo hago, tengo que admitir que me gusta este chico con sus anchas espaldas y su nariz rota, con su entusiasmo por todo. Me gustan los chicos que nadan hacia un barco con la sudadera puesta, que se arrodillan delante de mi madre, que compran calcetines de langostas y regalos para sus amigos. Que besan como lo hace él. Que me consideran lista, impresionante y bella.

Se marchó con Sybelle hace tres horas.

Me tomo una codeína y espero a que se desvanezca el dolor.

Tengo frío. Y estoy aburrida. Me monto en la lancha y me siento en el suelo, a resguardo del viento.

La codeína hace efecto. En un momento dado, busco un teléfono público y llamo a Tipper para decirle que no me espere para cenar.

Está anocheciendo cuando Pfeff llega al muelle.

—Lo siento mucho —dice empezando a hablar desde lejos, mientras avanza en mi dirección—. Alquilamos unas bicis. Cerca de aquí hay una zona que se puede visitar, donde te ves rodeado de agua por los dos lados. —Sube a bordo y se pone la sudadera—. El océano a un lado y una especie de estanque al otro. Es una preciosidad. Tienes que verlo.

Ya lo he visto. Muchas veces.

No respondo. Me limito a soltar las amarras.

—¿Te he hecho esperar? —pregunta—. Espero que no. Fuimos muy lejos con las bicis y luego tardamos una eternidad en volver, y luego no recordábamos en qué tienda habíamos alquilado las bicis. Mira que somos cazurros. Recorrimos el pueblo entero y ninguna nos sonaba. Sería lógico pensar que las bicis tendrían una pegatina, pero no. Y tampoco habíamos guardado el recibo. En cualquier caso, nos entró un hambre tremenda. Yo sabía que tenía que llegar aquí, pero había una pizzería justo delante y pensé que podría zamparme un par de porciones por el camino, y que así mi compañía resultaría mucho más agradable durante el trayecto en lancha, pero resulta que nos tocó esperar a que sacaran una nueva pizza del horno.

—Vete al cuerno, Pfefferman.

Me sorprende oír esas palabras saliendo de mi boca. Tenía pensado mostrarme pasota y serena, fingir que yo también acababa de llegar al barco.

—¿Cómo dices? —Pfeff parece sorprendido.

—No quiero oír ni una palabra más.

—Está bien. Ya sé que te he hecho esperar. Una eternidad. Pero ¡fue una situación muy complicada, Carrie!

—¿Cuál?

—Lo mío con Sybelle. Durante esa excursión por el parque nacional de Canyonlands, estuvimos... En fin, la cosa acabó mal, ¿vale? Yo... metí la pata hasta el fondo. ¡Y de repente me la encuentro aquí! Después de que, seguramente, me haya odiado durante un año entero. Y se muestra simpática. Pensé que por fin me había perdonado por haber sido tan idiota hace un año, y creí que, si pasábamos un rato juntos, podría enmendarlo todo. No sabía cómo decirle: «No, Sybelle, he quedado con Carrie en el muelle.» Porque estaba haciendo un esfuerzo descomunal en hacerme perdonar por ella.

Navego hacia mar abierto, después me giro hacia él.

—Eres un gilipollas —le suelto—. Puedes decir lo que quieras, que seguirás siendo un gilipollas egoísta y desconsiderado.

—Tú no lo entiendes —dice Pfeff—. Estaba...

—Lo que entiendo es que no te importa nadie que no seas tú mismo —replico—. Que no te preocupa dejar colgada a una persona durante cinco horas, ni que una isla llena de gente te espere con la cena en la mesa, pues es más importante conseguir que una chica a la que plantaste el año pasado ahora crea que eres un muchacho excelente. En realidad, pensándolo bien, hoy no has hecho otra cosa que intentar que la gente piense: «Pfeff es un muchacho excelente.» Tontear con la dependienta. Halagar a la gente. Comprar regalos. Pero en el fondo no te importa nadie. Sólo te importa demostrar lo especial que eres y te traen al pairo los sentimientos de los demás.

—Carrie —dice—. Lo siento.

—Déjame en paz —replico—. Ni me hables.

29

Cuando regreso a Clairmont, Luda ya ha terminado de recoger los platos de la cena. Tipper, Harris y el tío Dean están en el porche, riendo y tomando unas copas.

Me como un sándwich de pollo en la cocina y charlo un rato con Erin y Penny, que se reúnen conmigo en la enorme mesa de madera. La noche ha refrescado y el jersey de cuello alto negro de Erin parece fuera de lugar en la cocina, así como el lápiz de ojos y el carmín que cubre sus labios bonitos y carnosos. Pero se la ve a gusto. Está picoteando de un pastel de chocolate que sobró de la cena, se lo come con la mano. Penny lleva un viejo jersey azul de nuestro padre y se está tomando un té de menta.

—¿Besaste a Pfeff? —dice Penny—. ¿Anoche? ¿Y por qué no he sabido nada hasta ahora?

—Porque estabas durmiendo cuando me fui por la mañana —replico—. ¿Cómo querías que te lo contara?

—Deberías haber venido a verme anoche para contármelo todo inmediatamente —afirma—. Es tu obligación como hermana.

—Estabas ocupada.

Les cuento lo que ha ocurrido en Edgartown: las compras, el encuentro con Sybelle, la espera de cinco horas y después la discusión.

—Menudo capullo —dice Erin, que ladea la cabeza con forma de corazón, pensativa.

—Vomitivo —añade Penny—. Mira que hacerte esperar de esa manera. ¿Era guapa?

—¿Quién? —pregunta Erin.

—Sybelle. La chica se llamaba así, ¿verdad?

—Sí —respondo—. Era guapísima. Aunque se había quemado con el sol.

Erin posee una mente analítica. Frunce el ceño y disecciona cualquier tema de conversación que se esté abordando.

—¿Crees que se... acostó con ella?

—¿En Edgartown? ¿En pleno día? —No lo había pensado.

—No me creo que estuvieran montando en bici todo el rato —alega—. Es imposible.

—Pero ¿dónde podrían haberse...?

Esa posibilidad me hiela por dentro. Estaba celosa porque Pfeff se había pasado la tarde con Sybelle, su exnovia. No se me había ocurrido pensar que podría haberse acostado con ella mientras lo esperaba en el muelle. Sinceramente, nunca se me había pasado por la cabeza que la gente hiciera esas cosas en pleno día.

—En casa de ella, claro —dice Penny—. Se aloja en el pueblo. Tendrá una habitación.

—Entonces, ¿crees que toda esa historia de la bici era mentira? —pregunto—. ¿Y cómo sabía Pfeff lo de la carretera con el agua a ambos lados?

—La carretera de la playa. —Penny le quita el cuchillo de la mano a Erin. Corta una porción de tarta—. Yardley dice que Pfeff va de flor en flor —añade—. Siempre tiene algún lío.

—Seguro que tú te liarías con él —le suelta Erin a Penny.

—Cállate. Ya sabes que no.

—Major me preguntó si quería sacar los kayaks —dice Erin—. ¿Os lo he contado?

—No.

—Pues lo hizo. ¿Crees que le gusto?

—No —repite Penny.

—Se lo estoy preguntando a Carrie —replica Erin—. Carrie, ¿crees que le gusto a Major? Por lo de los kayaks o por cualquier otro detalle. ¿Te has fijado en si me mira?

Me termino el sándwich y me llevo el plato al fregadero para enjuagarlo.

—¿A ti te gusta? —le pregunto a Erin—. Porque, en mi opinión, no te llega ni a la altura de los zapatos.

—No lo sé —responde—. Me gustan los pelirrojos.

—Major es gay —dice Penny.

—De eso nada. —Erin pone los ojos como platos.

—Me lo contó él. Sus padres son medio hippies, así que les parece bien y él no lo esconde —explica Penny—. Así que, por más que te guste, lo vuestro no va a ir a ninguna parte.

—¿Major te ha hecho una confidencia? —Erin no termina de creérselo.

—No era ningún secreto —replica Penny—. Sólo lo mencionó de pasada.

—¿A cuento de qué?

—A cuento de nada. Contó una historia de un chico con el que salía. Y cuando le pregunté por ello, me dijo que su madre lleva un rollo muy espiritual, que medita y esas cosas... «Amor es amor», ésa es su filosofía.

No sabía nada. Nunca he conocido a nadie que fuera abiertamente gay.

—Bueno, me alegro de que los dos os llevéis tan bien —dice Erin—. A lo mejor deberías salir tú con él en kayak. Haceros amiguitos.

—Venga ya, Erin —replica mi hermana—. Termínate la tarta y vámonos a dormir. Creo que me ha dado demasiado el sol. Estoy hecha polvo.

Erin se ríe. Se levanta y se vuelve hacia mí.

—Pfeff se ha pasado la tarde cepillándose a esa chica —afirma.

30

Cuando llego a mi habitación, Rosemary está allí, vestida con su disfraz de guepardo. Está acariciando a *Wharton*, que está acurrucada en la alfombra, agotada después de pasarse el día corriendo por ahí con los demás perros.

Rosemary tiene ese disfraz desde que se lo regaló una amiga cuando cumplió nueve años. Básicamente, es un pijama con pies, como esos que nos ponían de pequeñas. Pero tiene cola y una capucha con orejas. Cuando estaba viva, Rosemary se lo ponía todo el invierno para dormir. Ahora está esperando en mi cama, con la capucha puesta. El tejido brillante está desgastado a la altura de los codos.

—¡Hola! —exclama con alegría—. ¿Te apetece ver *Saturday Night Live*?

—¿Qué?

—Ha empezado a las once y media. Lo he visto en la programación.

—No podemos —replico—. Hay gente abajo.

—¿Lo están viendo sin mí?

—Hummm. Lo está viendo Bess. Y Tipper y Harris aún siguen en el porche.

—Pero es que no lo he visto nunca.

—Florecilla —insisto—. No podemos ir con ellos. ¿No te parece?

—No. —Suspira, después suaviza el tono—. De todas formas, no he venido aquí para ver a Bess. Sólo a ti, a ti, a ti.

Empiezo a desvestirme para meterme en la cama.

—Aunque me gustaría ver ese programa algún día —añade—. No me parece bien estar muerta y no saber nunca de qué está hablando la gente.

—Está bien. Lo intentaremos.

—¿La semana que viene?

—Vale. Ya veremos.

—De acuerdo. ¿Quieres jugar a Reyes en la Esquina?

Buf. Siento un batiburrillo de emociones por culpa de la excursión a Edgartown.

—Es un juego corto —añade Rosemary.

No puedo fingir que me apetece jugar a las cartas. De verdad que no.

—Estoy molida —replico. Me pongo una camiseta vieja y unos pantalones de pijama.

—¿Una sola ronda? Te dejaré ganar.

—No, florecilla. Deja que me cepille los dientes y nos acurrucaremos juntas.

Me tomo un Halcion y me hago una trenza rápida. Abro la ventana de par en par y enciendo el ventilador. Cuando por fin me meto en la cama, Rosemary se pone de espaldas y yo me abrazo a su cuerpo peludo de guepardo.

Rosemary respira despacio. Se oye el runrún del ventilador. El sonido de las olas al romper en la orilla.

Rosemary deja la mano inmóvil bajo la mía. Parece que se está quedando dormida.

—¿Sabes cómo podríamos mejorar la situación? —susurra.

—¿Cómo?

—Viendo *Saturday Night Live* —responde.

—Qué granuja eres —digo—. Creía que estabas dormida.

—Imagínatelo. Viendo la tele mientras nos acurrucamos.

—No cuentes con ello.

—Vale, eso no —concede—. Ah. ¿Sabes qué más podría mejorar la situación?

—¿El qué? —Me pregunto si está intentando decirme qué necesita. Por qué está aquí. Por qué se me aparece.

—Que *Wharton* se pusiera un disfraz de guepardo.

Me río.

—¿*Wharton* disfrazada de guepardo?

—Le encantaría —dice Rosemary—. Quiere ser una gueparda.

—Los tres perros disfrazados de guepardo.

—No, no. *Albert* y *McCartney* no quieren ser guepardos. No tienen aspiraciones.

—Menuda palabra.

—Me la enseñaste tú en el *Scrabble*.

—¿De veras?

—Ajá. Oye, espera. Tengo una idea mejor.

—¿Mejor que *Wharton* disfrazada de gueparda?

—Sí, mejor.

—Está bien. No me dejes con la intriga.

—Que tú te pusieras un disfraz de guepardo.

—Sí, no hay duda de que eso mejoraría la situación —replico.

—Pues hagámoslo.

—¿Ahora?

—Ajá.

—Está bien —digo—. Iré ahora mismo al muelle, pondré en marcha el *Tragona*, navegaré durante una hora... No, espera, en Edgartown estará todo cerrado. Tendré que echar una hora más hasta tierra firme, allí tomaré un taxi, me iré a un K-Mart que abra veinticuatro horas en algún rincón de Cabo Cod y me compraré un disfraz de guepardo, ¿de acuerdo?

—De acuerdo.

—Y después volveré para acurrucarme contigo. Tardaré unas cinco horas, pero no importa.

—Serán seis —dice Rosemary—. Pero valdrá la pena.

—Las dos acurrucadas y disfrazadas de guepardas. Lo estoy deseando.

—Eh, ¿sabes qué podría hacer que esta situación fuera mucho pero que mucho mejor? —pregunta.

—Dormirse.

—No, en serio.

—¿El qué?

—Que jugáramos a Reyes en la Esquina —dice Rosemary.

—Ni hablar. Vamos a dormir.

—Duerme tú. Yo soy un guepardo. Apenas necesito dormir, porque soy el animal más rápido de la Tierra.

—¿Y lo que te gusta hacer es jugar a Reyes en la Esquina?

—Pues sí —responde—. Con otras personas disfrazadas de guepardo.

—Querrás decir más personas que sean guepardos —replico, mientras empiezo a quedarme dormida.

—Sí, a eso me refería.

31

Cada noche que los chicos pasan en la isla, mis padres se obsesionan más y más con las universidades y sus expectativas sobre mí.

—Amherst tiene una gran tradición —dice mi padre, mientras me mira de reojo para comprobar que esté prestando atención—. Robert Frost impartió clases allí. Y también vivió allí. Un poeta excelente. —Y cita—: «Pero tengo promesas que cumplir / y millas que recorrer antes de dormir.»

Los chicos intervienen en esta conversación entusiasmados. Le preguntan a Harris por su estancia en Harvard, por los deportes que practicaba, por las gamberradas que hizo con sus compañeros de residencia. Tipper contribuye con anécdotas simpáticas sobre su época universitaria y les pregunta a los chicos por sus planes de estudio. Harris resalta asignaturas que le parecen interesantes y actividades a las que yo podría querer apuntarme. Reflexiona acerca de qué facultades se toman en serio el sóftbol femenino.

Tomo codeína para soportar esas veladas. Es mejor estar medicada y así no sentir el enorme peso de las expectativas que mis padres se han forjado sobre mí.

Ya sé lo que es vivir en una residencia de estudiantes. Sé lo que es pasarse el día en la biblioteca y redactar trabajos de quince páginas. Preferiría ir a clubes nocturnos, visitar museos y compartir con varias amigas un apartamento cutre y sin ascensor. Quiero conocer a alguien a quien amar y con quien hacer cola una fría noche para asistir a una función de teatro experimental. Creo que disfrutaría del bullicio de una ciudad que sea sucia y caótica, pobre y próspera, elegante y extraña, donde la gente no se parezca a mí. Creo que me gustaría hacer algo con mis propias manos.

Aunque Tipper se pasa el santo día pelando espárragos y preparando masas de tarta, quiere que yo vaya a la universidad. Quiere que tenga una vida llena de logros intelectuales. Y ello no tiene vuelta de hoja.

Recorro una senda dictada por mis padres. La recorro de la misma manera que las pasarelas de madera que han dispuesto a través de Beechwood. No veo cómo salirme.

Aunque abandone las pasarelas y me meta entre los arbustos, bajo los árboles o sobre la arena..., no importa.

Sigo estando en su isla.

Pfeff actúa como si no nos hubiéramos peleado y yo actúo como si no me importara. Estamos en la misma habitación, pero apenas cruzamos palabra. La situación es llevadera.

Noche tras noche, los chicos ponen música a todo volumen en Goose. R.E.M., Prince y Talking Heads. Jugamos al *Scrabble* o al póquer con calderilla. Una noche vemos *Ben-Hur* y otra vemos *Mary Poppins*. El salón está repleto de bolsas de patatas fritas y latas de refresco vacías. Cuando la noche es cálida, los chicos corren sin temor hacia la Caleta y se lanzan en las aguas oscuras como boca de lobo.

Algunas noches, Penny y Erin también se dejan caer por Goose, pero sobre todo se dedican a pasear juntas por el camino que rodea la isla, fumando cigarrillos de clavo aromáticos que trajo Erin, mientras conversan sin parar. «Vamos a pasear y a charlar», contesta Penny, meneando la cabeza, cuando uno de los chicos le pregunta si va a ir a Goose.

Una noche, unos ocho días después de la excursión a Edgartown y la discusión con Pfeff, nos encontramos en el mar, sumergidos hasta el pecho. Estamos Pfeff, Yardley, George, Major y yo. La brisa nocturna es húmeda y hay un oleaje suave.

George: «Vamos a jugar a la Salchicha.»

Yardley: «Buf, otra vez, no.»

Yo: «¿De qué va?»

Yardley: «Es un juego estúpido. Jugamos la otra noche, cuando te fuiste a casa.»

George: «Es tan estúpido que es divertido.»

Pfeff: «Me apunto.»

Major: «Y yo.»

Me quedo absorta en el cuerpo de Pfeff dentro del agua. Desliza las manos sobre la superficie, produciendo pequeñas ondas. Mi mirada se siente atraída hacia los definidos músculos de sus hombros, hacia la línea de su cuello.

George: «El que se ría, pierde. O el que diga una respuesta que no sea "salchicha".»

Major: «Está bien. Yardley, te toca. Tienes un nuevo acompañante masculino. Qué guay: tiene una gigantesca...»

Yardley: «Salchicha.»

George: «Lo que sale del culo de un perro es una...»

Yardley: «Salchicha.»

Yo: «Las cabañas de madera se construían con troncos, pero ahora las fabrican con...»

Yardley: «Salchichas.»

Pfeff: «Plop, plop.» Se pone a pegar unos brincos ridículos dentro del agua.

Yardley: (riendo) «Para, por favor.»

Pfeff: «¡Ja! Has perdido.»

Yardley: «¿Por qué haces ese ruido? Tenías que hacer una pregunta cuya respuesta fuera "salchicha".»

Pfeff: «Lo sé. Pero, si te ríes, pierdes. O si dices algo que no sea "salchicha". ¿No es así?»

Yardley: «Plop, plop. Qué malo eres.»

George: «¡Acepta la derrota, Yardley!»

Yardley: «Está bien, le toca a Carrie.»

Miro de reojo a Pfeff. No quiero mirarlo. No quiero seguir pensando en él, en el roce de su cuello bajo mi mano cuando me besó, en la sorprendente tersura de sus labios. No quiero pensar en ello, pero estoy medio desnuda en el agua y él está a poco más de un metro de mí, y no puedo pensar en otra cosa, por más que sea un gilipollas desconsiderado con el que no quiero tener nada que ver.

Yo: «Salchicha.»

Major: «Tengo una. Vas nadando y notas como si se te hubiera metido una tonelada de agua en la oreja. Meneas la cabeza, como sueles hacer. Y de dentro sale una...»

Yo: «Salchicha.»

Yardley: «Le pegas un tiro a un jabalí y te lo llevas a casa. ¿Qué haces después?»

Yo: «Salchichas.»

Pfeff: «¡Judías!»

Yardley: «No digas tonterías, Pfeff.»

Pfeff: «¡Pasta de dientes!»

George: «Venga, me toca. Tienes que cambiarle el pañal a un niño y te encuentras dentro una...»

Yardley: «George. La frase del bebé es la misma que la del perro.»

George: «No, no. No tiene nada que ver.»

Yardley: «No puedes repetir el mismo chiste de cacas una y otra vez.»

George: «Si sirve para que Carrie se ría o responda otra cosa, entonces vale. Ésa es la única condición del juego.»

Yardley: «No estoy de acuerdo. Para eso podríamos jugar a ver quién hace reír antes a Carrie.»

—Salchicha —digo, muy seria.

—Tienes que mezclar los chistes de cacas con otras cosas —insiste Yardley—. Si no, pierden toda la gracia.

—¡Alcachofas! —vocea Pfeff, como si acabara de tener una ocurrencia brillante.

Me río.

Pfeff se acerca nadando a mí, mientras los demás continúan con el juego. Tiene el pelo húmedo y los pómulos perlados de gotitas. Se acerca tanto que podría besarlo sin esfuerzo.

—Te he hecho reír —susurra—. Admítelo.

32

Más tarde, cuando me voy a la cama, paso junto a la puerta de la habitación de Penny, que está abierta. Erin y ella están fritas sobre las dos camas, con una botella de whisky vacía en el suelo. Me planteo dejarlas como están, pero sé que Tipper pasará por aquí cuando suba a su habitación.

Las zarandeo suavemente hasta que se despiertan y las obligo a lavarse los dientes y a beberse unos vasos grandes de agua. Les doy dos Tylenol a cada una. Beben y tragan con obediencia, y cuando intentan volver a tirarse en la cama vestidas, saco unos pijamas de la cómoda de Penny y las obligo a cambiarse.

—Pero si yo no suelo usar pijama —protesta mi hermana con voz pastosa—. Duermo en bragas y camiseta. Mamá sabrá que está pasando algo.

—Sé un orgullo para la familia y ponte el pijama —insisto.

—He visto la fotografía secreta de nuestra madre —dice ella.

—Calla, Penny. —No quiero que lo mencione delante de Erin.

—¡Querías saber mi opinión! Si no, no me lo habrías contado —replica, mientras me pasa un brazo por los hombros.

—Cállate.

—Creo que el de la foto es papá —prosigue—. Y creo que mamá le raspa un trocito de la cara cada vez que se enfada con él, porque es un mandón. Cuando se cabrea, sube a su cuarto, la saca de su escondite y se pone a hacer ris, ris, ris. Así es como descarga su furia.

—No es Harris —replico. Aunque podría serlo.

—Nuestra madre tiene una especie de ritual para vengarse de él, como cuando no le presta atención.

—Eso no tiene nada que ver con lo que has dicho antes.

—Piénsalo. —Se quita la camiseta y el sujetador de un tirón, se abotona la parte superior del pijama de rayas sobre su torso desnudo—. ¿Contenta?

—Los pantalones también —digo—. Sé buena.

—Nuestra madre debería ir al psiquiatra. —Penny se deja caer sobre la cama en cuanto se pone los pantalones del pijama—. No es normal rasparle la cara a tu marido.

—Ahora mismo no piensas con claridad.

—¿Yo? —replica—. No soy yo la que va ciega de pastillas a todas horas.

Me quedo paralizada.

No sabía que supiera lo de las pastillas.

No sabía que nadie supiera lo de las pastillas.

—Eso no es cierto —replico.

—Claro que sí —afirma—. Y ahora, vete. Erin y yo estamos muy cansadas. Y borrachas, también. Chao.

33

Aunque se acuesten muy tarde, Major y Pfeff, y a veces también George y Yardley, han empezado a salir a navegar con *Tragona* muy temprano. No todos los días, pero sí a menudo. Me entero de ello un par de noches después de haber jugado a la Salchicha, porque Major me invita.

—¿Te apuntas al Plan Mañanero? —me pregunta.

—¿Qué es eso?

Ya hemos cenado y Major está sentado a mi lado en el sillón azul y espacioso que hay en Goose. Sobre el regazo sostiene un cuenco grande lleno de galletitas saladas y cereales Lucky Charms. Sus brazos flacuchos están tostados por el sol. Tiene agujeros en los vaqueros negros.

—Salimos en la lancha a primera hora y llevamos café —explica—. Nadamos y entramos en contacto con la naturaleza.

Pfeff está sentado en el suelo, delante de mí. Lleva la americana de sirsaca de George, una camiseta de U2 y unos pantalones cortos de color salmón. Se ha estado burlando sin piedad de la película (*Mary Poppins*), mientras se dedicaba a cantar al unísono, inventándose sus propias letras.

> *¡Mata a tus viejos! Al compás.*
> *¡Menea el pito! Al compás.*
> *No te cortes, pórtate mal.*
> *¡Echa las cuentas! Al compás.*

Cosas así.

—Vamos muy lento y con cuidado —me cuenta acerca de la excursión mañanera en barco—. Porque estamos resacosos. Pero no puede ser más hermoso.

—Es el único paseo en barco que yo aguanto —dice Major.

—Y yo he aprendido a hacer café —interviene George, que está acurrucado con Yardley en un sillón. En las dos semanas que lleva en la isla se ha relajado: sus pantalones cortos de cuadros están sucios y desgastados. Su pelo ya no parece el casco beige de corte meticuloso que era antes—. Nadamos o nos tumbamos a la bartola. Solía salir a pescar con mi padre, ¿sabes? Esto es parecido. Empezamos el día con buen pie, disfrutando de la naturaleza.

—Al principio pasaba de ir —dice Pfeff—. Pero ahora me encanta.

—Por eso se quedan fritos después de comer —bromea Yardley—. Entras en Goose y te encuentras a Pfeff roncando en el sofá. A Major dormido en la tumbona. Y a George tirado boca abajo en la cama, con las zapatillas puestas.

—Cuando duermo, estoy muy mono —dice George—. Es un hecho documentado. Así que no hay motivos para reírse.

—Podrías apuntarte mañana —dice Pfeff, dirigiéndose a mí. Se gira y me mira esperanzado—. Sería divertido que vinieras.

Pfeff sonríe y no puedo apartar la mirada de la suave curvatura que traza su labio inferior.

—Venid vosotras también —dice Major, refiriéndose a Penny y a Erin. Se han unido a nosotros después de «pasear y charlar».

—Uf, madrugar no encaja con mi concepto de la diversión —replica Erin.

Pfeff me cae mal, pero quiero besarlo otra vez. Quiero sentirme lista e impresionante, deslizar los dedos sobre su cálido cuello. Recuerdo la sensación purificadora de aquel beso, como agua fría y frambuesas, que disipó la mácula de

mi mandíbula deforme e infectada. Me gustaría volver a
sentir eso.

Pfeff acaba de decir que quiere que me apunte, a primera
hora de la mañana. Sobre todo yo.

—Me apunto —digo—. Faltaría más. ¿A qué hora quedamos?

34

Son las seis y cuarto de la mañana. No hay nadie despierto en Goose Cottage.

Los llamo, pero nadie responde.

Ya me he tomado un café con mi madre y con Luda, pero aun así enciendo la cafetera de la casa de invitados, más que nada por hacer algo.

Me siento ridícula, a lo mejor me he pasado de entusiasta al llegar tan puntual. O a lo mejor no hemos quedado hoy.

La máquina de café termina su ciclo. Me sirvo una taza y añado leche y azúcar. Hojeo un periódico de hace cuatro días.

Finalmente, aparece Pfeff, descamisado, frotándose los ojos como un niño pequeño. Lleva el pantalón del pijama a la altura de las caderas.

—Qué hay, Carrie. Buenos días —me saluda—. Oooh, café. Qué alegría. ¿Lo has preparado tú?

—Ajá.

—Qué maravilla.

No puedo parar de mirarlo. Lo detesto, pero también me gustaría que se acercara a mí, que se agachase para acariciarme el pelo. Que me susurrase: «¿Puedo darte un beso? Me apetece mucho besarte», y yo le daría un beso a modo de respuesta. Podría deslizar mis manos por su robusta espalda y acariciar esos hombros ligeramente pecosos. Sentiría el roce de sus labios, suave pero también apremiante, y su aliento tendría un regusto a café solo.

«Podría acercarme yo —pienso, estremeciéndome—. No tengo por qué esperar.»

Pero no sé cómo reaccionaría él.

Puede que esté saliendo con Sybelle, emocionado por su reencuentro.

Quizá piense que sólo soy una cría, una tonta que se cogió un berrinche por nada, por esperar un ratito.

Puede que mis besos no le gustaran.

Así que no hago nada.

No miro

su pecho desnudo ni

esas manos fuertes que rodean la taza de café. No miro

sus pómulos perfilados por la luz de la mañana ni

los tensos músculos de sus hombros cuando abre el frigorífico.

No me fijo en

cómo envuelve un trozo de queso con una tostada y se lo come con avidez,

cómo le gusta acercarse la taza de café a la cara con las dos manos,

cómo se chupa el dedo cuando se quema la mano con su segunda tostada.

No me fijo.

Al final, a la excursión mañanera en barco sólo vamos Pfeff, Major, yo... y Penny, que se presenta en el muelle en el último momento, sosteniendo una tarta de fresas con un trapo de cocina y vestida con un bikini y una vieja camisa de franela a cuadros de Harris.

—Erin ha pasado de levantarse —nos informa—. Es una vaga.

—¿Eso es una tarta? —pregunta Major.

—Recién salida del horno —responde mi hermana—. Digamos que la he birlado.

—¿Tipper no la tenía reservada para después de cenar? —inquiero.

—Ni idea —responde ella, encogiéndose de hombros—. Ella no estaba en la cocina.

Zarpamos, conduce Pfeff. Los chicos han traído toallas y termos. Penny y yo compartimos mi termo de café. O, mejor dicho, ella me lo quita sin preguntar, se bebe la mitad y luego lo deposita entre sus pies. Cuando nos alejamos un poco de la orilla, Pfeff apaga el motor.

—Ya está —anuncia.

Nos sentamos. Sentimos el fulgor del sol a primera hora. Observamos las gaviotas. Beechwood parece muy lejana.

—Es un poco rollo —dice Penny al cabo de un rato.

—Bueno —replica Major—, viene bien cuando estás colocado.

Penny le da una palmada en la pierna.

—¡¿Estáis colocados?!—exclama—. ¿A estas horas, antes de desayunar?

—Es posible —responde Major, riendo.

—Sólo un poquito —dice Pfeff—. Para apreciar mejor la naturaleza.

—Así que os habéis fumado un canuto nada más levantaros —dice Penny.

—Es que... así todo resulta mucho más radiante. —Pfeff sonríe.

—Jolín, son unos delincuentes —dice Penny.

Se levanta y se quita la camisa, después se lanza al mar. Major se quita la sudadera y sigue su ejemplo.

—¡Mierda! —exclama cuando regresa a la superficie—. Está helada.

—Como siempre —dice Penny—. Es el océano, señorito de ciudad.

Observo cómo nadan durante un rato.

—¿Te vas a meter? —pregunta Pfeff.

—Hace un poco de frío.

Pfeff asiente. Nos quedamos en silencio.

—Oye, Carrie —dice al fin—. ¿Puedo contarte una historia?

—Sí. Vale.

—Está bien. Érase una vez el pequeño Lawrence Pfefferman, que soy yo, al que le pusieron el nombre de su padre, que a su vez era el nombre de su abuelo. Así que soy Lawrence III. Y me llamaban Lor, porque mi padre era Larry y mi abuelo era Lawrence. Ésa era la idea, ¿sabes? Que yo fuera como ellos.

—Entiendo.

—Bien. Lawrence I estudió en Amherst y se hizo abogado. Larry también fue a Amherst y se hizo abogado. Y cuando el pequeño Lor se hiciera mayor, querían que estudiara en Amherst.

—Y que se hiciera abogado.

—Bueno, están abiertos a otras pocas profesiones. Pero ésa es la idea.

—¿Por qué me cuentas esto?

—Bueno —dice Pfeff—, has dejado bastante claro que me consideras un tonto de capirote.

Me encojo de hombros. Sí, lo pienso. Pero, aun así, lo encuentro mágico y divertido. Aun así, me entran ganas de acariciarlo cada vez que lo tengo cerca.

—Existen circunstancias atenuantes —añade.

—¿Sybelle te ató para que no pudieras llegar al muelle de Edgartown? —inquiero—. Porque «decidí pasarme la tarde fornicando en un edificio histórico» no es una circunstancia atenuante.

Pfeff se ríe.

—No es eso. Es que... Mira. Soy un mal estudiante.

—¿Y?

—No me gusta estudiar. Yo quiero..., no sé, viajar. Me gustaría ir a México o a Italia, aprender el idioma y conocer gente. Comer cosas ricas y pasar el rato con amigos. No es que no quiera trabajar. De hecho, no me importa. El año pasado trabajé de camarero en un bar de burritos los fines de semana. Las jornadas eran largas, la gente me gritaba, pero me lo pasé bien. El ambiente en el restaurante, la avalancha de clientes.

En ese momento, Penny sube mojada por la escalera, seguida de Major.

154

—¡Madre mía! —exclama—. No hace falta colocarse para que ésta sea una forma increíble de empezar el día. —Agarra una toalla y se gira hacia mí—. Me siento como Supergirl. O Wonder Woman o quien sea. ¿Me prestas tu jersey?

Me lo quito y se lo doy. Penny se lo pone, se envuelve la cintura con la toalla y coge mi termo de café.

—¿Por qué no se nos ocurrió a nosotras este plan mañanero? —me pregunta—. ¿Por qué hemos tenido que esperar a que lo propusieran estos tipejos?

—Tengo que desayunar ya —dice Major—. ¿Podemos volver?

—¡Tachán! —Penny sonríe con satisfacción y saca la tarta de fresas, cubierta con papel de aluminio.

—Creo que te quiero, Penelope —dice Pfeff—. Mejor dicho, te quiero con locura.

—No me llames Penelope —replica Penny.

Y de repente, empiezo a odiarlo otra vez. «Creo que te quiero.» ¿De verdad tiene que intentar conseguir que todos lo adoren? ¿Tiene que coquetear con todo el mundo, incluida mi hermana? «Mejor dicho, te quiero con locura.» ¿Está intentando ponerme celosa?

Ignoro a Pfeff durante el resto del trayecto en lancha. Desenvolvemos la tarta y cortamos varias porciones con una navaja suiza. Bizcocho de vainilla con mermelada de fresa y trocitos de fresa calientes. Pegajosa. Fragrante. Comemos y luego regresamos, conduce Pfeff.

Pienso en la conversación que hemos dejado a medias. Pobre niño rico. Lawrence III, ¿crees que eres especial por no querer ir a la universidad y por habértelo pasado bien con tu empleo de verano? ¿Crees que sentirte así te hace destacar entre la gente? ¿Piensas que eres único por querer viajar y vagabundear mientras bebes cerveza? Todo el mundo quiere viajar. Nadie quiere ir a la universidad.

Aunque... sí hay gente que quiere ir a la universidad. Al menos, la gente que yo conozco. Mis amigas de clase. Major, Yardley y George. Y seguro que hay mucha otra gente que quiere ir y no puede.

Pero yo no.

Yo quiero lo mismo que Pfeff. Hacer cosas. Trabajar. Ver mundo.

Y al contrario que él, nunca lo he hecho. Nunca he tenido un empleo. Nunca me he separado de mi familia durante el verano, como está haciendo él ahora. Desde luego, no he trabajado largas horas en un restaurante de burritos, ni me he caído por un barranco en el parque de Canyonlands, mientras disfruto de un tórrido romance.

Llegamos al muelle familiar. Amarramos la lancha. Penny y Major echan una carrera hacia Clairmont, donde sin duda habrá gente reunida, desayunando en el porche delantero.

Soy la última en bajar de la lancha, porque me entretengo con el recipiente vacío de la tarta que nadie se ha molestado en recoger. Cuando alzo la cabeza, veo que Pfeff me está esperando.

—Carrie. —El viento le alborota la camiseta. El pelo se le mete en los ojos.

—¿Qué? —Intento parecer neutral, indiferente.

—Te has dado cuenta de que soy un farsante, ¿verdad? Me siento como un farsante a todas horas —dice—. Tú puedes ver a través de mí.

—¿Porque te llamé gilipollas?

—Es posible. —Agacha la mirada—. Es que... me gustaría que alguien más supiera la verdad. Aparte de mis padres. Y creo que tú ya la conoces, más o menos. Me miras como si te dieras cuenta de lo mentiroso que soy.

Espero a que añada algo más.

—No me admitieron en Amherst —dice al fin.

—Pero vas a estudiar allí, ¿no? Con Major.

—Sí. Pero no me admitieron, porque es muy difícil entrar allí y mis notas daban pena. Básicamente, me pasé los años del instituto de fiesta. De hecho, no me admitieron en ninguna parte.

Está mirando al suelo, dando puntapiés en el viejo tablón del que asoman esos clavos que Harris aún no ha sustituido.

Introduce la punta de su zapatilla en el hueco del muelle donde antes estaba el tablón.

—Así que mi padre levantó el teléfono —prosigue—. O algo así. No lo sé. Hizo un par de llamadas y puede que una gran donación a la escuela, y de repente me llegó una carta donde decían que me habían seleccionado de la lista de espera.

—Uau.

—Pero nunca llegué a estar en esa lista —revela Pfeff—. Y me sentí avergonzado, ¿sabes? Por haberla cagado tanto como para que nadie quisiera admitirme. Yo no quería aceptar el puesto que me ofrecían. Pero mi padre había movido los hilos, y hacía meses y meses que mis padres estaban..., en fin, muy cabreados por cómo la había pifiado con todo el proceso de ingreso en la universidad.

—Así que vas a estudiar allí.

—Sí. Me presentaré en Amherst y seré como todos los demás. No llevaré un sello en la frente que diga «Inútil». Iré y ya está.

—Será como si nunca hubiera pasado.

—Sólo será una mancha en mi pasado de la que nadie sabrá nada. —Pfeff alza la cabeza y sonríe con picardía—. Menos tú. Ahora sabes la clase de persona horrible que soy. —De pronto, parece satisfecho de sí mismo, en lugar de avergonzado—. ¿Vale, Carrie? Serás la guardiana de mi secreto.

35

—¿Quién es el hombre de la foto? —le pregunto por fin a Tipper en otro momento del día. La teoría de Penny acerca de que pueda ser nuestro padre, aunque resulte extravagante, hace que la pregunta cobre mayor urgencia.

He entrado en la habitación de mi madre cuando ya es casi la hora del cóctel de las seis. Le gusta cambiarse después de cocinar, ponerse ropa limpia para pasar la tarde.

Tenía intención de preguntarle por la foto, pero apenas la he visto a solas. Siempre está con Luda en la cocina o con Harris en la playa, cuando no está con Gerrard hablando sobre plantas y reparaciones en las casas. También es la que más se ausenta de la isla para ir a comprar comida.

—¿Qué foto? —me pregunta. Está dentro de su vestidor.

—Esa en la que sales tú con un tipo sin rostro. —Me siento en la cama, al lado de *Wharton*.

Tipper se asoma desde la puerta del vestidor. Lleva una camisola negra de algodón, sin mangas, y luce un gesto severo.

—¿Cuándo la has visto? —pregunta con brusquedad.

—Cuando guardé el collar de perlas. Asomaba un trozo —añado, aunque no sea cierto—. Pensé que podría ser de Rosemary.

Advierto un tic en su rostro.

—Pues no.

—Ahora ya lo sé.

Lo he estado pensando y dudo que ese hombre sea el tío Chris. O Harris. Supongo que se trata de Albert Holland, el novio de Tipper durante su primer año en la universidad. Me han contado que la sacaba a bailar y a ver partidos de fútbol americano. Y que en una ocasión convenció a su grupo vocal para cantar *Zing! Went the Strings of My Heart* frente a la ventana de su residencia.

Quiero saber por qué tiene la cara raspada y por qué Tipper esconde esa foto en el cajón de sus joyas.

Mi madre vuelve a entrar en el vestidor. La oigo revolver prendas y deslizar perchas.

—¿Le has preguntado a tu padre por ello?

—No.

—¿Me estás diciendo la verdad?

—No se lo he preguntado.

—Bien, pues no lo hagas.

—¿Por qué la escondes? —Empiezan a temblarme las manos.

Tipper no responde, pero regresa a la habitación, esta vez con una falda azul y una blusa blanca.

—Carrie.

—¿Qué? Nunca hablamos de nada —protesto—. Nunca hablamos de Rosemary, ni de mi cara, ni de las furcias del tío Dean, ni de su divorcio, ni de la gente a la que se le inunda la casa, ni de la gente que tiene sida, ni del tío Chris. Nunca hablamos de esas cosas. Hacemos como si no existieran.

—No sé de qué me hablas.

—¡Rosemary se ha ido! —exclamo—. Ella se ha ido, pero su espíritu sigue aquí, con nosotros, y apenas queda nada suyo en su habitación. ¿No crees que le gustaría tener allí sus cuentos? ¿Y sus leones de peluche? ¿Y sus juegos? No le gustaría que toda su vida se quede almacenada en el desván como si nunca hubiera existido, como si nunca hubiera sido importante.

Tipper se ablanda un poco.

—No la quieres. —Empiezo a llorar—. Ella acudió a ti y tú la rechazaste. ¿Cómo puedes no querer a tu propia hija?

¿Cómo puedes darle la espalda de esa manera, cuando eres su madre? ¿Cómo voy a saber que puedo contar contigo si algo se tuerce, si necesito ayuda, cuando Rosemary acudió a ti y tú la rechazaste?

—Lo que dices no tiene ningún sentido, Carrie.

—Sí que lo tiene. Y lo sabes.

—Rosemary ya no está aquí —susurra Tipper—. Todos desearíamos que siguiera aquí, pero no sé a qué te refieres cuando dices que la rechacé.

La miro. Tiene el ceño fruncido, está preocupada por mí.

—¿No lo sabes?

—Estás... Creo que te estás imaginando cosas. Te has hecho un lío.

—¿No recuerdas que Rosemary acudiera a ti? ¿A tu dormitorio, por la noche, este verano?

—No, cielo.

Se ha olvidado. O cree que fue un sueño. O está mintiendo.

—Nunca quieres hablar de ella —me lamento—. Ni de nada. Todo está prohibido. Ya ni siquiera tengo mi verdadera cara, ni siquiera reconozco el reflejo que veo en el espejo. Y la gente se muere, sufre, sale en las noticias a todas horas. Pero nunca lo mencionamos. Ni siquiera sé cómo procesarlo: sus vidas, mi vida, Rosemary.

Me tumbo boca abajo en la cama y me echo a llorar. Tipper me da unas palmaditas en el brazo, después me acaricia el pelo como solía hacer cuando yo era pequeña.

—Es cierto, no me gusta hablar de experiencias duras —dice—. Pero tengo mis motivos.

—¿Cuáles son? —Me sorbo la nariz.

—En mi opinión, es mejor pasar página. Mirar hacia delante.

—Pero...

—No podemos cambiar lo que sale en el periódico, entonces, ¿por qué obsesionarse con ello? Y tampoco podemos cambiar el pasado, así pues, ¿por qué habríamos de darle vueltas?

—Pero entonces nunca... —No encuentro palabras para lo que quiero expresar—. Entonces, vivimos en una mentira —digo al fin.

—Abrir viejas heridas no mejora las cosas —dice Tipper—. Es absurdo reconcomerse.

—Pero entonces la vida se limita a buscar limones, jugar en grupo, ir a la universidad y preguntar qué hay para cenar. A leer libros y hacer planes para salir a navegar.

—Eso es alegría —dice Tipper—. Aspiro a llevar una vida alegre, Carrie. Y creo que tú deberías hacer lo mismo. Me parece que has perdido un poco el norte en ese sentido.

Mis padres siempre tienen alguna frase que hace que la vida que han escogido parezca la mejor de las elecciones posibles.

«Una vida alegre.»

«Es mejor llegar tres horas pronto que un minuto tarde.»

«Nunca te quejes, nunca des explicaciones.»

«No aceptes un no por respuesta.»

«Resuelve tus problemas cuando toca.»

Me sorbo la nariz y me seco las lágrimas. Deseo la aprobación de Tipper. No puedo evitarlo. La quiero. Es mi madre.

Tipper quiere que deje de preguntarle por la foto. Quiere que no esté triste.

Pero ésta es mi oportunidad para obtener una respuesta. A una pregunta, al menos. Si reculo y dejo de insistir, si reculo e intento entregarme a esa vida alegre, la oportunidad desaparecerá.

—¿Quién es el hombre de la foto? —repito—. Me gustaría que me lo dijeras.

Tipper suspira. Se acerca al cajón joyero y saca la fotografía.

36

—No comentes esta conversación con tus hermanas —me
advierte.

Asiento.

—No se la cuentes a tus amigas, ni se la menciones a
nadie —añade—. Tu padre ya lo sabe. —Desliza un dedo
sobre la foto.

—Fue él quien le raspó el rostro —digo al caer en la
cuenta.

—Sí.

Me la entrega.

De pronto, me siento especial.

Soy la única de sus hijas a la que se lo va a contar. Soy la
única a la que le ha confiado su secreto. Porque soy la mayor,
quizá. O porque pasamos una temporada juntas, a solas,
cuando me puse mala después de mi operación. O porque
soy de fiar. Y me he atrevido a preguntar.

Tipper me mira con gesto afable durante unos segundos
y me dice:

—Papá no es tu padre biológico.

No puedo hacer otra cosa que mirarla fijamente. Me
quedo boquiabierta. Ella inspira hondo y prosigue:

—El hombre de la fotografía se llamaba Buddy Kopelnick. Y... lo siento, Carrie. Debería habértelo contado hace
mucho tiempo. O quizá no debería habértelo contado ahora.
Sinceramente, no sé qué hacer. Tu padre te quiere mucho.

Harris, quiero decir. Te adora. Y nunca ha querido que te enterases.

—¿Buddy Kopelnick era mi padre?

Tipper se apresura a negar con la cabeza.

—No, no. Tu padre es Harris. Tu padre legal. Su nombre aparece en tu certificado de nacimiento.

—Pero... no era hija suya. ¿Es eso lo que estás diciendo?

—Estábamos casados cuando me quedé embarazada. Harris quería que fueras suya y yo también lo quería, así que acordamos que serías suya. Cuando naciste, decidimos que jamás volveríamos a hablar de ello. —Mi madre se seca las lágrimas como una actriz en una película—. En el fondo siempre he querido que lo supieras —añade—. Buddy era un buen hombre.

—¿Quién era?

—Era un chico con el que coincidí en la universidad —responde—. Pero en aquella época... En fin, Buddy era judío. Mi familia no quería un matrimonio interconfesional. Un matrimonio mixto. Hoy en día, a nadie le parecería tan grave, ¿verdad? O a muy poca gente. La mentalidad ha cambiado muy deprisa. Erin es judía, ¿verdad?

Asiento.

—Bueno. Ya sabes que a papá le encanta contar la historia de cómo me pidió matrimonio cuatro veces hasta que le dije que sí.

—Ajá.

—No le dije que sí porque por fin me comprase un anillo —dice Tipper—. Aunque ésa es la historia que siempre cuento. Le dije que sí porque por fin entendí que jamás podría casarme con Buddy. Casarme con Harris implicaba dejar de dudar, dejar de darle vueltas a la cabeza, dejar de desear que la realidad fuera distinta. Elegí mi futuro, y una vez hecho, ya no hubo vuelta atrás.

—Tú querías a Buddy.

—Sí, lo quería —dice mi madre—. Pero ahora también quiero a tu padre. He llegado a quererlo.

163

Recuerdo lo que dijo cuando dejó que me pusiera el collar de perlas negras. Harris compró ese collar, me explicó, por su segundo aniversario, cuando estaba embarazada de mí. «Fue un regalo muy importante —dijo—. Las cosas no iban bien en aquella época.»

—Entonces, seguiste viéndote con Buddy mientras estabas prometida con Harris. —Al fin lo comprendo—. Y después de casarte.

Tipper asiente.

—Y cuando te quedaste embarazada, supiste que el bebé era suyo.

—Tu padre había estado en Londres —me explica—. Tres semanas. Fue a comprar una imprenta allí o algo así. No recuerdo bien toda la historia. Pero el caso es que pasó mucho tiempo fuera.

No sé qué decir.

Ojalá no hubiera preguntado nada.

—Yo quería quedarme embarazada —dice mi madre en voz baja—. Te deseaba con todas mis fuerzas. Me sentí confusa, muy confusa, durante los primeros años de matrimonio. No sabía a quién quería, ni por qué me había casado. Y cuando supe que iba a tener un bebé, comprendí que no quería dejar a tu padre. Ya lo había elegido a él, y aunque hubiera accedido por motivos equivocados, estábamos casados. Y todo apuntaba a que podía salir algo bueno de aquella situación.

Tipper mira el reloj y se acerca a su tocador. Sigue hablando mientras se aplica un maquillaje muy leve, casi invisible.

—Mis amigas me aconsejaron que no dijera nada. Todas sin excepción. Pero yo no quería vivir con una mentira entre Harris y yo. Tenía que asumir las consecuencias, fueran las que fueran. Y cuanto antes. Ésa era la única manera de poder pasar página.

Pasar página. Siempre tan importante para ellos.

—Fue entonces cuando te regaló el collar de perlas negras —digo—. Ésa era la mala racha que mencionaste, cuando te quedaste embarazada de Buddy.

Tipper asiente.

—¿Y Harris raspó la foto?

—Sí. —Mi madre se pone una cinta fina y negra en la cabeza para sujetarse el pelo.

—¿Qué fue de Buddy? —pregunto.

—Murió —responde—. Enfermó. Me enteré por unos amigos de la universidad.

Hundo el rostro en la colcha de la cama de mis padres. Sé que no debería llorar. Ni gritar. Ni hacer cualquier otra cosa que provoque que Tipper se disguste conmigo. De pronto, me siento abrumada con la idea de que mi sitio en la familia es ambiguo.

Harris está obligado a querer a Penny y a Bess. Estaba obligado a querer a Rosemary. Las tres son Sinclair. Llevan su sangre.

Pero no tiene por qué quererme a mí.

37

Esta noche vamos a jugar a ¿Quién soy? después de cenar. Los cócteles se sirven siempre a las seis en el porche de Clairmont y la cena a las siete. Dispones de margen para llegar hasta las seis y media, pero, después de eso, alguien empezará a preguntarse dónde te has metido. Hay aperitivos y galletitas saladas con crema de queso y huevas de pescado, un cuenco de aceitunas de color verde oscuro y unas cuantas nueces tostadas con azúcar y romero.

Cuando llego al piso de abajo, mi padre y el tío Dean están apoyados en la barandilla del porche, sosteniendo unos vasos gruesos y transparentes, repletos de hielo. George y Yardley están en el sofá. Ellos también están bebiendo algo.

—¿Se puede copear? —le pregunto a Yardley.

—Eso parece —responde—. Por lo visto, si alguien con pito le pregunta a tu padre si puede beber alcohol, la respuesta es sí.

Harris se echa a reír.

—George es mi invitado —le dice a Yardley—. No hay que conducir. Y me lo preguntó con mucha educación.

George alza su copa. Ha domado su pelo beige con gomina y lleva puesta su americana de tela rayada.

—¿Significa eso que puedo tomar una copa? —pregunto.

—Eso creo —responde Yardley—. A mí me han dado una y no tengo pito. Porque la pidió George con mucha educación.

—No digas palabrotas —dice el tío Dean.

Harris me prepara un *old-fashioned*, lo mismo que están bebiendo todos. Consiste en un terrón de azúcar disuelto en agua, un poco de hielo, un chorrito de bíter para aromatizar, un buen chorro de Jim Beam y una rodaja de piel de naranja, retorcida de tal modo que el jugo caiga sobre el líquido ambarino. Harris me aclara los términos de la autorización mientras lo prepara, después me entrega el vaso.

—El límite lo marco en Penny —me explica—. Penny, Bess y Erin se limitarán a los refrescos.

—Es una norma arbitraria —replica Yardley.

—Como todas —responde Harris con desparpajo—. La mayoría de las normas lo son, pero aun así las necesitamos. De lo contrario, cundiría la anarquía.

Me bebo la copa entera en cuatro tragos, a pesar de que me sabe a gasolina.

Harris Sinclair es mi padre. Y al mismo tiempo no lo es.

Éste es mi porche, siempre lo ha sido. Mi jardín, mi playa. Mi isla.

Pero sólo por mi apellido. No por mi sangre.

Harris saluda a Pfeff y a Major cuando los ve llegar. Aceptan con entusiasmo unos cócteles y se acercan a los aperitivos. Después llegan Penny y Erin, con el pelo mojado y las camisas intercambiadas. Penny parece distinta con esa camisa negra sin mangas y con cuello de tortuga.

Harris le pregunta a Major si tiene alguna novia esperándole en Nueva York.

—Apuesto a que sí, ¿eh?

Major agacha la mirada.

—¿O tal vez un par? —insiste Harris.

—La verdad es que no.

—Bueno, no pasa nada. Te irá genial en Amherst. Allí hay mujeres muy inteligentes. A la altura de unos chicos como Pfeff y como tú.

—Señor Sinclair... —dice George, que le roza el hombro a Harris.

—Harris. Llámame Harris.

—Oye, Major... —George se gira para mirar a su amigo—. ¿Puedo contárselo? —Y al ver que el otro asiente, añade—: Major es de la otra acera.

—Así es —confirma él.

Una sombra cruza el rostro de mi padre, pero tan rápidamente que creo que los demás no se dan cuenta, aunque Penny y yo sí lo advertimos. Siempre estamos alerta ante la menor muestra de desaprobación por su parte. Harris se siente avergonzado por haberse equivocado con Major y está molesto con George por haberle dejado en evidencia delante de los demás. Si tienes que corregir a Harris Sinclair, hazlo en privado.

Además, ya no ve a Major con los mismos ojos. Mi padre no se siente cómodo con la homosexualidad. Mi madre, tampoco. Su lema al respecto es «vive y deja vivir», pero se ponen tensos cuando alguien saca el tema, como si fuera algo obsceno. Como si fuera algo de lo que preferirían que no conociéramos su existencia.

—En fin —dice Harris, cohibido—. Vive y deja vivir.

Comienza a hablar de deportes universitarios con George.

Yo me preparo un segundo *old-fashioned* que se me sube a la cabeza.

Quiero abordar a Penny y hablarle de Buddy Kopelnick, pero está charlando con Pfeff. Además, no debo contárselo.

Noto la presión de mi secreto por detrás de los ojos, por detrás del todo el rostro.

En nuestra familia solemos jugar a Mímica, a los Famosos y al Diccionario, pero ¿Quién soy? es un juego nuevo. Tipper, que cuando ha llegado antes de la cena estaba abstraída y alicaída, vuelve a adoptar su papel de anfitriona. Hemos terminado de cenar y Luda está recogiendo la mesa.

Tipper nos conduce al salón. Ha preparado varias tarjetas blancas y gruesas con imperdibles. En cada tarjeta está escrito el nombre de algún famoso con tinta azul. Mi madre nos cuelga una tarjeta en la espalda a cada uno. Ninguno sabe lo que pone en la suya. Tipper le ha pedido a Harris que explique las reglas.

—Atended, atended —anuncia él con voz sonora. Está leyendo lo que pone en una libreta—. Somos un grupo de gente superfamosa. Somos tan famosos que incluso Tomkin habrá oído hablar de la mayoría de nosotros. —Se oyen risas entre el grupo—. Pero, por desgracia..., todos tenemos amnesia.

—¿Por qué tenemos amnesia? —pregunta el tío Dean.

—Veamos —Harris se sale del guión y responde—: ¿Por una contusión cerebral? Sí, eso es. Todos sufrimos un golpe en la cabeza y, aunque recordamos cómo andar, comer y hablar, no sabemos quiénes somos. —Vuelve al guión y añade—: Bien. Vuestra misión durante el resto de la velada será descubrir vuestra identidad. Encontraréis té y café en el aparador, bebidas en el carro, y también habrá fresas bañadas en chocolate, tarta de naranja y galletas de mantequilla. Comed lo que queráis. Y mientras tanto, descubrid quiénes sois en esta gloriosa tierra. Pero ¡atención! No vale preguntarlo. No podéis hacer preguntas como «¿He sido presidente?» o «¿He escrito un libro?». En vez de eso, tendréis que conversar con los demás del modo más natural posible, y vuestra labor consistirá en hablarles a vuestros amigos de ellos mismos. Darles pistas. Por ejemplo, podéis decir: «He oído que te gustan las gominolas», si alguien es el presidente Reagan. O «Me encantó tu última novela».

—¿Al presidente le gustan las gominolas? —pregunta Tomkin.

—Pues sí —responde mi padre—. Bien, cuando hayáis averiguado quién sois, salid a la terraza para comunicárselo a Tipper. Si os equivocáis, os mandará de vuelta.

Me como tres galletas de mantequilla y me sirvo un poco de Jim Beam en una taza de té cuando los adultos no están mirando. Quiero dejar de darle vueltas al asunto de Buddy Kopelnick. Los dos *old-fashioned* no han bastado para conseguirlo. Cuando comienza el juego, Tomkin se acerca a mí dando brincos y sonriendo.

—¡He visto tu tarjeta! —exclama.

—Y yo la tuya. —Es Walt Disney.

—Me alegro de conocerte, porque eres mi ídolo —dice Tomkin.

—¿Soy tu ídolo? —Bebo de la taza. El bourbon solo me abrasa el paladar.

—Oh, sí. —Hace una especie de gesto con la mano que no logro identificar—. Eres el mejor.

Le digo que *Mary Poppins* está muy bien, incluso aunque la hayas visto diez mil veces.

—¿Qué?

—*Mary Poppins.*

—¡No puedes decirme quién soy! ¿Es que no has escuchado las reglas?

—No he dicho que seas ella.

Pero Tomkin está distraído con la porción de tarta de naranja que acaba de servirle Tipper. Se aleja mientras comienza a zampársela. Vuelvo a beber de la taza. La estancia se vuelve borrosa.

—¿Has probado una fresa bañada en chocolate? —me pregunta Erin, que es Cher—. Madre mía, tienes que probarlas.

—Me gusta tu peinado —le digo.

—Me lo ha hecho Penny —responde, tocándose una trenza.

—No, me refiero al peinado de tu personaje.

Sigo bebiendo de mi taza y dejo que los contornos del mundo se difuminen. Ahora tengo delante a George y a Yardley, que van cogidos de la mano.

—Estoy pensando que mi personaje es una especie de asesino en serie —dice George, que es Charlie Chaplin.

—¿Y eso? —le pregunto.

—Porque todo el mundo lo odia. Es decir, me odia.

—Yo lo odio con todas mis fuerzas —dice Yardley—. Pfeff también. Y Major.

—Tienes mucho talento en tus creaciones —le digo a George, refiriéndome a Chaplin—. Pero tú... no tanto —le digo a Yardley, que es la Rana Gustavo.

George se queja de que no se sabe el nombre de ningún asesino en serie, así que nunca va a poder encontrar la solución.

Yardley se ríe.

Bebo de la taza.

—El blanco te sienta muy bien —me dice Yardley.

—Voy de azul.

—No, a tu personaje. A tu personaje le sienta bien el blanco.

—Pero ¿quién soy? —inquiero—. Tomkin me adora.

—No se lo digas —le dice Harris a Yardley, mientras se aproxima. Me da una palmada en la espalda—. ¿Te está resultando difícil?

—Un poco.

—Yo sé que soy Beethoven —dice él—. Pero finjo que no tengo ni idea para complacer a tu madre.

Bebo de la taza.

Ahora tengo al lado a Tipper, que parece preocupada. No está participando en el juego, sólo supervisa.

—¿Estás bien, Carrie? —me pregunta—. Te veo un poco... En fin, papá te ha servido un par de cócteles, ¿verdad? —Señala hacia mi taza—. El té no tiene teína. ¿Te apetece un café?

—Sí, por favor.

—Te traeré uno.

Se marcha a toda prisa. La estancia se tambalea. Me acerco a Major, que está sentado en el sofá, solo. Tiene la deferencia de inclinarse hacia delante para que pueda leer la tarjeta que lleva en la espalda. Es Paul McCartney.

—Me encanta tu acento —le digo.

—Pfeff me ha dicho que soy una vergüenza.

—Oh, no —replico—. Sólo eres un poco ñoño, nada más.

—¿Significa eso que no soy Hitler? Me preocupaba serlo.

—No, no eres Hitler —le confirmo.

El tío Dean se sienta frente a nosotros.

—Está claro que soy Sherlock Holmes, pero no quiero ser la primera persona en salir a sentarse fuera. —Sonríe a Major—. Esta mañana te he oído en la radio.

De repente, ya no estoy en el sofá, sino apoyada en la estantería.

—¿Estás un poco borracha? —me está preguntando Pfeff—. ¿Es posible?

—Enséñame tu tarjeta —le pido.

—Acabo de hacerlo.

No lo recuerdo. Me muestra su espalda, al parecer por segunda vez. Es Pablo Picasso.

—¿Te refieres a que mi personaje es un poco borrachín, o a que yo estoy un poco borracha? —le pregunto.

—Lo segundo —responde Pfeff—. Pero no pasa nada. Yo también lo estoy. Por cierto, una pregunta.

—¿Cuál?

—¿Cómo te sientes ahora con lo de tu hermana?

—¿Penny?

—No, estoy hablando con... —Pfeff señala hacia la tarjeta que llevo en la espalda—. Con la persona que eres esta noche.

Y ahora estoy sentada con Bess, apretujadas en un sillón.

—Yardley también me ha dicho que me sienta bien el blanco —dice Bess, que es Marilyn Monroe—. ¿Crees que eso se lo dirá a todas?

—No —respondo—. Sólo a ti y a mí.

—Vale, ¿estás lista? Aquí va una pista —dice Bess.

—Estoy lista.

—Me gusta tu amiguito verde.

—Mi ¿qué?

—Tu amiguito verde.

Bebo de la taza. Está casi vacía. Tomkin se sienta encima de las dos.

—¿Aún no sabes quién eres? —me pregunta.

—No.

—Pero ¡si eres el mejor!

—¿Y qué pasa conmigo? —dice Bess—. ¿Yo también soy la mejor?

—No tengo ni idea de quién eres —replica Tomkin—. Pero eres una chica.

Y luego estoy con Penny, junto a la minicadena, y Tomkin y Bess están cerca de la mesa de los postres, comiendo galletas de mantequilla. Mi taza está vacía, así que la dejo en el alféizar de una ventana.

—Por lo visto, soy muy sexy —dice Penny, que es Elvis Presley—. Y debo decir que tú también lo eres.

Su rostro se desdibuja, pero me obligo a centrar la mirada.

—¿Estás borracha, Carrie? —me pregunta con brusquedad.

—No.

Me obligo a mirarla directamente... y me tambaleo. No nos hemos sentado juntas durante la cena. Ésta es la primera vez que estoy con ella desde que apareció con la camisa negra de cuello tortuga de Erin.

Su pelo pálido y cremoso reluce en contraste con la camisa oscura. Y lleva puesto el collar de perlas negras.

38

Alargo la mano y rozo las perlas del collar.

—Son de Tipper.

—Le pregunté si podía probarme el collar. A ti te dejó. El resto de sus joyas son de señora mayor.

—¿Y te dio permiso para ponértelo?

—Sí, claro. —Penny se encoge de hombros—. Creo que mañana deberíamos ir a Vineyard a hacer de las nuestras. Podríamos ir al cine y luego a los recreativos, o lo que sea. Algo distinto. Yardley, Erin, tú y yo, ¿vale?

¿Cómo ha podido Tipper permitir que se ponga el collar de perlas negras?

—En fin —dice Penny, ignorando mi silencio—. Tú decides. Ah, por cierto: tu padre no es tu padre.

—¿Qué?

—Que tu padre no es tu padre —repite—. Espero que te sirva. —Alarga un brazo cuando Erin pasa a nuestro lado—. Oye, Erin, ¿a que soy muy sexy? Me lo ha dicho Major.

Se van las dos juntas. Yo me acerco a Bess.

—Penny acaba decirme que mi padre no es mi padre.

—Ah, ¿sí? —Bess se ajusta la correa de su vestido—. ¿Y te ha servido?

—¿Qué quería decir?

Bess se encoge de hombros.

—¿Has visto que llevaba puesto el collar de perlas negras de mamá?

—Sí. —Me apoyo en la estantería para no perder el equilibrio.

—Voy a ver qué me presta a mí —dice Bess—. Supongo que el collar de perlas negras es la joya más chula que tiene, pero las chicas de mi clase llevan unos collares largos de perlas blancas, como de bisutería. ¿Crees que mamá tendrá algo parecido que me pueda prestar?

—No. —Meneo la cabeza para despejarme—. ¿Qué quería decir con lo de que mi padre no es mi padre?

—Jolín, Carrie. Relájate. Yo qué sé. No he visto la segunda película.

Tengo que salir a tomar el aire.

Corro hacia el porche y desciendo por el jardín. Cuando me encuentro a cierta distancia de la casa, me llevo una mano a la espalda, jadeando, y me arranco la tarjeta del juego.

«Luke Skywalker.»

Es el ídolo de Tomkin. Le sienta bien el blanco. Yoda es su amiguito verde. Es atractivo. Bess no ha visto la segunda película. Su padre no es su padre.

Penny no sabe nada. Pero Tipper ha permitido que se ponga mi collar de perlas, esas perlas que cuentan la historia de Buddy Kopelnick, la de un embarazo no deseado, la de un marido que perdona a su esposa infiel.

Ha permitido que mi hermana luzca las perlas que cuentan mi historia.

Ahora lo entiendo todo: el mentón poco pronunciado, los dientes torcidos, ahora corregidos para embellecerme... Mi padre quería arreglarme para que me pareciera a él. Borró a Buddy Kopelnick de mi rostro y me convenció de que no tenía elección.

Estoy borracha. Me arrojo sobre el columpio, girando, ladeándome, dejando que el balanceo suma mi cuerpo en un estado parecido al caos que siento por dentro.

Buddy, Rosemary
Codeína y Jim Beam

Pfefferman, Kopelnick
Mi padre no es mi padre
Mi rostro no es mi rostro
Mis hermanas no son mis hermanas
Tipper le ha dado las perlas a Penny

Giro y lloro, siento que he perdido mi lugar en este pequeño mundo que siempre he habitado, sigo sollozando hasta que
mi cuerpo parece incapaz de derramar una sola lágrima más.

—Buenas.

Poso los pies en la hierba. El columpio se frena hasta que
se detiene.

Pfeff está en el jardín, con las manos por detrás de la
espalda. Parece una estatua, su piel adopta un cariz azulado
bajo la luz de la luna.

—Vete. —No quiero que me vea llorar—. Por favor,
déjame en paz.

—Carrie.

—¿Qué?

Da un paso hacia mí.

—¿Estás bien?

—Es evidente que no.

—Ya, se nota.

Me doy la vuelta y me seco las lágrimas, aunque es imposible disimular mi malestar.

—No puedo explicarlo.

No quiero que me vea así: borracha, vulnerable e ilegítima.

—Pues no lo expliques —susurra.

—No es asunto tuyo.

—Está bien.

—Que tú me contaras que no te admitieron en Amherst
no significa que yo vaya a compartir mis secretos contigo.
—Las palabras salen en tromba por mi boca, el bourbon me
suelta la lengua—. ¿Puedes hacer el favor de marcharte?

Pfeff permanece donde está, con los ojos en sombra.

—¿Y se puede saber por qué no os habéis largado ya? —le suelto de malas maneras—. Vinisteis para una visita corta y ya lleváis aquí una eternidad. ¿Es que no tenéis otro sitio adonde ir?

—Creo que ya sabes por qué seguimos aquí.

—No. Sólo sé que estáis aquí, que no os vais y que no os vais. —Me siento mareada de tanto dar vueltas. Aturdida de tanto llorar.

—Piénsalo, Carrie —susurra Pfeff.

—¿Es por la mesa de ping-pong? ¿Por las galletas de mantequilla? ¿Por los juegos de salón?

—Muy graciosa.

—Sí, ya me conoces. Soy un derroche de alegría.

—Ya sabes cuál es la verdadera respuesta —dice Pfeff—. ¿Por qué sigo aún aquí?

—Te he dicho que me dejes en paz —replico—. Estoy pasando una mala noche y no estoy de humor para resolver acertijos.

—No hace falta que resuelvas nada. La respuesta está delante de tus narices.

39

Pfeff agarra el columpio con una mano y
    alarga la otra hacia mí y,
    antes de que me dé cuenta, me está besando. Me siento
    mareada y sus labios saben a
    tarta de naranja y necesita un
    afeitado. Es alto y se agacha para llegar hasta mí.
    Pfeff me desliza un
    dedo a lo largo del
    cuello y se aparta para decir:
    —Por favor, ven conmigo. A mi habitación. ¿Vale? Por
favor, Carrie.
    Me vuelve a besar.
    —Por favor —dice—. Por favor.

Voy
    con él,
    vuelvo a la embriagadora oscuridad de
    su habitación
    en Goose Cottage.
    Nos quitamos la ropa,
    escuchamos el ruido de las olas al romper y el canto de
los grillos,
    la piel salada, el
    aliento entrecortado, la

codeína y el Jim Beam
circulando por mi organismo.

40

—Estoy preocupada —dice Rosemary.

—¿Por qué, florecilla?

Me está esperando cuando regreso de la habitación de Pfeff, a altas horas de la noche, mucho después de que todos los que se alojan en Clairmont se hayan dormido.

Nadie más puede ver a Rosemary. No desde aquella primera noche, cuando Tipper le dijo que se fuera. Cuando estoy con ella y aparece alguien más, Rosemary se marcha. Desaparece tan deprisa que casi llego a creer que me la he imaginado.

No sabe cómo lo hace, como tampoco puede explicarme dónde duerme cuando no está aquí, sólo cree que es un lugar «blandito», cálido y oscuro.

—Me preocupa que hagas algo horrible —prosigue.

—Las cosas que se hacen con los chicos no son horribles —replico—. Aunque sé que resultan extrañas cuando eres pequeña.

—No sé cómo decirlo. Pero estoy preocupada.

—Pues no lo estés.

—Hueles a alcohol.

Me meto en el baño, me cepillo los dientes y me tomo un Halcion. Tengo los labios hinchados de tantos besos. Mi cuerpo reacciona ante el frío del agua y el roce de la toalla.

—Te quiero —dice Rosemary a través de la puerta.

La abro y regreso a mi habitación.

—Yo también te quiero, Rosemary.

—¿Hacemos pulseras? —me pregunta.

—Uf, florecilla, ya es muy tarde.

—Es que me apetece mucho —insiste, dando saltitos y pataditas en el suelo.

No me apetece nada hacer pulseras. Quiero acostarme, sentir cómo el Halcion circula por mis venas y pensar en Pfeff, y en la oscuridad de su cuarto, y en todo lo que ha pasado entre nosotros. En sus labios recorriendo mi cuello.

Rosemary es demasiado pequeña para entenderlo. No quiere que me haga mayor.

—No puedo seguir actuando como una niña contigo toda la vida —digo con suavidad.

—No es eso.

—Yo creo que sí, florecilla. Ya sabes que te quiero con locura. Tengo mucha suerte de tenerte aquí. Pero los fantasmas regresan a sus hogares porque... Eres un fantasma porque algo va mal, ¿verdad?

Ella asiente.

—¿Cómo puedo ayudarte a que te sientas mejor?

—Es que quiero hacer pulseras —replica con un mohín.

Estoy intentando ser comprensiva. Pero el reto de ayudar a mi hermana conlleva aceptar que su vida ha terminado. Es demasiado. La quiero mucho. Intento apoyarla, consolarla... Y lo intentaré siempre que la vea, hasta ¿cuándo? ¿Hasta que se sienta a salvo? ¿Hasta que se sienta querida? ¿Hasta que sienta que por fin se ha despedido del todo?

—Por favor, florecilla —insisto—. Duérmete.

—¿Puedo tumbarme a tu lado? —me pregunta—. Sólo un ratito.

—Está bien —respondo. Me quito el vestido.

Rosemary quiere un vaso de agua.

Me pide que le haga una trenza antes de acostarnos.

El Halcion empieza a hacer efecto.

Rosemary tiene calor y quiere tumbarse encima de las mantas.

No le gusta el zumbido del ventilador.

El fármaco me está adormecimiento, y cuando apoyo la cabeza en la almohada, por fin, me quedo dormida con los canturreos de mi hermana en voz baja.

—Hey, hey, hey, hey.

41

Pfeff me empuja dentro del recibidor de Clairmont y empieza a besarme. Después bebe un trago de una lata de Coca-Cola fría y desliza sus labios gélidos sobre la cálida piel de mi cuello.

Me dice que huelo bien.

Me dice que me desea.

Busca un lugar donde apoyar la Coca-Cola para poder acariciarme con las dos manos, y cuando parece que lo he besado tanto que me flaquean las piernas, me suelta.

Zarpamos con el velero, los dos solos, y pasamos una tarde soleada completamente a solas, abrazados sobre la cálida madera de la cubierta. Mientras deslizo los dedos sobre la piel de su espalda, me quedo anonadada por la magia que hay en el mundo. Me está permitido tocarlo, enroscar los dedos en su pelo, rozarle el lóbulo de la oreja con el pulgar. Parece un milagro que dos personas puedan considerarse tan perfectas en su imperfección. Que podamos percibir lo que hay de único en el otro, celebrarlo, comunicarnos mediante el tacto. Ponme una venda en los ojos y podría reconocer el roce de sus manos, el aroma de su cuello, la curvatura de sus hombros bajo las palmas de mis manos.

Por la noche, cuando nos reunimos todos para «flipar en colores con *La bruja novata*» (en palabras de Pfeff) por segunda vez, le rozo la pierna. Siento un cosquilleo en los dedos al tocar el tejido de sus vaqueros. Nos quedamos así sentados durante una eternidad. Finalmente, Pfeff me pasa un brazo por los hombros, delante de todos. Me siento tan calentita, tan aceptada. Nos acurrucamos en el sofá.

Otro día que estamos en la Playa Grande, cuando los demás están recogiendo las cosas para ir a ducharse y cambiarse para cenar, Pfeff se queda rezagado.

—Quédate aquí conmigo —susurra, mientras yo recojo una bolsa de playa—. Quédate conmigo un rato más.

Vemos cómo desaparecen los demás y luego volvemos a meternos en el agua. Pfeff me quita la parte de arriba del bikini con suavidad y presiona su pecho sobre mi cuerpo sumergido. Nos besamos entre el suave vaivén de las olas saladas. Me noto resbaladiza. Desorientada. Le rodeo el cuerpo con mis piernas.

Quiero contarle a Penny lo de Pfeff. Bueno, ya lo sabe... Todo el mundo lo sabe. Bess me preguntó si era mi novio y Yardley dijo: «No me sorprende.»

Pero Penny no ha dicho nada. Quiero hablar con ella, contarle cómo me besó en el columpio, lo que se siente al estar con él, todos los detalles. Penny quiere saberlo, estoy segura.

Pero siempre está con Erin.

Sí, claro, podría hablar con Bess. A ella le encantaría escucharlo. Pero me he distanciado de mis hermanas durante estas semanas que he pasado con Pfeff.

Mi padre no es mi padre.

Me han prohibido contar ese secreto, pero seguro que Penny y Bess notan cómo se ha interpuesto entre nosotras.

Las echo de menos, pero no sé cómo regresar a la época de las golosinas y los desfiles con bengalas.

Durante el pícnic nocturno anual de Tipper, cenamos pollo frito y ensalada de patatas con salsa de mostaza en la playa, sentados en mesas plegables cubiertas con manteles azules de algodón. Hay velas encendidas en unos vasos blancos y empañados. Hay trozos de sandía y mazorcas de maíz envueltas en papel de aluminio, que rezuman mantequilla y pimienta recién molida. Harris enciende una hoguera y tostamos malvaviscos en unos palos alargados, después los estrujamos entre dos galletas Graham con chocolate negro.

Bess, Penny y Erin se meten en el agua, flotan en la balsa hinchable que los chicos compraron en Edgartown. Yo me siento junto a la hoguera con Yardley y George, Pfeff y Major. Me apoyo encima de Pfeff y contemplo las llamas. Él me rodea con un brazo.

George y Major están hablando del campamento de verano al que asistieron durante años. Cantaban canciones chorras.

> *Móntate en el coche,*
> *pisa a fondo el acelerador,*
> *no bloquees el camino,*
> *¡y deja pasar a este bólido!*
> *Cantemos:*
> *Ooh, ah, mira qué trasero.*
> *Ooh, ah, es fenomenal.*
> *Ooh, ah, mira qué trasero.*
> *Ooh, ah, es fenomenal.*

—A mí me parece sexista —dice Yardley—. ¿Os la enseñaron los monitores? —Está inclinada hacia atrás con las manos apoyadas en la arena y las piernas extendidas.

—No se refería al trasero de una chica —replica Major, que finge ofenderse con una mano apoyada en el pecho—. Se refería a los nuestros.

—Es cierto. —George asiente, muy serio—. A nuestros traseros.

—Ya, claro. —Yardley niega con la cabeza.

—Nos pegábamos cachetes en el culo —dice Major—. Nos palmeábamos el trasero de niño de once años.

—Por eso sabemos que la canción se refería a los nuestros —añade George.

Al oír eso, Yardley exige que canten la canción con la coreografía completa.

—Quiero ver todos los gestos de acompañamiento —insiste—. Pasos de baile, lo que sea. Necesito verlo.

—No mientras tu padre esté delante. —George señala al tío Dean con la cabeza.

—Y con Harris, tampoco —añade Major—. No le caigo bien, os lo aseguro.

—Bah, ¿a quién le importa Harris? —replica Yardley.

—A mí —responde Major—. Ese tipo me da miedo.

42

Más tarde, esa misma noche, alguien llama a la puerta de mi habitación. Acabo de leerle un cuento a Rosemary.

Me acerco a la puerta y, cuando me vuelvo para mirar antes de abrirla, Rosemary ha desaparecido.

Pfeff está apoyado en el marco de la puerta, ataviado con un viejo jersey de punto trenzado de color azul y unos vaqueros, jadeando ligeramente.

—¿Puedo pasar? —pregunta.

—¿Qué estás haciendo aquí?

—Deprisa. Uf, qué guapa estás. Como alguien que yo me sé me vea en el pasillo, me matará.

Le dejo pasar.

—Mientras estábamos junto a la hoguera no he dejado de pensar que después vendría aquí —susurra—. No podía pensar en otra cosa que no fuera acariciarte.

Siento como si Rosemary aún siguiera aquí.

Pfeff me presiona suavemente contra la pared y se inclina hacia mí. Nuestros labios se rozan y una oleada de calor se extiende por mi cuerpo. Me pone una mano en la espalda y me estrecha contra su pecho. Como siempre, me siento abrumada por estar tan cerca de él. Quiero tocarlo, comprobar que es real y sentir la fuerza de sus brazos a mi alrededor, deslizarle las manos por el pecho.

Pero Rosemary está aquí. O no.

Es posible.

Últimamente tengo esa sensación a menudo. La sensación de que está en la habitación, observándome, aunque yo no la vea.

—No —replico—. Aquí no.

—Acabo de arriesgarme a que me asesine tu padre —susurra.

—Ya lo sé.

—Ha sido un acto heroico.

—Ajá.

—¿Alguna vez un chico ha arriesgado su vida por ti? No, no me lo digas. Seguro que lo han hecho muchos. Pero yo he llegado a lo alto de esta especie de fortaleza donde vives. Tienes que dejar que me quede.

—No puedo. Ahora no, aquí no.

—Por favor. Nadie se enterará. Soy un maestro del sigilo.

El Halcion que me he tomado hace un rato empieza a hacerme efecto. Noto cómo avanza, como miel en la sangre.

No quiero estar con él así. Podría caerme al suelo. O quedarme dormida.

—Tienes que irte —susurro.

Pfeff me besa el cuello.

—Por favor. No quiero irme a casa.

Estoy demasiado soñolienta. Demasiado drogada. Y encima está Rosemary.

—Me encanta que te hayas arriesgado a ser asesinado. Es un gesto muy romántico. Pero vete ya.

Abro la puerta.

—Por favor, Carrie. Por favor.

—No, me he tomado una pastilla para dormir. No puedo.

—¿Por favor?

—Adiós. —Lo empujo hacia el pasillo.

Se va. Pero luego se sitúa al otro lado de la puerta y susurra:

—¿Puedes oírme?

—Sí.

—¿Estás cabreada?

—No.

—¿Ni siquiera un poquito?

—No.

—Entonces, ¿por qué me has echado?

—Vete a la cama, tontorrón. Podemos salir a navegar por la mañana. Sin nadie más, sólo tú y yo. ¿Vale?

—Vale. Me pondré el despertador —dice—. A las seis. ¿Lo pondrás tú también?

Estoy que me caigo de sueño. Noto una pesadez en las venas, estoy espesa.

—Sí —respondo—. Lo haré.

43

Rosemary no vuelve a aparecer esa noche. Es más, se ausenta durante varios días, pero una mañana me despierta a las siete haciendo rebotar uno de sus leones de peluche en la almohada.

Jugamos al *Scrabble*. La dejo ganar.

Aún tiene hambre después de zamparse las patatas fritas, así que voy a la cocina y vuelvo con un cuenco con pedazos de sandía y un trozo de bizcocho de plátano todavía caliente.

Después introducimos unas bolitas de plástico de colorines por unos hilos para hacer pulseras. Antes los colores estaban organizados, pero es un lote antiguo y la mayoría están entremezclados.

Rosemary los clasifica. Para otras cosas es un desastre, pero le encanta ordenar las cosas por colores, como a Bess y a Tipper. Mientras lo hace, le leo otro cuento.

Quiero contarte a ti esa historia porque..., bueno, al igual que los demás cuentos de hadas, puede ayudarte a entender esta cosa tan complicada que estoy intentando expresar, esta parte de mi vida que aún no puedo plasmar con palabras.

El señor Zorro

Érase una vez una chica llamada lady Mary que anhelaba amar.

Vivía con sus dos valientes hermanos en una casa de su propiedad, pero ella creía en el amor y deseaba tener un marido.

Cuando apareció el señor Zorro, lady Mary sintió que había traído una luz nueva a su vida. El señor Zorro era divertido y ocurrente, apuesto y encantador. A veces parecía desconsiderado, pero no tenía importancia. Él le decía que era bella, lista e impresionante. Quería que fuera su esposa. Lady Mary lo amaba y aceptó su proposición.

Nadie sabía de dónde había salido el señor Zorro, pero eso tampoco tenía importancia.

—¿Dónde viviremos cuando nos hayamos casado? —le preguntó lady Mary al señor Zorro.

—En mi castillo —respondió él.

A lady Mary le pareció bien lo del castillo.

Pero el señor Zorro no la invitó a ella, ni a ninguno de sus dos valientes hermanos, a visitar su castillo, por más que pasaron las semanas.

Aquello era un poco extraño.

Un día, el señor Zorro se fue de viaje para ocuparse de unos asuntos, así que lady Mary partió en busca de su castillo. Tuvo que remover cielo y tierra, pero, al terminar la jornada, lo encontró. El edificio estaba hecho de piedra, era alto y majestuoso, con un foso, almenas y todo lo típico que tiene un castillo.

Lady Mary atravesó el puente levadizo y comprobó que la verja estaba abierta. Entró en el castillo y subió por un largo tramo de escaleras de piedra. No había nadie en derredor.

Siguió avanzando, asomándose a las habitaciones y deslizando los dedos por las paredes, imaginando su vida futura como señora de aquel inmenso palacio. Oh, ¡cómo se divertirían juntos! Se deleitó al pensar en las noches que pasarían a solas en la oscuridad y en mañanas radiantes y soleadas, repletas de risas.

En el piso más alto del castillo, al final de un pasillo muy largo, lady Mary encontró una puerta cerrada. Estaba hecha de acero y era más grande y ancha que una puerta normal. Se estremeció cuando se situó frente a ella, pero la abrió de todos modos.

Al otro lado había otro pasillo largo. Estaba repleto de huesos y de cadáveres ensangrentados de otras mujeres.

Trofeos. Eso es lo que eran las mujeres para el señor Zorro. Objetos de placer y después de aversión a los que silenciar y con-

servar en un armario como recuerdo, mientras partía en busca de la siguiente.

Lady Mary se fue corriendo, pero, cuando llegó a la planta baja del castillo, oyó que la puerta principal empezaba a abrirse. Se escondió en un armario y se quedó inmóvil, conteniendo la respiración y oteando el exterior.

El señor Zorro había vuelto a casa.

Iba arrastrando el cuerpo de una joven, que estaba muerta. Se detuvo en el vestíbulo y la dejó caer sobre el duro suelo de piedra. La mujer llevaba un anillo en un dedo, con un aparatoso diamante. El señor Zorro intentó quitárselo, pero estaba atascado.

Furioso, sacó su espada y le cortó la mano a la difunta.

Después subió el cadáver a rastras por las escaleras.

Lady Mary recogió la mano sy corrió a su casa lo más rápido posible.

Al día siguiente, iban a casarse. Antes de la ceremonia se celebró un almuerzo. El señor Zorro, lady Mary, sus dos hermanos y sus invitados se sentaron juntos a la mesa.

—Anoche tuve un sueño horrible —anunció lady Mary a los presentes.

Contó la historia de su visita al castillo del señor Zorro. Les habló de la puerta de acero y del pasadizo que había al otro lado, repleto de cadáveres. Les habló de la mujer muerta, a la que le cortaron la mano para quitarle un anillo de diamantes.

—No fue así —dijo el señor Zorro—. Sólo fue un sueño, querida.

—Sí que fue así —repuso lady Mary, que sostuvo en alto la mano cercenada para que la vieran todos.

De inmediato, sus hermanos desenfundaron sus espadas. Cortaron al señor Zorro en mil pedazos.

«El señor Zorro» es mi historia, igual que la de Cenicienta.

Yo soy lady Mary,

la que anhela amar,

embelesada por un nuevo romance,
protegida por sus hermanas.
Y Pfeff
es el señor Zorro.

Pero puede que yo también sea el señor Zorro.
Podemos debatirlo en el infierno.

QUINTA PARTE

El señor Zorro

44

Luda tiene la noche libre. Después de cenar, Tipper nos pide a Yardley y a mí que le ayudemos a recoger la mesa.

Penny, Erin y los chicos se marchan a Goose, seguidos por Bess. Mi padre y el tío Dean se sirven unas copas y se ponen a discutir. Hablan de algo relacionado con la ética financiera y los socios empresariales..., nada interesante. Tipper los echa del salón y los dos se van a la Playa Grande. Tomkin se va al cuarto de estar de Clairmont para ver la televisión.

Yardley y yo tenemos que ayudar a fregar los platos, limpiar las encimeras y todo lo demás. Tipper nos da unos delantales y Yardley refunfuña mientras se lo anuda.

—Yo hago esto todas las noches de mi vida, jovencita —replica mi madre con un tono jovial—. Así que acostúmbrate. Cuando tienes familia, no hay alternativa.

—Me parece que yo estaré en el quirófano —replica Yardley—. Mi marido dará de comer a los niños mientras yo le coso la cavidad torácica a un paciente.

—Y mis hijos comerán en restaurantes —añado.

—Está bien, señoritas —dice mi madre—. Ya veremos en qué queda eso cuando tengáis dos pequeñines en pañales.

—Oh, mis hijos no usarán pañal —responde Yardley—. No harán caca. Serán completamente higiénicos y no olerán mal, o, si no, no los tendré.

—Me encanta vuestra compañía —dice Tipper—. Pero va siendo hora de que os calcéis los guantes y os pongáis manos a la obra.

Cuando terminamos, las manos nos huelen a lejía y tenemos las mejillas ruborizadas por el calor de la cocina. Yardley y yo nos separamos de mi madre, que se va con su copa de vino a ver la tele con Tomkin.

A estas alturas, los demás llevarán al menos una hora en Goose. Cuando Yardley y yo nos encaminamos en esa dirección, nos cruzamos con Harris y el tío Dean, que vuelven de la Playa Grande. La tensión se palpa en el ambiente.

Harris no me mira, pero le da una palmada a Yardley en el hombro cuando pasa a su lado.

—Ya está —dice. Y sigue caminando.

Dean mira a su hija y le dice:

—Tanto escándalo por nada.

—No lo creo —replica ella.

—¿Quieres venir a hablar de ello?

—Paso.

—Venga, Yard.

—Carrie y yo vamos a Goose.

Dean niega con la cabeza.

—Harris tiene un palo metido por ya sabes dónde.

—Ya, bueno. Se lo metiste tú. —Yardley reanuda la marcha.

—¿A qué ha venido eso? —le pregunto cuando Dean ya no puede oírnos.

—Buf. Creo que debería contártelo todo. ¿Quieres oírlo?

—Claro.

—Podemos sentarnos aquí —dice Yardley cuando entramos en el jardín de Goose Cottage, casi a oscuras. Las luces del salón están encendidas. El césped está lleno de botellas de cerveza y pelotas de ping-pong. Oímos música que retumba desde el interior. *In Your Eyes*, de Peter Gabriel.

Estoy a punto de sentarme en el césped para averiguar por qué Yardley está cabreada con su padre, cuando de repente ella me agarra de la mano.

—¡Oh, no! —exclama.

Me giro para ver lo que está señalando.

45

Apoyada en la mesa de ping-pong, entre las sombras, Penny está besando a Pfeff.

Están abrazados, ella apoya una mano en el pelo de él. Pfeff le ha subido la holgada camisa de lino y le toca con los dedos el sujetador rosa claro.

Al parecer no nos han oído llegar, a tal punto están extasiados uno con otro.

Mi hermana.

Y Pfeff.

46

Me quedo paralizada.

—¿No nos habéis oído entrar por la cerca, imbéciles? —grita Yardley—. Estamos aquí. Carrie y yo.

—Mierda —dice Penny, que apoya la espalda en la mesa.

Pfeff se da la vuelta, apartándose de ella. Pone los ojos como platos. Tiene los labios hinchados, se le ponen así cuando besa.

No puedo ni mirarlos siquiera.

No puedo hablar.

Se me cierra la garganta y noto una bola de dolor y de furia ardiendo en mi cabeza y atravesándome la piel.

Me derrite la cara.

Mis facciones rezuman como si fueran de cera,

se deslizan por mis huesos,

gotean sobre los tablones que hay bajo mis pies.

Me cubro el rostro con las manos, como si ése fuera el único modo de impedir que mi carne se

derrame sobre la pasarela al derretirse,

entre una maraña de dolor.

Yardley me tiende una mano, pero yo me doy la vuelta y echo a correr, atravieso la cerca a toda velocidad y recorro la pasarela hacia los rincones más oscuros de la isla.

• • •

La imagen de la mano de Penny sobre el pelo oscuro de Pfeff... me revuelve el estómago.

Y pensar que me besó todas esas veces y que me invitó a subir a su habitación, y que me contó su secreto acerca de su admisión en Amherst, y que me acarició con tanta suavidad y premura. Y pensar que me hizo sentir bella, lista, profunda, impresionante... Y durante todo ese tiempo, Pfeff habría preferido estar con Penny.

Ella es más guapa que yo, de eso no hay duda. Aunque la hermosura sea subjetiva, aunque los cánones de belleza cambien con el tiempo, Penny es más guapa que yo... a ojos de todo el mundo. Siempre será así. Por más que me haya fracturado y reconstruido la puñetera mandíbula.

Aun así.

Da igual que entienda cómo se siente Pfeff con lo de la universidad, o que me haya dado cuenta de que es un farsante, o que se me dé bien hablar en público, o que sea capaz de hacerle reír.

Da igual que sienta las cosas profundamente y que me importe el mundo más allá de Beechwood. Todo el mundo prefiere a Penny. La prefieren
por la manera en que sus ojos encajan en las cuencas alojadas en su cráneo,
por el medio centímetro adicional de pómulo que tiene,
por su cabello sedoso y de color crema y por
la línea de su barbilla perfecta y por
la blancura y la amenaza velada de sus colmillos.
La gente siempre preferirá a Penny, aunque ella
pase de ellos, o precisamente
porque pasa de todo, por más que
no saque muy buenas notas y sea
desconsiderada con los sentimientos ajenos. Aunque no sepa
cocinar como Bess y
lo deje todo a medias y
nunca dé la cara por nadie,
la gente seguirá prefiriéndola a ella.

Podría rebanarme el talón con un cuchillo de carnicero
(ya me he cortado la boca); pero no bastaría para granjearme
el cariño de los demás, porque la sangre seguiría
    filtrándose por el zapatito de cristal,
    diciéndole al mundo que no valgo nada,
    mientras Penny se calza con soltura ese zapato,
    agarra al príncipe de la mano y
    lo aleja
    de mi lado.

47

Espero a Penny en su habitación con la luz apagada, sentada en su cama con las rodillas pegadas al pecho.

Cuando entra, Erin va detrás.

Cómo no. Erin.

Encienden la luz y Penny se sobresalta al verme.

—Erin —dice mi hermana—. ¿Nos dejas a solas un momento?

—No tengo adónde ir —replica Erin—. Tus padres están en el piso de abajo. No quiero estar sola con ellos.

—Pues vuelve a Goose —dice Penny.

—Paso —replica la otra—. Hablad en el cuarto de Carrie, o salid a dar un paseo, o lo que sea.

No sé por qué Erin es tan borde con Penny, pero decido intervenir:

—El paseo es buena idea.

No quiero mantener esta conversación en mi cuarto, debido a Rosemary. No sé qué podría oír.

Penny agarra una chaqueta y baja airada por las escaleras, como si fuera ella la que está enfadada conmigo.

Voy tras ella.

Salimos por la puerta del recibidor para esquivar a Tipper y a Harris y nos dirigimos al sendero que rodea la isla.

Ahora que estamos a solas, no sé por dónde empezar. Caminamos en silencio durante un rato.

—Quiero saber cómo has podido hacerme eso —le suelto al fin—. Yo nunca te haría algo así. Jamás.

—No te lo estaba haciendo a ti —dice Penny.

—Claro que sí —replico—. Sabías que yo estaba con Pfeff. Lo sabías, pero decidiste echar a perder lo único bueno que tenía, porque, no sé, ¿porque podías? ¿Porque no te lo conté en secreto? ¿Porque últimamente no paso mucho tiempo contigo? ¿Por qué?

—Yo...

—¿O es que te sientes poderosa al besar a un chico cuando sabes que está con otra? ¿O es que me odias por algún motivo?

—No ha sido por eso —replica—. Por nada de eso.

—Entonces, ¿por qué? Porque es lo peor que podrías hacerme.

Vuelvo a sentir esa explosión de rabia, calor y vergüenza en el rostro, la sensación de que mis facciones se derriten. Soy

fea. Soy

indigna de ser amada. Penny

no me quiere lo suficiente como para

dejar en paz a Pfeff. Pfeff

no me quiere lo suficiente como para

serme fiel.

—¿Por qué lo has hecho, Penny? —inquiero—. ¿Qué he hecho yo para merecer que me trates así?

Mi hermana suspira.

—Vale, sí. Me irritas. Tu forma de actuar resulta muy molesta.

—¿Qué quieres decir?

—Incluso ahora. Obsesionada todo el rato con él, mostrándote tan vulnerable, haciéndole saber a todo el mundo cómo te sientes cada segundo del día. Es insufrible.

Me siento dolida.

—Sin embargo, no fue por eso —añade—. En el fondo, no.

—Entonces, ¿por qué fue?

—No quiero hablar de ello.

—Acabas de arruinarme la... Lo has estropeado todo. Creo que me debes una explicación.

—Si me resultó tan fácil estropearlo —replica Penny—, en el fondo no sería nada muy serio.

Tiene razón.

Tiene razón.

Pero también fueron tres semanas de felicidad. Me puse su camiseta. Él me besó la palma de la mano.

—A veces las cosas resultan frágiles —replico—. Es por eso por lo que son valiosas.

Penny se encoge de hombros.

—Para que lo sepas, si Pfeff se ha enrollado conmigo es porque no iba en serio contigo.

La agarro del brazo y la zarandeo.

—¡Basta! —exclamo—. Claro que iba en serio. Y tú lo sabías. No me digas que no.

Penny suspira otra vez, con fuerza.

—Sí, lo sabía.

—La pregunta no es por qué Pfeff ha actuado así —prosigo—. La respuesta es evidente. Ha actuado así porque eres guapa, porque siempre consigues lo que quieres y porque todo el mundo te adora. La pregunta es por qué has hecho esto. Por qué me lo has hecho a mí.

El sendero es frío y ventoso. El viento nos alborota el pelo.

—¡No te lo he hecho a ti! —exclama Penny—. Ya te lo he dicho.

—¡Pues yo creo que sí! —grito—. Te has enrollado con mi novio a mis espaldas, y no entiendo cómo puedes decir que no me lo has hecho a...

—¡Se lo he hecho a Erin! —exclama—. ¿Vale? A Erin.

—¿Qué? ¿Y a Erin qué más le da?

—No seas estúpida.

—No lo soy. Yo...

—Piensa un poco.

—No puedo. Yo no... ¿Qué más le dará a ella?

—Erin y yo estamos saliendo —revela Penny—. ¿Vale? Bueno, estábamos saliendo. Nos... Todo empezó al final del curso escolar, cuando ella lo dejó con Aldo. A mí nunca terminó de gustarme Lachlan, y luego... En fin, he sentido cosas por otras chicas desde hace mucho tiempo —concluye—. Muchísimo tiempo.

Me quedo atónita. Soy idiota.

Ni me lo imaginaba.

Penny prosigue:

—Sé que papá y mamá no se lo tomarán...

—Del todo bien.

—Del todo bien. Y también me gustan los chicos. Creo. O quizá no. No lo sé. No quiero decepcionarlos. A nuestros padres. No puedo con tanta presión. —Intenta sujetarse el pelo, que revolotea alrededor de su cabeza a causa del viento. Se recoge la mayor parte y lo sujeta con una goma elástica que llevaba en la muñeca. De repente, adopta un gesto severo—. No se lo cuentes a Bess.

—No.

—Ni a nadie —añade—. No se lo he contado a nadie más. Ni siquiera sé si soy... Aún no lo sé, eso es todo. Y con Erin, cuando llegó aquí, todo fue genial, un romance secreto precioso, pero luego no sé. Se agotó la novedad, tal vez. Para ella. O puede que sólo estuviera tonteando, o experimentando, o algo así. Lo que quiero decir es que ella ya no quiere seguir con lo nuestro, así que discutimos sobre si debería volverse a casa mañana. Ella quiere irse y que nos limitemos a ser amigas en el colegio, como éramos antes, y que nos echemos novio y esas cosas. Y yo quería lograr que quisiera quedarse, ¿sabes? Pensé que si besaba a alguien se pondría celosa, y entonces se daría cuenta de que lo nuestro le importaba, y decidiría quedarse. —Penny se retuerce las manos—. Eso esperaba, al menos. O quizá quería hacerle daño.

—Típico de ti.

—O quizá quería convencerme de que me gustan los chicos. Si me gustaran, todo sería más fácil. Lo ocurrido con

Erin no tendría importancia. Una parte de mí pensaba eso, ¿sabes? Pensaba que aún no es tarde para ser una chica normal. Sólo tenía que gustarme un chico en vez de una chica. Nada más fácil.

Sé que debería decirle que es perfecta tal como es.

Debería decirle que lo bonito es que ame a quien ella decida. Porque es cierto.

Debería decirle que la apoyaré ante nuestros padres, si alguna vez decide contárselo.

Pero Penny me ha traicionado.

—Quizá sea una buena idea —replico—. Pero no tenía por qué gustarte Pfeff.

—¡Aquí no hay nadie más! —exclama Penny.

—Entonces, no deberías haberte enrollado con nadie. Deberías haber pensado: Carrie me cuida. Carrie me quiere. Carrie siempre me cubre las espaldas. Es una hermana leal, esa Carrie. Es una persona en la que se puede confiar. Y aunque puedo dejarla tirada, romperle el corazón y robarle el novio, aunque puedo hacer todo eso, no lo haré. Porque ella es mi hermana y no quiero hacerle daño. Porque hay ciertas líneas que no se deben cruzar. Hay cosas que, una vez que las has hecho, ya nunca jamás puedes deshacerlas. Y lo cierto es que valoro mi relación con mi fiel y leal hermana, por encima de cualquier otra estupidez que se me esté pasando por la cabeza ahora mismo. Tendrías que haber actuado como una buena persona, Penny. ¿Por qué te cuesta tanto? No se te pide tanto. Todo el mundo conoce esa regla. Es muy básica. No te enrolles con el novio de tu hermana, porque, si lo haces, eres tonta del bote.

Penny empieza a sollozar, no se tapa la cara con las manos como habría hecho yo, sino que deja que las lágrimas se deslicen por su rostro atractivo y delicado, esbozando una mueca de aflicción.

—Lo siento —dice.

Me resulta un poco teatral. Penny está interpretando su turbación. Iluminada por el claro de luna para obtener el máximo efecto.

—Me da igual que lo sientas —replico—. Lo que me importa es que lo has hecho. Nunca olvidaré lo poco que me valoras. Jamás.

Me doy la vuelta y me voy corriendo por la pasarela, dejándola sola.

48

Al día siguiente, me levanto tarde. Rosemary no me despierta. Hace tiempo que no la veo.

Me pregunto si estará enfadada.

Me siento dolorida y tengo migraña. Noto la piel pegajosa. No recuerdo el momento en que me fui a la cama.

Cuando entro en el cuarto de baño que compartimos, Bess se está rizando el pelo; se peina y lo rocía con laca.

—En cuanto te des un baño en la playa, se te volverá a alisar —le digo.

—Da igual. Estoy practicando. Para así tenerlo dominado cuando regrese a North Forest. Si consigo lavármelo la noche anterior y por la mañana rizármelo en diez minutos, podré... —Se interrumpe y suelta el rizador—. Ay, Carrie, lo de anoche...

—No quiero hablar de eso.

Con ella, no. Bess es superficial, ambiciosa, siempre trata de aparentar ser mayor de lo que es. Pretende parecer simpática, aunque en el fondo lo que quiere es simplemente cotillear.

—Le dije a Penny que no hablara tanto con Pfeff. —Me coge de las manos—. Me la llevé a un aparte y le dije: Carrie se va a cabrear cuando llegue y vea lo que estás haciendo. Creo que había bebido demasiado. Penny no pensaba con claridad, y encima Pfeff es muy guapo. Seguro que ella no lo hizo aposta.

Me suelto de las manos de ella, aprieto el tubo de pasta dentífrica y empiezo a cepillarme los dientes.

—Penny se tomó unas tres cervezas en una hora —continúa Bess—. Las conté. Y estoy segura de que desearía no haber ido afuera con él y...

Escupo y me enjuago.

—Penny sabía lo que estaba haciendo.

—Sólo fueron unos besos —replica Bess—. No pasó nada más, por si acaso te lo preguntabas.

Me quedo quieta y la miro.

—¿Los estuviste observando?

—Estaba en el baño del piso de arriba. Y miré por la ventana. No pude evitar verlos en el jardín. Y entonces llegaste tú y...

—Uf.

Irrumpo en mi habitación y empiezo a vestirme. Bess me sigue.

—Estoy intentando decirte que lo siento.

—No tienes por qué disculparte. Tú no hiciste nada —replico—. Excepto espiar a la gente y meterte en sus asuntos. Pero de eso no te arrepientes, ¿verdad?

Bess. La mártir. La hermana virtuosa. Se queda inmóvil un momento, conmocionada, después pega un pisotón en el suelo como si fuera una niña.

—Eres mala —me suelta—. ¿Te crees que eres la única que tiene sentimientos?

—¿Cómo dices?

—Carrie se puso enferma, Carrie está enamorada, Carrie echa de menos a Rosemary, Carrie está llorando en pleno carnaval del colegio, o en una fiesta familiar... Te crees que eres la única sensible, pero en realidad eres la única quejica. ¿Lo sabías?

Me quedo mirándola, boquiabierta.

—¿Crees que no sé que tomas pastillas? —prosigue Bess—. Compartimos baño. Y es obvio que te pasas la mitad del tiempo colocada. Es increíble que nuestros padres no se hayan dado cuenta. Te estás viniendo abajo, Carrie, y me cuesta empatizar contigo, porque yo no te importo un pimiento. Nunca piensas en mí, nunca hablas conmigo. Intentas deshacerte de mí siempre que puedes. Así que no. No me importa que Penny se haya enrollado con tu novio. Ni siquiera me explico cómo pudiste llegar a gustarle.

49

Cuando Bess se marcha, me doy una ducha larga. Recojo mi cuarto y guardo la ropa doblada en los cajones.

No quiero ver a nadie. Nunca más. Puede que me quede aquí el resto de mi vida, medicándome y hablando con Rosemary, refugiada en esta habitación donde nadie puede hacerme daño.

Pero al rato me entra hambre.

Me cepillo el pelo y me visto.

En la cocina, mi madre está doblando meticulosamente unas servilletas en cuadrados. Me prepara una tostada con mermelada de albaricoque, mientras yo me sirvo un café. Si repara en mis ojos hinchados, no hace ningún comentario al respecto.

—Necesito que hagas un recado con la lancha —dice cuando me siento a comer.

—Vale. ¿Y eso?

—Gerrard está ocupado con el tipo de los arbustos.

—¿El tipo de los arbustos?

—El que va a plantar los arbustos nuevos —me explica—. *Viburnum* «bola de nieve» y madreselva. Ya te lo conté.

—¿Necesitas que haga la compra?

—Luda hará la compra en Vineyard. Necesito que lleves a alguien a Woods Hole.

—Ah. ¿Quién se va? —No quiero llevar a Pfeff.

—Erin tiene que volver a casa. Y Yardley también.

—¿Yardley? Pensaba que se quedaría todo el verano.

—Pues ha cambiado de idea.

—¿Y eso?

—No me lo ha dicho. Simplemente ha venido a desayunar, ha dicho que tenía que volver a casa y que si podía conseguirle un transporte. Y eso ha sido justo después de que Penny me dijera que Erin también se iba. —Tipper suelta una risita amarga—. Me parece que hemos tratado bien a esa chica. Semanas de arena y sol, comidas, todo lo que se podría desear. Y ahora se marcha sin avisar, como si no estuviera a gusto aquí.

—Pensaba que no querías tener tantos invitados.

—Los chicos —replica mi madre—. Los chicos son un poco demasiado. Erin es buena chica. Es silenciosa como un ratoncillo y mantiene entretenida a Penny.

Me duele la cabeza por culpa de las pastillas y de todo lo que lloré anoche. Y por la discusión con Bess.

—Seguro que se siente agradecida. Pensará que se ha quedado más tiempo de la cuenta, nada más.

—En ese caso, no he sido una buena anfitriona —dice mi madre—. Nadie debería sentir nunca que no es bienvenido aquí.

A mí también me gustaría abandonar la isla. Para alejarme de todos.

—Las llevaré en la lancha —me ofrezco—. Le diré a Erin que ha sido un placer tenerla entre nosotros. Todo irá bien.

Tipper me abraza.

—Eres una buena chica —añade.

Me reúno con Yardley y Erin en el muelle familiar a mediodía. Tipper les ha preparado unos sándwiches de queso brie con tomates deshidratados. Cada paquete contiene un recipiente con rodajas de nectarina, otro con pepino salpimentado y un paquetito de papel encerado con galletas de jengibre. Les entrego sus bolsitas de papel marrón y ellas las sujetan como si fueran un par de colegialas.

Erin tomará un autobús a casa. Compró un billete por teléfono que recogerá en la terminal del ferri. La madre de Yardley va a enviarle un coche con un chófer.

El tío Dean y Tomkin llegan al muelle justo después que yo. Tomkin abraza a Yardley y le dice adiós. Dean carga el equipaje de las chicas en el barco, sin abrir la boca.

—Cielo —le dice a su hija con un tono que intenta ser jovial—. Te diré una cosa: creo que deberías quedarte.

—No, gracias.

—Todo se arreglará. Ya lo verás. No es para tanto.

—Ni lo sueñes —replica Yardley—. Carrie, ¿puedes encender el motor, por favor?

Hago lo que me pide y zarpamos.

—¡Adiós, Yardo! —grita Tomkin—. Hasta pronto.

—Adiós —dice ella—. Te voy a echar mucho de menos, aunque seas tan feo.

El sol es muy fuerte y las tres nos ponemos gafas de sol. Siento mucha curiosidad por lo que le está pasando a Yardley, pero también estoy agotada. Los analgésicos están haciendo efecto y noto los músculos flojos y lánguidos. He llorado hasta hartarme. Mi furia contra Penny y Pfeff está en su punto más bajo, aunque noto que está reavivándose en mis entrañas.

Así que conduzco la lancha y dejo correr mis pensamientos.

Sé por qué se marcha Erin. Al margen de lo que sienta por Penny —miedo al compromiso, miedo a ser lesbiana o a salir del armario, aburrimiento, indecisión, o sencillamente que no está enamorada—, seguro que está enfadada por lo de Penny y Pfeff. Si no quiere estar aquí, nada la retiene en esta isla.

Pero ¿y Yardley? ¿Por qué George no se va con ella? ¿Por qué está tan cabreada con su padre?

Podría meterme fácilmente en el caparazón de mi desdicha y no averiguarlo nunca. No es asunto mío, y bastantes cosas tengo ya en la cabeza. Nuestra familia considera que el silencio es una muestra de respeto hacia la vida interior de los demás. Podría fingir que no tiene nada de raro que se marche a mitad de verano, y seguro que Yardley lo agradecería.

Pero quiero saberlo. Sin Bess, sin Penny, sin Rosemary (de por vida) y ahora sin Yardley, no me quedará ningún aliado en Beechwood. Yardley y yo hemos sido uña y carne todos los veranos. Hemos compartido un centenar de bolsas de patatas fritas, hemos leído los mismos libros apretujadas en la hamaca. Hemos montado juntas en kayak, hemos entonado canciones de campamento, hemos recogido frutos del bosque en Vineyard. Hemos construido mundos imaginarios y hemos salido a buscar limones. Le hago señas para que se sitúe a mi lado, junto al timón.

—¿Quieres que pilote? —me pregunta.

—No quiero que te vayas —respondo, tras rodearla con un brazo.

—No puedo quedarme.

—¿Por qué no?

Supongo que Erin puede oír fragmentos de lo que estamos diciendo, pero poca cosa. El motor y el viento hacen que resulte imposible conversar desde un extremo al otro de la lancha.

Yardley suspira y dice:

—¿Recuerdas cuando me preguntaste por esa foto? ¿Esa tan antigua, la de tu madre con un tipo al que le habían raspado la cara?

Buddy Kopelnick.

—¿Qué sabes tú de eso?

—Nada, no es eso —dice Yardley—. Pero ¿recuerdas lo que te dije cuando me lo preguntaste, durante la búsqueda de limones?

—Dijiste que lo dejara correr. —Pero ahora esa conversación cobra otro sentido. Puedo visualizar el rostro de Yardley aquella noche, iluminado por la luna, con ese vestido amarillo y floral, aferrada a una cesta de mimbre con un lazo grande y amarillo—. Dijiste algo así como que los idiotas de los adultos lidien con sus chorradas emocionales y sus tejemanejes ilegales. Algo sobre unos tipos turbios que van y vienen.

—Sí —dice Yardley—. Eso mismo.

—¿Se trata de esto? ¿Por qué no lo habré recordado hasta ahora?

—No pasa nada. Ya tenías tus propias preocupaciones.

—¿Qué tipos turbios?

—Sí, exacto. Ésa es la pregunta clave. La cuestión es que, una vez que salió de mi boca, una vez que me preguntaste por la familia y por cosas que pudieran estar ocultando, eso lo cambió todo. Me escuché diciendo esas frases en voz alta. Y me dije: ¿a qué me refería con lo de «tejemanejes ilegales»? En el fondo, sabía lo que quería decir, pero nunca se lo había comentado a nadie. Estaba en plan «la, la, la, la, la»: si miro para otro lado y pienso en otra cosa, en el fondo esto no está pasando.

Asiento.

—Pero tú... En tu caso, Carrie, estás dispuesta a decir las cosas. Haces preguntas. Los demás quieren esconderlo debajo de la alfombra. Cuando te dije eso, lo de los tejemanejes ilegales, pensé: «Vale, aquí está pasando algo malo.»

—¿El qué?

—Mi padre... Su forma de ganar dinero. —Yardley niega con la cabeza. Se toma su tiempo—. Es un tipo adinerado del que no sospecha nadie, porque lleva traje y estudió en Harvard, pero realiza toda clase de trapicheos financieros para una banda de delincuentes de cuello blanco.

—Madre mía.

—Yo tenía una amiga cuando iba a sexto —prosigue—. Jenny Neugebauer. Jenny solía venir a mi casa, se quedaba a dormir y esas cosas. Fuimos amigas durante años, ¿vale? Pero, al comienzo del último curso de secundaria, desapareció por arte de magia. Sin una llamada, sin una carta. Se esfumó sin más. Lo único que me queda de ella es un jersey que me prestó y que nunca le devolví. —Yardley se sorbe la nariz y mira de reojo a Erin antes de continuar—. Mis compañeros de clase decían que la madre de Jenny perdió todo su dinero, que su negocio se fue a pique y se arruinó. Así que Jenny tuvo que irse a vivir con sus abuelos a Florida. La echo de menos. Nunca pude despedirme de ella. Y hará unas dos semanas me fui a la biblioteca de Edgartown —prosigue—. Había estado pensando en lo que te dije. Quería buscar a algunas personas con las que trabaja mi padre. Amigos de negocios que vienen a casa a comer costillas de cerdo con salsa de manzana. Me preguntan qué tal los estudios y esas cosas. Y cuando busqué sus nombres... encontré cosas muy desagradables.

—¿Por ejemplo?

—Un tipo invirtió en varios negocios pequeños y luego los saboteó a propósito para que fracasaran. Ganó dinero arruinando la vida de esas personas. Se fue del país para no acabar en prisión. Es un fugitivo de la justicia. Y mi padre es su asesor financiero.

—Ostras.

—Sí. ¿Y sabes quién era una de las personas a las que arruinó ese tipo? La madre de Jenny Neugebauer. Es un hecho documentado. Salió en el periódico.

—¿Crees que tu padre lo sabía?

—Desde luego. Y otros amigos suyos..., una pareja a la que asesoraba..., fueron condenados por malversación. Mi padre está metido hasta el cuello, de eso no hay duda. Su lista de clientes está repleta de gente despreciable.

No sé qué decir.

—La cuestión es que mi padre... conocía a Jenny Neugebauer —continúa Yardley—. Y a su madre también. A ver, ya sé que deberían importarme todas las personas a las que se la ha jugado, todas las leyes que ha ayudado a infringir... Pero cuando vi ese nombre escrito, el de Miriam Neugebauer, lo entendí todo. A mi padre no le importa quién salga perjudicado mientras él gane dinero. Mientras se lo pase bien. Supongo que le gusta un poco el riesgo, esa sensación de salirse con la suya. Y se está enriqueciendo gracias a esos clientes.

—Uf.

Yardley suspira.

—Es un buen padre. Es un coñazo la mayor parte del tiempo, y bebe demasiado, pero es un buen padre. Juega con Tomkin en el agua a todas horas, prepara filetes en la parrilla y viene a vernos todos los fines de semana, cuando estamos en casa de mi madre. Nos lleva de paseo. —Se seca las lágrimas y se sorbe la nariz—. Pero ya no quiero saber nada de él. Así que se lo conté a Harris. Anoche.

—¿Qué dijo él?

—Se puso muy serio. Dijo que, si todo lo que le había contado sobre Dean era cierto..., estaba decidido a romper con él.

Para Harris, la familia significa el buen nombre de la familia. Para él, son la misma cosa. Debes ser «un orgullo para la familia» o de lo contrario no quiere verte ni en pintura.

Cuando pienso en ello más tarde, me doy cuenta de que esa mentalidad tiene sus lagunas. La fortuna de la familia de mi madre es dinero sucio, obtenido con la explotación y la esclavitud de otras personas. Pero Harris puede convencerse de que ese dinero está limpio, porque entró en la familia hace mucho tiempo. Luego está el suyo, ganado con mucho esfuerzo, pero al fin y al cabo dinero sucio obtenido con la explotación de trabajadores vulnerables y no sindicalizados. Sin embargo, puede convencerse de que es dinero limpio porque es legal, y él es un firme defensor de la libertad de prensa.

En cuanto al dinero del tío Dean, Harris no puede aceptar que ese dinero sea limpio.

No logro articular ninguno de esos pensamientos, ni siquiera desarrollarlos con claridad mientras Yardley está hablando conmigo, pero a pesar de todo percibo la gravedad de la situación.

Éste es nuestro último verano juntas.

—Lo siento mucho.

—Mi padre sigue creyendo que todo se arreglará. Me dice que no entiendo cómo funcionan los negocios. —Yardley inspira hondo—. Pero no quiero su dinero para la universidad, no quiero su dinero para mis gastos. Me parece que todo ese dinero está, no sé, contaminado. Es tóxico. Es el dinero con el que pagó esta camisa y... puf.

Yardley frota el dobladillo de su camisa como si estuviera sucio.

—Se lo conté a Harris antes de cenar —prosigue—. Y luego le dije a mi padre que se lo había contado, y él me dijo que no le diera tantas vueltas, y yo le dije que me largaba. Después nos sentamos a cenar. Pensaba contártelo todo, pero entonces nos tocó recoger con Tipper y luego pasó lo de Penny y Pfeff, y entonces todo el mundo se puso histérico.

—¿Quién estaba histérico?

—Bess, por supuesto. Y Erin. Y George, la verdad. A Major le dio igual todo. Por cierto, siento lo de Pfeff, pero ya te dije que tuvieras cuidado. —Me da un codazo y sonríe a pesar de su tristeza—. Te dije mil veces que tuvieras cuidado.

—Es cierto.

—Por si te sirve de algo, creo que Pfeff es un cabrón; lo odio, me cae mal y no pienso volver a dirigirle la palabra. Y también le canté las cuarenta a Penny. La llamé esa palabra que empieza por «Z» y esa otra que empieza por «P» y un montón de cosas más. Fue como una catarsis.

Noto lágrimas de rabia en los ojos.

—No hablemos de ello aún —le pido—. No quiero llorar.

Me da unas palmaditas en el hombro y vuelve a sus problemas.

—Me llevé a George a un aparte y le dije que tenía que irme por la mañana. Le dije que no quería volver a saber nada de mi padre ni de su dinero. ¿Y sabes lo que dijo él?

—¿Qué?

—¡Me dijo que lo consultara con la almohada! ¡Con la almohada! Dijo que a lo mejor yo no había entendido toda la película. Y yo le dije: «Sí que la entiendo. Es más, Harris también la ha entendido. Y va a romper con él.» George me dijo que quizá había circunstancias que no había tomado en cuenta y que no debía precipitarme. En otras palabras, dijo exactamente lo mismo que mi padre.

—Qué mal.

—Le dije que se estaba portando fatal y que debería apoyarme. Y él me soltó: «Seamos racionales, Yardley. No tienes la certeza de que tu padre haya hecho nada malo.» Y yo le dije: «¿Dejarás de quererme si renuncio a mi dinero?» Y él dijo: «No es eso, Yardley. No estás pensando con claridad.» Y yo le dije: «Lo que pienso es que ya no somos novios.»

—Madre mía.

—Sí. Y luego me tocó soportar dos horas de llantos, de hablar con él, de escucharle decir que no estaba siendo razonable. Le dije que volvería a ser su novia si se marchaba conmigo por la mañana y no me cuestionaba. No le pedí que estuviera de acuerdo conmigo, sólo tenía que acompañarme y mantener la boca cerrada. Pero George dijo que le resultaba imposible callarse sus opiniones. Y yo le solté: «No me puedo creer que sólo te importe mi dinero», aunque en el fondo sí que me lo creo. El caso es que no quería dormir en Pevensie con mi padre y tampoco me apetecía dormir en Goose con George. Así que recogí mis cosas y las bajé al muelle en mitad de la noche. Dormí en el cuarto de estar de Clairmont y hablé con Tipper por la mañana.

Atracamos en el muelle de Woods Hole. Ayudo a Erin y a Yardley con sus maletas. El chófer de Yardley la está esperando. Nos damos un abrazo de despedida.

Quedan cosas por decir, pero ninguna las dice.

La voy a echar mucho de menos.

Desaparece en cuestión de minutos.

Acompaño a Erin a recoger su billete de autobús y esperamos en la estación sin cruzar palabra.

50

Al día siguiente, Gerrard se lleva en barco a Tomkin y al tío Dean de la isla. Ya no volverán.

Muchos años después, me enteré de que mi padre le pagó la universidad a Yardley cuando ella se negó a aceptar el dinero de su padre. Y que contrató al abogado de la familia, Richard Thatcher, para que le ayudara a comprarle a Dean su mitad de la propiedad de la isla.

Pevensie permanecerá vacía durante varios años.

Cuando me case con William Dennis, mi padre despejará un terreno de la isla y edificará una casa para mí. William y yo la llamaremos Red Gate, por su cerca de madera y sus acabados de color óxido.

Más o menos en la misma época, Harris demolerá Pevensie y construirá sobre sus cimientos, dándole a la nueva casa el nombre de Windemere. Esa casa se la cederá a Penny, que se casará con Sam Easton más o menos entonces. Para Bess, casada con Brody Sheffield un año después, nuestro padre tirará abajo Goose para construir Cuddledown.

Finalmente, mis hermanas y yo tendremos la impresión de que Windemere siempre ha estado ahí, en el extremo septentrional de la isla Beechwood.

Ni siquiera percibiremos los ecos de Pevensie, jamás pensaremos en lo que podría haber sido. Dejaremos de echar de menos a Tomkin y a Yardley, olvidaremos que sus hijos podrían haber corrido por las pasarelas junto con los nuestros.

51

Cuando regreso de Woods Hole, me voy a mi cuarto, fingiendo que me duele la cabeza. Me quedo allí toda la tarde. Tipper me sube la cena en una bandeja muy mona.

Me cuenta que los chicos han pedido quedarse unos días más, a pesar de la ausencia de Yardley. Necesitan tiempo para hacer sus preparativos para el resto del verano.

—No quieren volver a casa con sus padres —dice Tipper—. Se imaginan que aquí son independientes, aunque es Luda la que les hace la colada, claro.

George y Major podrían trabajar a última hora como monitores en el campamento de verano, dice. «En ese campamento al que solían ir.» Están haciendo llamadas. Seguramente, Pfeff irá a visitar a unos primos.

—Sé que lo echarás mucho de menos —añade—. Espero que te recuperes pronto para poder disfrutar de vuestros últimos días juntos.

Es la primera vez que me menciona a Pfeff.

Cree que seguimos juntos.

Asiento y no la corrijo. No puedo contarle lo que ha ocurrido. No puedo ser esa quejica que Bess cree que soy; no puedo delatar a Penny. No puedo mostrar mi yo caótico y melancólico, cuando mi madre quiere que sea su «niña buena».

Además, echo de menos a Pfeff.

Pienso: a lo mejor viene a mi habitación cuando menos me lo espere y me pide que le perdone. A lo mejor logro perdonarlo. A lo mejor me dice que me quiere y que tenía un motivo para actuar así. Pfeff me escuchará, me escuchará de verdad.

Pero no viene.

También pienso: seguro que Penny llamará a mi puerta, avergonzada, arrepentida, y me ofrecerá una disculpa sincera y promesas de lealtad. Bess vendrá, preocupada y cariñosa. Se pondrá de mi parte y me subirá el ánimo con frivolidades y con unas galletas horneadas por ella.

Pero pasa otro día.

Sigo en mi habitación.

Quiero hacer las paces con mis hermanas, lograr que se pongan de mi parte, que odien para siempre a la persona que me traicionó, que odien para siempre a la persona que me acusó de ser una egoísta, quiero que me hagan reír y me distraigan.

Pero puede que nunca fuéramos esa clase de hermanas.

Y son ellas las que me han hecho daño.

Así que vuelvo a pensar en Pfeff. Seguro que quiere hablar. ¿Cómo podría contarme sus secretos, desnudarse delante de mí, cogerme de la mano, decirme lo mucho que me desea... y no arrepentirse de su traición? Es imposible. Hay algo entre nosotros.

Una y otra vez, me aplico colorete en las mejillas, me cepillo el pelo y salgo por la puerta para ir a hablar con él. Siento que no podré descansar hasta que escuche lo que él tenga que decir al respecto.

Una y otra vez, me detengo en lo alto de las escaleras y vuelvo a mi habitación.

No importa, me digo.

Pero no es cierto.

Paso el rato leyendo novelas y hablando con Rosemary. Quiere que le pinte las uñas, probar el rizador de Bess. Se inventa una canción sobre volovanes.

Los volovanes son peores que las magdalenas.
Los volovanes son peores que las magdalenas inglesas.

Los volovanes son mazacotes.
Prohibamos los volovanes.

Me enseña un «baile famoso» que asegura que hacen las animadoras. Finjo estar alegre por ella, aunque no dejo de mortificarme por Pfeff y Penny, Yardley y el tío Dean, mi padre y Buddy Kopelnick. Quiero demostrarle a mi hermana lo mucho que la quiero. Intento ayudarla a estar en paz. Me encanta que esté aquí, pero no me parece bien que se me vaya a aparecer el resto de mi vida. Debe de estar buscando el modo de descansar. Y en el fondo, no sé si quiero dejarla marchar, aunque sea lo mejor para ella. Ahora mismo, Rosemary es lo único que me queda.

Tres días después de la marcha de Yardley, se me agota la paciencia. Es por la tarde y estoy reconcomiéndome encerrada en esta habitación sofocante mientras Lor Pfefferman campa a sus anchas por la isla. Esta noche se va a celebrar un pícnic en la playa. Habrá mazorcas de maíz y patatas cocinadas en la lumbre. Cangrejos y langostas, mantequilla fundida. Y de postre, tarta de fresas dentro de casa.

Ésta es mi casa. Pfeff no se va a comer mi tarta de fresas sin afrontar las consecuencias de sus actos.

Bajo a la cocina, me tiemblan las manos. No pienso seguir escondiéndome. Voy a hablar con él y luego mantendré la cabeza alta y ocuparé mi lugar en el microcosmos de la isla.

52

No hay nadie en la cocina excepto Luda, que está limpiando la nevera por dentro.

Tampoco hay nadie en el salón.

Fuera, Bess desvaina maíz en las escaleras. Paso a su lado sin siquiera mirarla.

Desde la pasarela, diviso a Penny y a mis padres en la Playa Grande, encendiendo la hoguera para el pícnic.

Me dirijo a Goose.

Quiero una explicación. Me la merezco.

Quiero que Pfeff entienda —que lo entienda de verdad— todo el daño que me ha hecho. Quiero ver cómo se arrepiente y se avergüenza.

Los chicos no están en Goose, están en la Caleta. Major está tumbado boca abajo en la arena, leyendo el libro de Armistead Maupin que le regaló Pfeff. Los otros dos están en el agua.

Me encuentro al pie de las escaleras, contemplando la escena. Me siento serena y a la vez cohibida.

Al principio no reparan en mí. Hoy hay unas olas considerables, lo cual es inusual en la cala. George y Pfeff se lanzan encima de las tablas como si fueran niños.

Major levanta la cabeza del libro. Lleva una camiseta negra y un bañador azul oscuro. Tiene pegotes de crema solar en la frente y en la nariz.

—Hola, Carrie.

—Hola.

—¿Te apetece un sándwich? —pregunta—. Tenemos de atún con esa lechuga crujiente y también de fiambre y queso Havarti en pan dulce portugués.

—No, gracias.

—Tipper dijo que tenías una migraña horrible.

—Ya se me ha pasado.

Desde el agua, Pfeff me ve. Me mira directamente, coge su tabla y se lanza al encuentro de otra ola. Le dice algo a George que no alcanzo a oír.

—He venido a hablar con Pfeff.

—Pues que tengas suerte —replica Major—. A ver, ese chaval puede hablar hasta que te sangren los oídos, pero supongo que lo que quieres es que te escuche.

Dejo a Major y me acerco al agua.

Pfeff ve una ola que quiere cabalgar... y se gira en mi dirección. Parece sorprendido de verme, como si ya hubiera olvidado mi presencia en la playa.

Se gira otra vez. Le dice algo a George. George me saluda con la mano.

—¡¿Ya estás mejor?! —exclama. Sonríe dejando ver sus dientes cuadrados e impolutos.

—Pfeff —lo llamo—. ¿Podemos hablar?

Pero él no se da la vuelta.

—¡Pfeff! —insisto.

—¿Qué? Hola. —Se gira y sonríe—. ¿Vas a bañarte?

—¿Qué?

—Ven a bañarte.

Se pasa una mano por el pelo mojado y se acerca un poco más. No puedo creer que me esté pidiendo que vaya a nadar con él. Como si fuéramos amigos. Como si no hubiera ocurrido nada malo.

—Esperaba que pudiéramos hablar.

George, que ahora está un poco más lejos que Pfeff, pasa por debajo de una ola. Cuando sale, empieza a nadar para poner distancia entre él y esa conversación, fingiendo estar entretenido con el agua y su tabla.

Pfeff se ha acercado lo suficiente como para poder hablar, pero sigue sumergido hasta las rodillas.

—No tengo nada que decirte —me suelta.

—Pues yo sí.

—Oye —replica—. Soy impulsivo. Tomo malas decisiones. Así soy yo. Lo sabías desde el principio.

—¿Quieres hacer el favor de salir para que podamos hablar?

—Le doy un beso a una chica guapa bajo la luz de la luna sin preguntar. Me olvido de poner el despertador. Me olvido de echar calcetines y calzoncillos a la maleta. No hago los deberes.

—Sólo quiero saber...

Pfeff me interrumpe.

—No tienes que saber nada más. Te he dicho que no quiero hablar. Siento que te disgustaras, Carrie, pero te dije la verdad desde el principio. Dentro de cuatro semanas me iré a la universidad. De repente me he encontrado en este verano mágico y surrealista, y nunca he fingido que esto fuera algo más de lo que es.

—No es un verano mágico y surrealista. Es mi vida. —Me pone furiosa que esté ahí plantado en el agua y que no pueda llegar hasta él sin mojarme los pantalones—. Creo que me debes una explicación.

—Acabo de darte todas las explicaciones que vas a conseguir —replica, sosteniendo la tabla delante de su cuerpo como si fuera un escudo—. Tomo malas decisiones y tú siempre lo has sabido.

Me entran ganas de gritar de frustración. O de golpear algo. Quiero que George y Major me apoyen. Quiero que Pfeff rompa a llorar y explique por qué es tan mala persona. Quiero que se arrepienta y se avergüence de sí mismo. Quiero que corra hacia mí, me coja en brazos, me bese apasionadamente y me pida que le perdone. Quiero arrearle un bofetón en esa cara de chulito que tiene.

Pfeff se da la vuelta y se monta en su tabla. Echa a nadar hacia George.

Creo que va a dar la vuelta, que se arrepentirá de su forma de actuar, pero no lo hace. Se aleja nadando cada vez más. Como si yo no existiera.

Me muerdo el labio para no llorar. Me doy la vuelta y subo por la escalera que sale de la cala.

De vuelta en Clairmont, le digo a Luda que no asistiré al pícnic y me voy a mi habitación. Allí ingiero el doble de mi dosis habitual de Halcion, horas antes de que caiga el sol. Me pongo el pijama y lloro hasta que el fármaco me deja frita por completo.

53

Me despierto del sueño inducido por el Halcion a la una de la madrugada. Bess está abriendo la puerta de mi cuarto.

—Vete —le digo.

—Carrie.

—Vete. Estoy enferma.

—No —replica—. Te necesitamos.

—¿Para qué?

Antes me necesitaban siempre. «Te necesitamos» para que nos ayudes a echarnos acondicionador en el pelo, para construir un fuerte, para que nos ayudes con los deberes, para que nos aconsejes sobre un chico, para que nos aconsejes qué ropa ponernos, para cuidar de Rosemary.

Pero hace semanas y semanas que no me necesitan.

—Ven de una vez —susurra Bess—. No te lo pediría si no fuera importante.

Tiene las manos unidas a la altura del pecho, se las está retorciendo.

Me incorporo. Tengo la cabeza embotada.

—¿Vamos a salir? ¿Me pongo los zapatos? ¿Cojo una linterna?

—Sí —responde—. Vas a necesitar todo eso.

• • •

Sin hacer el menor ruido, vamos al piso de abajo. Salimos por la puerta del recibidor. Recorremos las pasarelas hasta el muelle familiar.

Diviso las siluetas del velero y de *Tragona*, unos bultos negros sobre el mar iluminado por la luna.

Bess se da la vuelta y se lleva un dedo a los labios.

SEXTA PARTE

Un largo trayecto en lancha

54

Penny está en el agua, cerca del lugar donde el muelle topa con la orilla. Está sumergida hasta las rodillas. Veo su calzado en la arena.

Se está lavando la cara y las manos, mojándose la camisa blanca y holgada y los vaqueros cortos, frotándose las mejillas con vehemencia.

—Penny —la llamo en voz baja—. ¿Estás bien?

—No, no, déjala —dice Bess.

—Pero me has hecho venir para...

—No te necesitamos para eso.

Me coge de la mano y me conduce hacia el final del muelle. Lo primero que veo es el tablón de madera suelto, desplazado del lugar donde lo dejó mi padre. Está cruzado en medio del camino, los clavos asoman de la madera formando una fila de tres puntas afiladas.

Entre los clavos asoman varios cabellos humanos.

Pasamos por encima del tablón, y allí, al final del muelle, hay un cuerpo.

Me paro.

—Está muerto —dice Bess—. Le tocamos el cuello. Y la muñeca, para ver si tenía pulso. Lo comprobamos varias veces.

Me acerco un poco más y me arrodillo.

Es Pfeff. Alguien le ha golpeado en la cabeza con el tablón.

No lleva la camiseta. Es una camiseta lisa y gris, que está hecha un gurruño cerca de él. Tiene la hebilla del cinturón desabrochada y también el botón de los vaqueros, medio bajados a la altura de las caderas junto con sus calzoncillos bóxer.

Lleva las zapatillas puestas. Sus calcetines tienen un estampado de pequeñas langostas rojas.

Yo también le toco la muñeca, no sé qué otra cosa hacer. No tiene pulso.

Muerto, tiene un aspecto hermoso y triste; con las facciones en reposo e inanimadas.

—Tenemos que llamar a tierra firme. Para que envíen un barco ambulancia. Y tal vez a la policía —digo.

—No —replica Bess.

—¿Quién ha sido? —pregunto—. ¿Cómo lo has encontrado?

—Ésa es la cuestión —dice Bess—. No lo he encontrado.

55

Oh.

Oh.

Lo ha matado ella.

Se arrodilla a mi lado.

—Esta noche ha salido de Goose con Penny. Los he visto marcharse. Han dicho que iban a dar un paseo. Pero han estado, ya sabes, metiéndose mano durante la película... Sacamos *Fletch: el camaleón* de la biblioteca de Edgartown, ¿recuerdas? Y a mitad de película se han marchado. George, Major y yo nos hemos quedado en Goose. Son simpáticos, pero creen que sólo soy una cría. Y Major decía: «No le des whisky a Bess, le sentará mal.» Y era cierto, pero yo no quería admitirlo. George estaba cabreado por la marcha de Yardley, pero se notaba que no le apetecía hablar del asunto delante de mí. Además, ya era tardísimo y... Si te soy sincera, quería saber si Penny se estaba enrollando con Pfeff. Me parecía que era una injusticia hacia ti, aunque tú dijeras que no era asunto mío, y aunque discutimos, he decidido...

—Bess —la interrumpo—. ¿Cómo ha muerto Pfeff?

Penny se acerca caminando por el muelle, chorreando.

—Él y yo... No te cabrees, Carrie.

Estoy furiosa.

Penny sabía cómo me sentía, sabía lo mucho que me había afectado su traición, lo sabía porque yo se lo dije, y aun así... Nada de eso tuvo importancia; antes estaba su necesidad de sentirse deseada, de ser siempre la más guapa, de dar celos a Erin, de ser la chica normal que querían mis padres, de besar a un tío que buenorro... Todo eso era más importante que yo.

Puede que, en el fondo, Penny sepa que sólo soy su hermanastra. Quizá quiera a Bess como jamás podrá quererme a mí. Tal vez por eso ha podido hacerme esta jugada por segunda vez.

Pero hay un chico muerto junto a mis pies y Bess ha dicho «te necesitamos», así que me trago toda mi rabia y escucho el relato de Penny.

—Vinimos aquí para enrollarnos —dice—. Bueno, al principio para sentarnos en el muelle, golpear la madera con los talones y contemplar el agua, pero luego empezamos a besarnos y, de repente, él se puso encima de mí. —Penny se agacha al lado del cadáver de Pfeff—. Supongo que espera ciertas cosas de las chicas. Imagino que habrá tenido muchas experiencias o que no le dará demasiada importancia al sexo. Se quitó la camiseta y empezó a bajarme los pantalones, a bajarse también los suyos, y yo pensé... No, ni hablar. Apenas lo conocía y no estábamos saliendo, pensé que sólo íbamos a magrearnos un poco. Pero él empezó a... forzarme. Le dije que no, pero él no paró de repetir: «Por favor, por favor, Penny, por favor.»

Mi hermana está llorando y se frota la nariz con el dorso de la mano.

—Tanto «por favor» me confundió, ¿sabes? Pero aun así le dije que no, que no iba a pasar de ahí... Pero como soy tonta tonta, dejé que volviera a besarme. Entonces fue como si Pfeff hubiera puesto el piloto automático; siguió adelante, aunque le había dicho que no. Me puse a pensar en cómo salir de esa situación. Le dije que no por tercera vez, pero él siguió pidiéndomelo por favor, y yo deseé poder estar en cualquier otra parte del mundo menos aquí, pero no sabía cómo escapar. Entonces apareció Bess y le golpeó en la cabeza con ese tablón.

Bess asiente.

—Tendría que haberle empujado, o haberle gritado, pero, al correr por el muelle, vi el tablón y lo recogí. Lo hice sin pensar.

Penny le acaricia el pelo a Bess.

—Me salvaste.

—Pero Pfeff está muerto —se lamenta Bess—. Está muerto por mi culpa.

—No iba a parar —dice Penny—. Es un puto violador.

Nos quedamos un rato en silencio. Yo estoy inmóvil, incapaz de moverme o de hablar, esta situación me abruma.

Bess se gira hacia mí.

—¿Qué hacemos ahora?

56

Podría decir: «Vamos a pedirles consejo a nuestros padres.»

Pero nuestros padres no son las personas apropiadas para confiar secretos.

Podría decir: «Vamos a despertar a los chicos.»

Pero eso supondría dejar nuestras vidas en manos de los amigos de Pfeff.

Podríamos llamar a la policía.

Pero no quiero exponer a Penny a esas cosas horribles que dice la gente sobre las chicas que han estado a punto de ser violadas.

«No debería haberse ido sola con él.»

«Ella estaba dispuesta. Era un chico guapo. Si no hubiera querido hacerlo, no se habría marchado con él.»

«Ella lo acusó después de lo ocurrido para salvar a su hermana. Es una mentirosa y una putilla.»

Y quiero proteger a Bess. No sé qué puede ocurrirle a una chica de catorce años que mata a alguien con un tablón viejo y unos clavos oxidados. Habrá una investigación. Un juicio. Irá a alguna especie de reformatorio. O, aunque la absuelvan, aunque el jurado acepte la muerte de Pfeff como un acto justificado moralmente, la exposición pública será horrible.

Sí, claro, Harris pagaría a los abogados de su hija. Defendería su honra hasta el final. Pero cuando la gente sabe que eres capaz de matar a alguien... dejas de ser un orgullo para la familia. Digámoslo así.

La decisión no parece una decisión en absoluto. Parece el único camino.

Elijo a mis hermanas. Elijo su seguridad. Yo soy la protectora y sé cuál es el mejor modo de protegerlas. No pude mantener a Rosemary a salvo, pero no pasará lo mismo con las demás, aunque para ello tengamos que hacer cosas horribles, además de las cosas horribles que ya han ocurrido.

—Bess —digo—. Ve a Clairmont sin hacer ningún ruido y trae... Voy a hacerte una lista con las cosas que tienes que traer. ¿Vale?

Ella asiente.

Me quedo pensativa un rato y luego las enumero:

—Una botella de whisky. Bañadores para todas y también ropa para cambiarnos: pantalones cortos y camiseta, lo que sea. Sudaderas, también. Detergente y un rollo de papel de cocina. Y trae algo de comida de la despensa... Por ejemplo, galletas saladas o cualquier otra cosa que sea fácil de transportar. ¿Entendido? Repítemelo.

Me lo repite.

—No hagas ningún ruido. Coge una bolsa de playa para meter las cosas. Utiliza alguna de las que hay en el recibidor. ¿Lo tienes claro?

—Lo siento mucho —gimotea.

—No te vengas abajo —le digo—. Tranquila. Vete.

Bess se da la vuelta y echa a andar por el muelle en dirección a la casa.

—Tú ve a Goose, Penny. Pero no entres hasta que te asegures de que todas las luces estén apagadas. Tienen que estar todos dormidos. Asómate y comprueba que nadie se haya quedado frito en el salón. Después prepara café. No importa que esté aguado. Prepáralo en cuanto entres ahí. ¿Sabes hacer café?

—Sí.

—Espera. Antes de que entres, sacúdete la arena de los pies y ponte las zapatillas. Escurre tu camisa mojada. No quiero que vayas chorreando por la casa ni dejando un rastro de arena.

Penny asiente.

—Bien, coge cuatro toallas de playa. Cuatro. Y después sube a la habitación de Pfeff. ¿Serás capaz?

Ella asiente de nuevo.

—Anda de puntillas, ¿entendido? Asómate y asegúrate de que parezca que alguien ha dormido en esa cama. Si Luda ha pasado por allí esta tarde, la habitación estará ordenada. Deshaz la cama. Que quede hecha un desastre, saca las sábanas por la parte de abajo y cosas así. ¿Vale? Después desordena un poco más el cuarto, esparce algo de ropa por el suelo. Saca una camiseta limpia para él. No importa cuál. Trae todo eso y las cuatro toallas. Llena cuatro termos con café y vuelve.

—¿Qué hago si George y Major siguen despiertos?

—Espera fuera hasta que se vayan a la cama. No dejes que te vean.

—¿Y si voy a Pevensie? Allí no hay nadie.

—La habitación de Pfeff debe quedar desordenada. Y necesitamos una camiseta suya. Además, las toallas y los termos tienen que haber salido de Goose. Tipper y Luda conocen qué cosa es de cada casa.

—¿Qué vamos a hacer? —pregunta Penny—. No sé qué estamos haciendo.

—Estamos resolviendo los problemas cuando toca —respondo—. Como nos dice Harris que debemos hacer.

57

Mis hermanas se han ido y yo me quedo en el muelle, a solas con el cadáver de Pfeff.

No puedo permitirme estar triste o conmocionada. Me limito a actuar. Me quito el jersey y envuelvo con él la cabeza de Pfeff. La herida no es grande ni demasiado aparatosa, pero no quiero arriesgarme a dejar más manchas en el muelle de las que ya tenemos que limpiar. Resulta desagradable ponerle el jersey en la cabeza y anudar las mangas ligeramente, pero al terminar me siento aliviada. Así no tengo que verle la cara.

Meto los brazos por debajo de su cuerpo y lo empujo hacia *Tragona*. Los vaqueros se le enganchan en los tablones desalineados del muelle. Tengo que apoyarlo en el suelo y subirle los pantalones. Le subo la cremallera y le abrocho el botón. También le abrocho la hebilla del cinturón.

Después vuelvo a arrastrarlo hasta el borde de la lancha, lo dejo sentado con la espalda apoyada en el casco. Me monto. Agarro de nuevo a Pfeff por debajo de los brazos y tiro de su cuerpo hasta subirlo al asiento. Lo dejo ahí y salgo de la lancha.

Llevo el tablón suelto hasta la playa junto al muelle. Me quito las zapatillas de un puntapié y me remango los pantalones del pijama. Me meto en el agua y lavo el tablón, me obligo a frotar los clavos viscosos y cubiertos de pelos para limpiarlos.

Bess regresa con la bolsa de playa llena de cosas. Rocío el tablón con limpiador y vuelvo a aclararlo en el mar. Después le doy el limpiador a Bess.

Ella coge el papel de cocina y mi linterna. Limpia el muelle, revisando cada tablón en busca de restos de pelo o sangre.

Mientras tanto, yo recojo varias piedras grandes y pesadas de la playa, las llevo hasta la lancha motora y las deposito dentro con cuidado. Después reviso la bolsa que ha traído Bess.

—Te has olvidado del whisky —digo, alarmada.

Ella alza la cabeza, mientras friega el muelle.

—No sabía... No sabía qué traer —responde—. El carrito de las botellas era un lío. ¿El bourbon es whisky? ¿Es de centeno?

—¿Y no has traído nada?

Bess asiente. Típico de ella. Si no está segura de poder hacer algo a la perfección, prefiere no hacerlo.

—Necesito el whisky —me limito a decir—. ¿Dónde está Penny?

—No lo sé.

—Voy a ir a Clairmont.

—Pero...

No le doy la oportunidad de protestar por dejarla sola con el cadáver de Pfeff. Corro hacia la casa lo más rápido que puedo. Entro por el recibidor, con cuidado de no hacer ningún ruido. Hay cajas con alcohol de alta graduación en la bodega. Debería haberle dicho a Bess que fuera allí, en vez de buscar en el carrito de las bebidas.

Tengo que encender una luz en el sótano, puesto que Bess se ha quedado con mi linterna.

Y, cuando enciendo la luz, veo a Rosemary sentada en una vieja mecedora de mimbre.

58

Viste mallas y una camiseta mía. Le queda grande. Va descalza.

—Acabo de despertarme —dice—. No te pienses que llevo mucho rato sentada en la oscuridad.

—Me has asustado, florecilla.

—Te has mojado el pantalón del pijama. ¿Qué estás haciendo?

—Estoy... —No puedo decirle lo que estoy haciendo.

—¿Por qué has ido a nadar en pijama? —me pregunta.

—Rosemary.

—¿Qué?

—¿Por qué estás aquí?

—¡No lo sé! —Tuerce el gesto—. A veces me despierto y vengo a verte, nada más. Es la primera vez que bajo al sótano. —Mira a su alrededor. Es una estancia grande de techos bajos. Todo está etiquetado meticulosamente. La luz penetrante del techo le da un aspecto lúgubre. Las esquinas siguen en penumbra y la pintura de las paredes está agrietada—. Tengo miedo.

Me arrodillo delante de la mecedora y le cojo las manos.

—Sólo es un sótano siniestro, ¿vale? Todos los sótanos lo son. Si vamos al piso de arriba, será una noche como cualquier otra. Tipper y Harris durmiendo en el piso de arriba, flores en la mesa de la cocina, comida rica en la nevera y la luz de la luna entrando por las ventanas.

—¿Por qué estás despierta? —me pregunta—. ¿Por qué estás aquí abajo? ¿Por qué estás mojada?

Ay, Dios. Quiero consolarla. Quiero ayudar a que se sienta en paz. Pero no puedo acurrucarme con ella en la cama cuando estoy encubriendo un asesinato.

—Me he despertado —le explico—. He bajado un rato a la playa para pensar. Después se me ha ocurrido que... En fin, me da un poco de vergüenza decirlo, pero he pensado que si bebía un poco de vino me ayudaría a conciliar de nuevo el sueño.

—No bebas vino a solas en plena noche —dice Rosemary, horrorizada—. Así es como te vuelves alcohólica. Eso lo sé hasta yo.

—Tienes razón —admito—. Tienes toda la razón. ¿Qué tal si subimos juntas al piso de arriba, supercalladas, y yo me doy un baño mientras tú...? No sé. ¿Te apetece leer o hacer otra pulsera de la amistad?

Rosemary asiente.

—Vamos, florecilla. ¿Quieres que te lleve en brazos? No sé si seré capaz, pero lo intentaré.

Rosemary se estira y la levanto. Me rodea la cintura con las piernas. Apagamos la luz del sótano y subimos por las escaleras despacio, muy despacio, hasta mi habitación en el segundo piso.

Vuelvo a encender el ventilador para amortiguar cualquier sonido procedente del muelle. Las cortinas están echadas.

Deposito a Rosemary en mi cama y me arrodillo delante de ella. Mi corazón late con fuerza y me tiemblan las manos, pero quiero que se sienta segura y querida, a pesar de lo que voy a hacer a continuación.

—¿Recuerdas cuando Tomkin y tú hicisteis un castillo de arena enorme? Lejos de la orilla, para que no se lo llevase el agua. Lo rodeamos con un círculo de piedras y lo decoramos con conchas.

—Ajá.

—Mamá te permitió llevar tazas y jarras a la playa para que pudieras moldear montoncitos de diferentes tamaños. Y te sentiste muy orgullosa.

244

—Tenemos una foto del castillo —dice Rosemary—. En uno de los álbumes.

—Sí. Lo pasamos bien. Piensa en eso. Fue un gran día.

Rosemary comienza a llorar sin hacer ruido.

«Ay, ahora no, pequeñina. No puedes necesitarme ahora.»

—¿Por qué lloras?

—No volveré a hacer un castillo —responde—. Jamás volveré a hacer ninguno.

—Ay, nena. Si quieres, podemos hacer uno.

—Y tampoco volveré a ver a Tomkin. Cuando lo vi por última vez, no sabía que ya no habría más.

—Podrías ir a verlo. —No quiero decirle que Tomkin ya no va a volver a la isla.

—No —replica—. Sólo vengo para visitarte a ti. Y a mamá, pero ella no me quiere.

—Pero, si le haces una visita a él, puede que te sientas mejor. Tomkin jugará contigo. Le gustan los juegos de mesa mucho más que a mí, y podrías enseñarle a hacer pulseras.

Rosemary niega con la cabeza.

—Sólo vengo a esta casa. A verte a ti. Ya te lo he dicho. —Se frota la nariz con la manga—. Esto es lo que sucede. Yo no lo controlo. Sólo estoy aquí.

La abrazo. Deja de llorar. Se sorbe la nariz un par de veces.

Pienso en Bess, en ese muelle frío, a solas con un cadáver.

Y en Penny… ¿Dónde narices estará? ¿Habrá vuelto ya? ¿Habrá conseguido lo que necesitamos?

—Voy a preparar la bañera —le digo a Rosemary—. Y a quitarme estos pantalones mojados.

—Vale.

—Quédate aquí, volveré enseguida. Tengo que calentarme y necesito darme un baño para que me entre sueño.

—Ajá.

Cojo unos pantalones de chándal limpios y una vieja sudadera rosa. Me meto en el baño y cierro la puerta. Abro el grifo, pero no pongo el tapón en la bañera, y tampoco lo abro mucho, porque no quiero hacer ningún ruido que pueda despertar a nuestros padres.

Me pongo la ropa seca, me vuelvo a calzar las deportivas y abro la puerta que conecta con la habitación de Bess. La atravieso de puntillas y corro escaleras abajo. Meto el pijama mojado en el cesto de la ropa sucia y cojo una botella de whisky del sótano. Después corro tan rápido como puedo hacia el muelle familiar, dejando al triste, aislado y necesitado fantasma de mi hermana de diez años esperando mi regreso.

La verdad es que me siento peor por esta traición que por cualquier otra cosa.

59

Encuentro a Bess en el muelle.

—¿Dónde está Penny? —susurro cuando me acerco lo suficiente como para que me oiga.

—No ha vuelto.

—¿Has ido a buscarla?

—No.

—¿Por qué no?

—No me dijiste que lo hiciera.

—¿Has limpiado los tablones?

—Los he repasado dos veces.

—¿Qué has hecho con el papel de cocina que has usado?

—Lo he vuelto a meter en la bolsa de playa.

—Bien. Podemos quemarlo luego. Quédate aquí.

—¿Adónde vas?

—A ver por qué tarda tanto Penny.

—¿Te acompaño?

—He dicho que te quedes aquí.

—No quiero..., no quiero quedarme.

—Pues te quedas y punto.

La dejo sola y me dirijo a Goose Cottage. Voy a abrir la puerta de la cerca cuando oigo que alguien me llama.

Penny está agachada entre los arbustos, al lado de la pasarela. Me arrodillo a su lado.

—¿Aún están despiertos?

—Lo estaban. Por fin se han ido arriba y, aunque ha tardado una eternidad, Major ya ha apagado la luz.

—¿George está frito?

—Lo estaba cuando me he asomado. Su habitación está al otro lado de la casa.

—¿Cuánto tiempo tarda la gente en quedarse dormida?

—No mucho, creo yo. Antes han estado bebiendo cerveza.

Rodeamos la casa hasta la parte trasera. La luz del cuarto de George sigue apagada, pero la del baño está encendida.

—¿Hay alguien dentro? —susurra Penny—. ¿O sólo están malgastando electricidad?

—Lo segundo, seguramente.

Volvemos al lugar desde donde podemos ver la ventana de Major. Nos sentamos en la pasarela a observar. Y Penny, a la que en el fondo nunca le ha importado cómo me siento,

que sólo piensa en sí misma...,

la egoísta

y hermosa

Penny...,

alarga un brazo

para cogerme de la mano

como solía hacer cuando éramos pequeñas.

Buscaba mi mano

cuando Harris se cabreaba con nosotras,

cuando teníamos que recitar poesías para los abuelos,

cuando Tipper llegaba tarde a recogernos de clase de baile,

cuando íbamos sentadas en la lancha y veíamos emerger la isla Beechwood entre la vacía inmensidad del mar.

Ahora nos cogemos de la mano y esperamos.

Se oyen unas pisadas por la pasarela y aparece Bess.

—Tenías que quedarte con Pfeff —susurro.

—Es que tardabais mucho —replica—. Estaba preocupada.

—No pasa nada. Los chicos no se dormían. Pero estoy casi segura de que ya sí.

—Si os ayudo, podremos entrar y salir más deprisa —dice Bess—. Iré al piso de arriba y desordenaré la habitación de Pfeff. —Se sujeta el cabello rubio por detrás de las orejas con determinación—. A mí me resultará más fácil.

Eso es cierto. Bess podrá entrar en el cuarto de Pfeff sin evocar el olor de su cuello, la curvatura de sus pómulos, el aspecto que tenía con ese jersey, su forma de doblar las esquinas de las páginas de los libros. Le darán igual sus calcetines de Edgartown o la almohada donde apoyó la cabeza aquella noche.

—Está bien —digo—. Penny, tú ve a por las toallas de playa y los termos. Yo prepararé el café.

Nos ponemos en marcha.

Parece como si sucediera a cámara lenta, las tres nos adentramos silenciosamente en Goose, nos separamos cuando Penny se dirige a la despensa, Bess comienza a subir sigilosamente por las escaleras y yo abro el armario donde se guarda el paquete de café.

Penny alinea cuatro termos sobre la encimera. Encuentra una bolsa de playa, que sigue llena de crema solar y latas de Coca-Cola calientes y sin abrir. Mete las cuatro toallas. Me agarra del brazo y susurra:

—¿Nos llevamos un bañador?

—Los cogió Bess.

—Para él. Un bañador para él.

—No —respondo.

—¿Por qué no? Lo lógico es que llevara uno.

El café comienza a filtrarse a través de la máquina y cae en la jarra.

—No.

—Pero...

—Escucha —replico—. ¿Quieres quitarle los pantalones y ponerle un bañador?

Palidece.

—Yo tampoco. Y, en el fondo, no hace falta. Vamos a ponerle lastre y nadie lo encontrará nunca. Ni en un millón de años —añado, aunque no estoy tan segura como quiero aparentar. Ni mucho menos.

—Está bien —dice Penny—. Confío en ti.

Contemplamos la cafetera mientras chifla y va llenando la jarra.

Bess baja por las escaleras. Nos hace un gesto con el pulgar levantado.

Cuando el café está listo, lo vertemos en los termos, les ponemos el tapón y nos vamos. Agarro una bolsa de patatas fritas antes de salir por la puerta.

60

Nos alejamos del muelle a bordo de *Tragona*, yo me encargo de un remo y Penny del otro.

No queremos hacer ruido con el motor.

Son las dos y media de la madrugada. Las luces de todas las casas están apagadas, excepto las que se han dejado encendidas George y Major en Goose.

Cuando nos adentramos lo suficiente en el mar, metemos los remos y enciendo el motor. El aire es frío y el agua parece negra. Al cabo de un rato perdemos de vista la isla, es como si la negrura del cielo se fundiera con la negrura del mar y estuviéramos a flote en mitad de la nada.

Cuando nos hemos alejado mucho, tanto como para que parezca imposible que el cadáver de Pfeff pueda llegar hasta la orilla, apago el motor. Echo el ancla.

Le desenvuelvo la cabeza. No creo que encuentren jamás su cuerpo, pero, si lo encuentran, será mejor que no tenga mi jersey.

Tiene fría la piel de la cara. Le cierro los ojos.

Le quitamos las deportivas y los calcetines de langostas, metemos los calcetines en el calzado, como habría hecho él si se hubiera tirado al agua.

Le ponemos las piedras que he recogido en la playa en los bolsillos. Es una operación muy desagradable. Tiene la piel pegajosa y cubierta de vello. Las rocas no entran fácilmente.

Nos preocupa que no haya peso suficiente para que se hunda, así que le remangamos las perneras e introducimos piedras más pequeñas en los pliegues.

—Sigo pensando que debería llevar el bañador —insiste Penny—. Por si alguien lo encuentra. Tendríamos que haber traído uno.

—Eso no serviría de nada, teniendo en cuenta que va lastrado con piedras —explico—. Tenemos que ponerle peso, y una vez hecho eso, si alguien lo encuentra podrá deducir lo que pasó.

—Estas piedras no pesan lo suficiente. No se hundirá.

Tiene razón.

—El ancla —digo.

La sacamos a la superficie. Está sujeta a una cadena prendida de un cabo amarillo de nailon. Utilizamos la navaja del ejército suizo, la misma que usamos para cortar la tarta de fresa en aquel primer Plan Mañanero, e introducimos el filo a través del nailon. Después atamos la soga alrededor de la cintura de Pfeff y hacemos un fuerte nudo.

Penny se detiene bruscamente y se cubre el rostro con las manos.

—¿Qué ocurre? —inquiero. Aunque es evidente que todo está mal.

—No deberíamos hacer esto.

—Acabemos de una vez.

—No puedo.

—Sí que puedes.

Alza la cabeza para mirarme.

—Deberíamos ir a casa y contarles a todos la verdad. No es tarde para cambiar de idea.

—No.

—Lo entenderán. Les diremos que... No sé qué le diremos a él, pero llamaremos a la policía y...

—Penny. —Intento no alzar la voz. Mantener la calma.

Les explico a mis hermanas lo que le pasará a la persona que mató a Pfeff.

También les explico lo que le pasará a Penny.

—Está muerto —digo—. No era una buena persona. Tenemos que pasar el mal trago y desear que nunca hubiera ocurrido. Mentiremos como bellacas y luego lo olvidaremos todo. Jamás pensaremos en ello. Jamás hablaremos de ello. Y todo desaparecerá.

—Yo no podré olvidarlo —dice Penny.

—Sí que podrás. Como hiciste con Rosemary.

Penny me mira, dolida.

—No me he olvidado de ella.

La miro fijamente.

—Te digo que no —insiste.

—Pues lo parece.

—Pienso en ella todos los días.

Bess asiente.

—Yo... ya sé que suena raro, pero de algún modo le rezo a Rosemary. Como si fuera un ángel o algo así. Antes de acostarme. Me gusta pensar que vela por nosotros. —Se estremece—. Pero no ahora.

Sopeso lo que han dicho durante un rato. Nunca hablan de ella. Ni una palabra desde que Penny y yo estuvimos en el desván, y cuando le grité a Bess.

—No se nota que penséis en Rosemary ni siquiera un segundo —les suelto.

—A mamá y papá no les gusta hablar de ella —dice Bess—. Es muy duro. Yo intento... respetarlos en ese sentido.

—A mí no me gusta que la gente conozca mis sentimientos —se limita a decir Penny—. Me siento demasiado expuesta.

—Entonces, podremos hacer esto —afirmo—. Se nos da bien.

—¿El qué? —pregunta Penny.

—Actuar. Llevamos todo el año fingiendo que todo va bien, y seguiremos fingiéndolo de ahora en adelante. Sabemos hacerlo. Nos viene de familia. Y al cabo de un tiempo, todo se arreglará. ¿Entendido?

Las dos asienten.

—Sólo tenemos que dar el siguiente paso y, en comparación, el resto será sencillo. «La única salida es ir de frente.» —Cito el lema de mi padre.

Bess sujeta el ancla.

Agarro a Pfeff por los hombros.

Penny le sujeta las piernas.

Lo levantamos en vilo y nos subimos a los asientos. La lancha se ladea con nuestro peso, la cubierta se inclina hacia un lado, pero no perdemos el equilibrio.

Arrojamos a Lor Pfefferman al mar, con el ancla anudada alrededor de la cintura.

Observamos cómo se hunde su cuerpo.

—«De sus huesos brotó coral» —dice Penny, citando a Shakespeare—. «Ahora perlas son sus ojos.»

61

Enciendo el motor y nos vamos. Pronto perdemos de vista el lugar donde yace Pfeff y volvemos a detener la lancha.

Nos cambiamos de ropa; nos ponemos los bañadores y los vestidos playeros que ha traído Bess.

Nos ponemos las sudaderas.

Sacamos un mechero, que nuestros padres guardan en la lancha para fumar, con el que quemamos el papel de cocina que utilizó Bess para limpiar el muelle. Arrojamos los papeles ardiendo al aire y observamos cómo se desintegran, con unas diminutas chispas anaranjadas que se posan en el mar y luego se extinguen.

Abro la botella de whisky y nos la vamos pasando en silencio.

Son las 3.45 de la madrugada.

Nos tumbamos bajo una lona en el suelo de la embarcación. Pero cuesta pegar ojo.

—¿Os acordáis de cuando ese amigo de mamá nos llevó a todas de acampada? —dice Bess.

—Ajá —respondo, aunque en realidad no me acuerdo. Conservo fragmentos borrosos de salchichas cocinadas en unos palos y una mochila de color amarillo chillón repleta de provisiones. Eso es todo.

—Yo tenía unos tres años —prosigue Bess—. Dormimos juntas bajo una manta como ésta. Yo era demasiado pequeña para ir de acampada.

—Te hiciste pis en la cama —dice Penny.

—De eso nada.

—Claro que sí —insiste—. Me desperté con la pierna empapada. Tuve que ir al arroyo a lavarme y el agua estaba helada, congelada, y la cama quedó cubierta de pis y tuvimos que meterlo todo en una bolsa de plástico negra para llevarlo a casa y que mamá lo lavara.

—¿Quién era ese tipo? —pregunta Bess—. ¿Por qué quiso llevarnos de acampada?

—Ni idea —responde Penny—. Pero recuerdo que le dio a Carrie una bolsa llena de golosinas. Le dijo que la compartiera con sus hermanas, pero la puso a ella al mando. Se las zampaba de dos en dos, como si fuera la reina de las gominolas.

—Buddy —dice Bess—. Así se llamaba.

—¿Cómo puedes acordarte de eso? —pregunta Penny, soñolienta.

—Tengo un cerebro más privilegiado de lo que crees.

—¿Buddy Kopelnick? —Al fin lo entiendo.

—Es posible —responde Penny.

Buddy Kopelnick nos llevó de acampada. Me llevó a mí.

—¿Kopelnick? —pregunta Bess.

—Sí, así se llamaba. —Empiezo a recordar más detalles. Preparamos perritos calientes. Él echó kétchup en un plato de papel para que pudiéramos mojar las salchichas.

—En principio, sólo ibas a ir tú —recuerda Penny—. Porque eras la mayor. Pero me agarré tal berrinche que mamá me dio permiso para ir. Y Bess se agarró otro, así que fuimos todas.

—No es propio de ella permitir que un tipo cualquiera nos lleve de acampada —dice Bess.

—Era un viejo amigo —replico.

Intento evocar el rostro de Buddy, pero no lo consigo. Todo su ser ha desaparecido. Me acuerdo de los perritos calientes. Y, ahora que Penny ha mencionado la historia, la recuerdo lavándose la pierna y quejándose a gritos. Llevaba un pantalón corto de chándal azul celeste y tenía las deportivas blancas y sucias a su lado, junto a la orilla del arroyo. También recuerdo que me quedé con todas las gominolas rosas y repartí las verdes y las negras entre mis hermanas, porque no me gustaban. Recuerdo a Bess con los brazos extendidos y las manos pegajosas, pidiendo más dulces.

Pero no me acuerdo de su cara. Es como si nunca hubiera existido para mí. Buddy Kopelnick sólo es una cara raspada en una fotografía antigua.

Bess y Penny han dejado de pensar en él. Están achispadas, cantando: «¿Qué debemos hacer con un marinero borracho?»

Están haciendo justo lo que les pedí. Lo que siempre hacemos los Sinclair.

Aparentar. Mentir. Intentar pasarlo bien.

Cuando sale el sol, bebemos el café de tres de los cuatro termos. Nos comemos las patatas fritas.

Les cuento que una vez, cuando Rosermary aún vivía, ella y yo desayunamos patatas fritas.

Bess quiere beber más whisky, pero le digo que no. Tenemos que estar sobrias y oler a agua salada y café cuando volvamos.

Así pues, vertimos parte del café del cuarto termo en nuestras tazas. Rellenamos el «termo de Pfeff», uno grande, con whisky, pero no del todo, para que parezca que al menos se bebió la mitad. No sabemos cómo funciona la toma de huellas, y deberíamos haber apoyado los labios y las manos de Pfeff en el termo, pero ya es tarde para eso, así que lo limpiamos con una toalla de playa y planeamos decir que se cayó al agua con la tapa puesta. Eso explicaría por qué no tiene sus huellas. Si alguien lo pregunta. Pero no creo que exista ningún registro policial con sus huellas dactilares, les digo a mis hermanas. Así que no creo que importe lo que haya en el termo.

Nos comemos las galletitas saladas.

Arrojamos la botella de whisky al mar.

Con una toalla, limpiamos el asiento donde ha estado el cuerpo de Pfeff. Después rociamos la toalla con el limpiador, la empapamos en el océano, la escurrimos y la ponemos a secar. Hacemos un lío con la camiseta gris y ensangrentada de Pfeff, mi jersey y todo lo que llevábamos puesto anoche y lo atamos a una piedra grande. La tiramos al agua. Se hunde poco a poco, pero acaba desapareciendo.

—Descansa en paz, mi buena camiseta gris —dice Bess.

—Descansad en paz, mis mejores shorts vaqueros —añade Penny.

—Adiós, sudadera rosa —digo yo.

Es más de lo que dijimos por Pfeff cuando se hundió. Pero no tiene sentido recalcar eso.

Cuando vemos que la lancha está impecable, nos tiramos al agua, mojándonos el pelo y los bañadores. Más tarde, cuando regresemos a Beechwood, llevaremos la ropa empapada de un modo convincente, así como las toallas.

Dejamos una toalla, la de Pfeff, doblada cuidadosamente. Arrugamos la camiseta que sacamos de su habitación y la depositamos en el suelo de la embarcación, al lado de sus zapatillas y calcetines, como si se los hubiera quitado para bañarse.

Limpiamos nuestras huellas del envase del limpiador y lo arrojamos al mar.

Seguimos tan lejos de la orilla que ni siquiera se divisa desde aquí, pero la brújula nos guiará de vuelta a casa.

Son las 6.48 de la mañana cuando llegamos a la isla.

62

Amarramos la lancha y la dejamos de cualquier manera. Corremos muelle arriba.

Tipper, Luda y Harris están en la cocina de Clairmont, que huele a café y a rollitos de canela. Se sobresaltan cuando irrumpimos en la habitación.

Hablamos las tres a la vez. Penny llora. Bess llora. Yo lloro.

Les explicamos que hemos salido para hacer el Plan Mañanero con Pfeff. Se trata de una de las aventuras que emprendíamos últimamente, para ver el amanecer.

Pfeff llevó el café y

nosotras llevamos algo de picar y la

verdad es que

pensábamos que Major y George iban a venir, pero no aparecieron. No sabemos por qué. Fue idea de Pfeff y quizá se le olvidó avisarlos. O a lo mejor se quedaron dormidos, nada más.

El caso es que salimos, como de costumbre, salvo que esta vez Bess se apuntó.

Y Pfeff actuaba de un modo extraño, como si estuviera borracho.

Hacía eses con la lancha y estaba

enloquecido,

y la

verdad es que

parece imposible que alguien esté

borracho a las seis de la mañana, pero estamos convencidas de que estaba borracho,

porque cantaba y hacía cosas raras.

Intentamos que desayunara algo, pero no quiso de ninguna manera,

y cuando detuvo la lancha, nos dimos un baño, como hacemos siempre.

Seguramente, deberíamos haber impedido que Pfeff se tirara al agua, porque no puedes nadar si estás tan

borracho,

y normalmente somos muy prudentes, pero no lo pensamos. Bueno, es

verdad

que Carrie dijo: «No te metas, Pfeff», pero él se rió y se zambulló de todos modos.

El caso es que estábamos nadando y él se alejó bastante de la lancha, demasiado, pero se reía, todo iba bien, y entonces Penny salió del agua.

Estaba asomada por la borda, hablando con Bess, cuando pasó algo raro con el ancla. Vimos el cabo amarillo de nailon, el que estaba atado a la cadena, totalmente deshilachado, y Penny oyó un chasquido y exclamó:

«¡Madre mía, creo que se ha roto la soga!»

Carrie y Bess salieron del agua para mirar e intentamos izar el ancla, pero ésta se había soltado y el cabo estaba roto.

Eso nos mantuvo atareadas un buen rato; nos preocupaba que te enfadases con nosotras por perder el ancla, papi, aunque no fue culpa nuestra, pero la

verdad es

que no habíamos comprobado que la soga estuviera en buen estado y sabemos que hay que comprobarlo cada vez que levas anclas, pero, aun así, la

verdad es

que se nos fue el santo al cielo y cuando quisimos darnos cuenta

ya no veíamos a Pfeff.

Lo llamamos una y otra vez, miramos por todas partes, pero no había ni rastro de él.

Había desaparecido.

No pudimos encontrarlo.

Encendimos el motor y nos pusimos a dar vueltas, buscándolo sin parar, llamándolo, pero Pfeff no estaba en ningún lado.

Quizá fue un
tiburón, porque ya se sabe que la gente habla de que
hay tiburones, pese a que nunca han visto ninguno;
o pudo deberse sencillamente a que estaba
borracho
y se atragantó con un poco de agua, o se le metió en los
pulmones, y no sabemos cómo, pero se hundió.

Llamamos y llamamos y buscamos y buscamos, y
finalmente hemos venido a casa, con vosotros,
mamá y papá.

Estamos muertas de miedo.

63

Tipper quiere llamar a la policía, pero Harris no lo tiene tan claro. Dice que no quiere que metan las narices en este asunto, que según él es familiar.

Tipper replica que, ante una muerte accidental, hay que avisar a la policía. Y que ellos podrían buscar a Pfeff. Puede que aún siga vivo.

—No está vivo —replico.

—Podría estarlo —insiste Tipper—. Aferrado a una boya o intentando nadar hacia la orilla.

—No estaba por ninguna parte —insisto—. Lo buscamos.

—No quiero tener policías en la isla —dice Harris.

—Cariño, por favor —dice mi madre—. Tenemos que ayudar a ese muchacho.

Al final, mi padre accede y Tipper llama a la policía, pero su lancha tarda tres horas en llegar, y hasta ella tiene que admitir que Pfeff ya habría llegado nadando hasta la orilla si hubiera tenido alguna esperanza de conseguirlo.

Mientras esperamos a la lancha de la policía en el muelle de los empleados, mi madre está cada vez más sombría. Se apean dos agentes uniformados de Martha's Vineyard. Son dos tipos blancos rubicundos. Uno es joven y corpulento, como una versión humana de un búfalo. El otro, un poco mayor, es enjuto y tiene la piel envejecida, y más bien recuerda a una pitón.

Nos aseguran que un equipo está buscando a Pfeff en el mar. Nos preguntan dónde estábamos anclados cuando murió.

Mentimos.

Aceptan el café que les ofrece mi madre. Dicen que no necesitan hablar con Major y George, con Luda o Gerrard, pero sí conversan brevemente con mis padres y nos interrogan a Penny, a Bess y a mí por separado.

Mis hermanas y yo sabemos lo que tenemos que hacer.

Me siento con los agentes en el comedor. Tengo la piel irritada por el cansancio, pero me obligo a mirarlos a los ojos.

¿A qué hora sacasteis la lancha?

—A las cinco y media. —Sé que la alarma de mi madre suena a las 5.45.

Muy temprano, ¿no?

—Queríamos ver el amanecer. —Había buscado a qué hora amanecía en el periódico matutino.

Aun así es muy temprano para unos adolescentes, ¿no crees?

—Lo hemos hecho otras veces —explico—. Puede preguntarle a George y a Major. Pero la verdad, agente, es que planeamos esta salida concreta muy temprano, creyendo que mi hermana pequeña Bess se quedaría dormida y no vendría con nosotros. Siempre quiere hacer cosas con los mayores, ¿sabe? Es como una lapa.

Decidisteis salir tan temprano como medida disuasoria.

—Sí, señor.

Pero ella acudió.

—Así es.

Tu madre me ha contado que fuisteis con ese chico, Lawrence. Que era tu novio.

—¿Eso le dijo, señor? —Penny, Bess y yo nos hemos puesto de acuerdo para contar esta versión de la historia—. Yo no lo definiría como mi novio. Pero sí, había algo entre nosotros. Una aventura de verano. La idea de salir a navegar fue suya.

Eso forma parte de nuestra versión: que Pfeff y yo no íbamos en serio. Y que él quería arreglar las cosas conmigo y me pidió que saliéramos a navegar. Confiamos en que sea suficiente para convencer a George y a Major.

Entonces, ¿quedasteis a las cinco?

—A las 5.30. Mis hermanas y yo llevamos algo de picar de la casa grande, y Pfeff... Es decir, Lor, Lawrence..., llevó el café, las toallas y otras cosas.

Cuéntame qué pasó después.

Le repito la historia que les contamos a mis padres. Que parecía borracho. Que no debería haberle dejado bañarse. Que pudo haber sido un tiburón.

—¿Usted cree que se ahogó?

Es posible. Ahogarse es un proceso sorprendentemente rápido y silencioso. Tenemos varios ahogamientos al año en esta zona.

—Desapareció como por arte de magia. Fue muy rápido.

La gente se ahoga en sesenta segundos o menos. Muchos de ellos ni siquiera sacuden los brazos o gritan pidiendo ayuda. Existe una reacción fisiológica que se lo impide.

—No oímos nada. Pero estábamos atareadas con el ancla. El cabo que iba unido al ancla se rompió.

Los agentes anotan algo relativo al ancla.

—Estuvo bebiendo —añado—. No tengo pruebas, pero estoy casi segura. Quizá metió algo en el termo.

Ajá. Tenemos un equipo que está buscando el cuerpo.

—¿Van a enviar buzos?

Les hemos dicho a los agentes que Pfeff se ahogó en una zona diferente a donde lo dejamos, casi a una hora de trayecto en lancha, pero, aun así..., me gustaría saberlo.

Sí, jovencita. Un equipo de buzos.

—Ay, Dios. ¿Y cuánto tiempo buscarán?

Un par de días.

—¿Nos avisaran si lo encuentran?

Por supuesto.

Y entonces me dejan marchar, por ahora.

Más tarde tendremos que hablar de nuevo contigo. No temas. Es el procedimiento habitual.

Llega a la isla otro equipo de investigadores. Van vestidos de paisano. Por lo visto, han venido a registrar la lancha

Tragona. Me meto en la antigua habitación de Rosemary y los observo desde la ventana.

Sacan fotos de todo. Revisan nuestras mochilas y las cajas de aperitivos a medio comer. Los montones de toallas mojadas y los envoltorios de galletitas saladas. Observo cómo abren un termo tras otro. Huelen el contenido. Recogen la camiseta de Pfeff, las zapatillas y los calcetines. Examinan el cabo del ancla desaparecida.

Harris baja a verlos, seguido por los perros. Habla con ellos durante un minuto. Y cuando se dirige de vuelta a casa, me doy cuenta de algo:

El tablón ha desaparecido.

El tablón que rocié con limpiador y que lavé en el mar.

Sé que lo volví a colocar en el sitio donde llevaba encajado todo el verano. Estoy segura.

Pero ya no está ahí.

64

Quiero preguntarles a mis hermanas por el paradero del tablón, pero hemos acordado que ese día no hablaremos entre nosotras. Somos conscientes de que tendremos tentaciones de comentar nuestra situación, pero alguien podría oírnos. No vale la pena correr ese riesgo. Lloramos y dejamos que nuestra madre nos consuele. Les contamos la historia, por separado, a Major y a George.

Al final de la jornada, la policía se marcha. Más tarde, llaman por teléfono a mi madre. Le dicen que aún no han encontrado el cuerpo, pero que los buzos regresarán mañana.

Han avisado a los padres de Pfeff.

Major y George planean marcharse de Beechwood mañana.

Cenamos dentro, en un ambiente sombrío. Tipper saca manteles individuales y copas de vino. Luda y ella sirven unos sencillos *linguini* con salsa boloñesa, acompañados por una ensalada y queso.

Guardamos silencio la mayor parte del tiempo. Bess llora un poco. Penny dice:

—Venga ya, pero si eras la que menos lo conocía de las tres.

Eso provoca que Bess llore con más fuerza, hasta el punto de tener que levantarse de la mesa.

George, que lleva americana y se ha peinado el pelo hacia un lado con gomina, como si fuera un empresario, se esfuerza en darle conversación a mi padre; por su parte, Major viste una camiseta negra y contempla su plato con gesto abatido, sin apenas probar bocado.

Más tarde, Penny y yo vamos a Goose. Nos ofrecemos a ayudar a los chicos a hacer el equipaje. Tipper nos lo ha pedido. Cree que es nuestra responsabilidad hacer que se sientan mejor.

Los chicos pasan del equipaje. Planean dejarlo para el último momento y hacerlo a toda prisa. Nos preguntan si nos apetece ver una peli. Los cuatro nos acurrucamos en el sofá, bajo unas mantas viejas de algodón, y volvemos a ver *Mary Poppins*.

A mitad de película, se suma Bess.

—Siento haber sido tan borde contigo durante la cena —dice Penny de repente.

Bess asiente.

—Es muy fuerte.

—Fuertísimo —dice Penny—. Tenemos que cuidar de nuestra Bess.

Le hace señas para que se acerque y Bess se apretuja entre Penny y yo.

—Sándwich de hermanas —dice Bess.

—Ya, ya —replico—. ¿Estás bien?

—Sí.

—¿Te apetece una cerveza? —pregunta George, que se ha acercado a la nevera—. ¿Un cóctel de galletitas saladas?

—Un Tab sería perfecto —responde Bess—. Y las galletitas saladas.

George mezcla las galletitas con pepitas de chocolate, cereales para el desayuno y una bolsa de nubes diminutas.

—He aprendido mucho sobre cocina en este viaje —bromea con gesto inexpresivo mientras se vuelve a sentar y le da el refresco a Bess.

Todos picamos del cóctel de galletitas y nos comemos unos puñados salados y dulces al mismo tiempo. Major vuelve a poner la película.

Es agradable no tener que aparentar ni decir nada, sino limitarse a ver y olvidar.

Cuando termina la peli, los chicos brindan por Pfefferman.

—Un tipo divertido, obsesionado con su pito y tenista indolente —dice George, alzando la que probablemente sea su tercera cerveza—. Amigo desde el colegio, «alcalde» del Germantown Friends School, interesado en los demás, excursionista nefasto, pero aceptable como marinero. Pfeff no temía los tiburones, aunque debería haberlo hecho. Me hizo reír un millón de veces, y por eso siempre le estaré agradecido. Pfeff, colega, espero que seas feliz ahí arriba. Que no te falten mujeres rubias ni cervezas frías.

Major se pone en pie.

—Pfeff, eras un tonto de capirote, pero lo sabías y lograste que te quisiéramos por ello. No hay mucha gente capaz de hacer eso. Llevabas unos calcetines chulísimos. Para ser sincero, este verano no las tenía todas conmigo, cuando George decidió que viniéramos aquí. No sabía gran cosa sobre ti, aparte de lo que acabo de decir. Pero mantuvimos unas charlas interesantes, Lor Pfefferman. Creo que en Amherst cada uno habría ido por su lado, pero aquí en Beechwood estuvimos de fiesta y nos bañamos en el océano a medianoche. Y también hicimos esos Planes Mañaneros, fumando canutos en ayunas, disfrutando del agua y los amaneceres. Me alegra que pudieras disfrutar del último. Y que, puestos a morir, fuera por algo tan molón como el ataque de un tiburón. Descansa en paz, Pfeff.

Me miran por si quiero decir algo.

Me levanto. No he bebido nada de alcohol por miedo a que se me vaya la lengua, ni he tomado codeína, por miedo a quedarme frita después de haberme pasado la noche en vela. Alzo mi lata de Coca-Cola.

—Por Pfeff. Era un ligón, a veces un caradura, pero también era un soñador. Un tipo encantador y un gran buscador de limones. Era tan simpático que siempre acabábamos perdonándole sus faltas. Le deseamos lo mejor en el sueño eterno.

Esas palabras me dejan un regusto amargo, aunque algunas son ciertas. Hay otras muchas cosas de él que no puedo decir.

Era capaz de violar a alguien.

Era cruel. Infiel. No era de fiar.

—Penny —dice George—. ¿Quieres añadir algo?

Penny se queda muda. Niega con la cabeza.

Bess, empeñada siempre en hacer «lo correcto», se levanta en su lugar. Me preocupa lo que pueda decir. Se la ve demacrada y exhausta. Tiene el pelo sucio y lacio, y va enfundada en su jersey más abrigado y unos vaqueros viejos. Alargo un brazo y le estrecho la mano.

«No confieses.»

«No te vengas abajo.»

«Sé fuerte.»

—Me alegro de haberte conocido, Pfeff —dice Bess—. Gracias por las risas durante la cena, y por aquella vez que nos trajiste refrescos fríos a la playa, y por pescar cangrejos de arena con Tomkin. Gracias por ser tan simpático con nuestra madre. Descansa en paz.

Se sienta.

George prepara palomitas en el microondas, y como ninguno sabemos qué hacer ahora, ponemos otra película. *Fletch: el camaleón.*

Al poco de empezar, Penny y Bess se quedan dormidas. A Penny se le cae la cabeza sobre mi hombro.

Un rato después, George pausa la película para ir al baño y yo me giro hacia Major.

—Pfeff no te caía bien, ¿verdad? —pregunto.

Major titubea un rato, se ruboriza. Después niega con la cabeza.

—Ya que lo preguntas, no. A ver, lamento que haya muerto, me horroriza, pero no me caía bien.

—¿Por qué no?

—Para empezar, por ese lío que se traía con Penny y contigo. Estuvo muy feo. Aunque supongo que le perdonaste.

Asiento con la cabeza.

—Me pidió perdón de un modo convincente —miento—. Cuando por fin se decidió.

—Además me molestaba su actitud —prosigue Major—. Era como si todo le perteneciera; como si pudiera adueñarse de lo que le diera la gana. Contaba algunos chistes de gais. Se burlaba de las costumbres religiosas de mis padres. ¿Quién se burla de la fe de los demás? Eso no está bien. A ver, el pobre tío tenía todas esas cosas buenas que he dicho antes. Pero en el fondo, muy en el fondo, creo que sólo pensaba en sí mismo. Para él, los demás no eran personas. —Se encoge de hombros—. Sólo eran juguetes.

George regresa, pero no terminamos de ver la peli. Despierto a mis hermanas, les damos un abrazo a los chicos y decimos que

hemos sufrido una conmoción,

ha sido horrible,

no podemos creer que él ya no esté,

sentimos que vuestro viaje haya terminado así,

ha sido un placer teneros aquí,

volved a Beechwood cuando queráis...,

aunque sabemos que no regresarán nunca.

Mientras Penny, Bess y yo caminamos hacia Clairmont al amparo de la noche, les cuento a mis hermanas, entre susurros, que el tablón ha desaparecido. Ponen los ojos como platos.

Penny dice que no ella lo movió.

Bess dice que ella tampoco.

—Ha sido una estupidez sacarlo de allí. ¿Lo entendéis? —les espeto—. Si alguien lo encuentra escondido, resultará sospechoso. Ha estado en el mismo sitio sin moverse desde la búsqueda de limones. Si la policía lo encuentra en el sótano, o debajo de vuestra cama, o algo así, lo tendremos crudo.

—Ya —dice Penny—. Por eso no lo toqué.

Nos quedamos mirando a Bess, que niega enérgicamente con la cabeza.

—Yo no lo tengo —asegura.

—¿Y lo tenías antes? —inquiero—. ¿Hiciste algo con él?

—Ya te he dicho que no. Ni siquiera he estado en el muelle.

No podemos hacer nada, salvo volver a casa y acostarnos.

Me asusta volver a ver a Rosemary, después de cómo la dejé y después de todo lo que mis hermanas y yo hemos hecho desde anoche. Pero no viene a visitarme y el Halcion me sume de golpe en la oscuridad.

65

Vienen unos obreros y empiezan a desmontar el muelle. Apilan los tablones ásperos y desgastados sobre la arena y más tarde se los llevan en un remolque.

Lo reconstruyen con la misma forma, un poco más ancho, con madera nueva y reluciente. Hacen reparaciones aquí y allá en las pasarelas, las cercas y las escaleras. Inundan la isla con el sonido de sus herramientas.

Terminarán al cabo de cuatro días.

Mi madre y Luda limpian Pevensie de arriba abajo. Envían todas las pertenencias de Tomkin y Yardley a la dirección de su madre, y las cosas del tío Dean a su casa.

Harris sólo me dice una cosa sobre la marcha de Dean:

—Él y yo ya no estamos en la misma onda.

En privado, Tipper dice que la ruptura «era inevitable» y que mi padre «tiene toda la razón».

A Gerrard le ha afectado mucho la muerte de Pfeff. Es una persona hipersensible, y el segundo ahogamiento en dos años lo ha convencido de que debe buscarse un empleo fuera de la isla. Se despide de nosotras con cariño y ya no volverá nunca.

No he vuelto a ver a Rosemary. No soporto haberle hecho daño. La dejé sola cuando más me necesitaba. Probablemente, mi abandono habrá echado a perder todos mis esfuerzos de este verano para intentar que se sienta segura y querida.

No sé cómo arreglarlo. Me da miedo verla..., pero al mismo tiempo lo anhelo.

El día después de que el muelle esté terminado, los señores Pfefferman llegan a la isla. Tipper se ofreció a recoger las cosas de Pfeff y enviárselas a casa, pero la búsqueda del cadáver continúa. Los padres de Pfeff querían venir y hablar con la policía. Mi madre se sintió en el deber de acogerlos.

Harris recoge a los Pfefferman en Woods Hole. El resto de la familia los esperamos en el muelle nuevo. Nos presentamos y les ofrecemos nuestras condolencias.

El señor Pfefferman es orondo y cuadrado, como si su cuerpo hubiera crecido dentro de un traje con la forma de una caja. Tiene una cabellera espesa como su hijo y utiliza unas gafas con montura de alambre. Su esposa es de origen italiano. Habla con acento y lleva un vestido de tirantes negro y ceñido y zapatos de tacón. Su pelo luce ese tono castaño monocromático que proporciona el tinte.

A Bess le tiemblan los labios cuando los saluda.

Penny agacha la mirada.

Yo miro a los Pfefferman a los ojos y pienso: «Pfeff le estaba haciendo daño a mi hermana.» Después me corrijo: «Estaba borracho a primera hora de la mañana. Se alejó nadando de la lancha. Se hundió cuando estábamos distraídas. Lo buscamos sin parar.»

Tipper aloja a los Pfefferman en Pevensie. Goose sigue hecho un desastre por el paso del huracán provocado por los chicos.

Mis hermanas y yo acordamos que nunca nos quedaremos a solas con los padres de Pfeff. Hablaremos con ellos lo menos posible. Luda libra esta noche, así que nos ofrecemos a ayudar a Tipper a preparar la cena. Está cocinando unas quiches en miniatura para picar, algo que sólo hace para los invitados importantes en Boston. Bess, que tiene mucha mejor mano para la cocina que Penny y yo, enrolla y corta la masa y va metiendo los trozos en los recipientes para hornear. También habrá chuletas de cordero, patatas y una ensalada de lechuga y menta. De postre, una compota de moras con nata montada.

Es una cena tranquila. Harris habla de su empresa editora. Tipper y la señora Pfefferman hablan de cocina y de ejercicios cardiovasculares, y Tipper dice que fue «un auténtico placer» conocer a Pfeff. «Era un chico muy educado.»

Después de cenar, cuando Bess y Penny se han excusado para ir a ver la tele en la sala de estar, la madre de Pfeff saca un álbum de fotos de su bolso. Es grande y está cubierto con una tela descolorida con un estampado de cigüeñas, como si se lo hubieran regalado junto con la canastilla del bebé.

Me levanto para salir de la habitación. No quiero estar cerca de los Pfefferman más tiempo de lo indispensable, ni ver fotos del niño pequeño que cuando se hizo mayor pensaba que el cuerpo de una chica le pertenecía sólo porque lo pedía por favor. Pero, cuando el señor Pfefferman sale al porche a fumar, Tipper agarra a mi padre de la mano.

—Harris, quédate a ver las fotos. Han perdido a su chico. —Se gira hacia la señora Pfefferman—. Nosotros también perdimos a nuestra niñita —añade—. El año pasado. Perdimos a Rosemary en el mismo océano.

Me quedo paralizada.

«Perdimos a nuestra niñita.» Nadie ha dicho eso desde el funeral. Mi madre no ha mostrado indicios de lamentar su pérdida desde entonces. Cuando yo lo mencioné una vez, se limitó a decir: «Rosemary ya no está aquí. Todos desearíamos que estuviera.» Después se puso a explicar cómo no había que regodearse en lo malo y cómo debíamos disfrutar de la vida.

Pero de repente ha sacado el tema.

—¿De veras? —La señora Pfefferman se acerca una mano a la garganta—. Oh, Tipper. Cuánto lo siento.

—No, no. Eso fue hace mucho tiempo. Pfeff..., es decir, Lor..., estaba aquí hace nada. Habéis sufrido una conmoción terrible. No era mi intención hablar de mí.

Mi padre le apoya una mano en el hombro. No sé si quiere consolarla o decirle que se calle.

—No hay nada peor en el mundo que perder a un hijo —dice la señora Pfefferman—. Se supone que deben sobrevivirnos.

—Era tan pequeña —dice mi madre, conmovida—. Le encantaba nadar. Dejamos que saliera a nadar sin que nadie la vigilara. Creo que no me lo perdonaré nunca.

—La echamos de menos a diario —dice Harris—. Eso nunca se olvida.

—¿La echas de menos? —exclamo.

—Pues sí.

Me fijo en su rostro, tan familiar y curtido como siempre, pero ahora torturado por una emoción que casi nunca muestra.

—No puedo creer que Lor ya no esté. —Una lágrima se desliza por la mejilla de la señora Pfefferman—. Sigo pensando que va a entrar por la puerta. ¿Sabéis?, no ha habido otro bebé más gordo en el mundo.

Sé que debería irme, pero la emoción que flota en el ambiente me arrastra como un remolino. Me sitúo detrás de mi madre y observo cómo la señora Pfefferman pasa las páginas de su álbum: fotos de Lor de bebé, de Lor convertido en niño y luego convertido en Pfeff, el chico al que conocí. Bebiendo leche de una botella. Abrazado a un animal de peluche. Montado con orgullo en un triciclo. Leyendo un libro de cuentos de hadas. Comiéndose un dónut.

Mi madre profiere exclamaciones, de manera suave y continuada, mientras se inclina sobre el álbum de la señora Pfefferman y hace comentarios corteses. «Qué contento se lo ve.» «Se nota que te quería mucho.» «Madre mía, qué guapo estaba.» «¡Qué alto se hizo!» «Tenía mucho sentido del humor, ¿verdad?» Hace preguntas. «¿Dónde estabas tú en esta foto?» «Ésta debe de ser de cuando empezó la secundaria, ¿no?»

El llanto de la señora Pfefferman se ha apaciguado, pero parece deseosa de que cada fotografía sea observada y apreciada.

—Eres muy amable —le dice a mi madre.

Mi padre se sienta a nuestro lado y hunde el rostro entre las manos. El señor Pfefferman sigue en el porche.

En la última foto, Pfeff sale sonriendo durante su graduación del instituto. Se ríe mientras le rodea el cuello con el brazo a George.

—Se fugó de casa —murmura la señora Pfefferman.

—¿Cómo dices? —pregunta Tipper.

—Se fue de casa y no nos dijo adónde se iba. Nos... Mi marido y yo nos estamos divorciando.

—Oh. No lo sabía.

—¿Cómo podrías saberlo? Ha sido un año duro. En casa. Y Lor estaba... En fin, los jóvenes sienten rabia cuando su mundo se hace trizas. Mi marido no quería dejarme la casa. Y yo me negué a mudarme. —Retuerce la servilleta sobre su regazo, sigue hablando en voz baja—. Lor no quería pasar el verano allí, con tantos conflictos, pero su padre le consiguió un empleo en el despacho de abogados. Algo muy oficial, respondiendo llamadas y cosas así, para cubrir las vacaciones de las secretarias. Pensamos que le vendría bien aprender a ser responsable antes de ir a la universidad. Y entonces, una noche, tuvimos... No debería contaros esto, pero mi marido y yo tuvimos una bronca tremenda. Y a la mañana siguiente, Lor se había ido. Ni siquiera dejó una nota.

—Oh, no.

—Se tiró una semana sin llamarme, y cuando lo hizo, dijo que estaba en la casa de veraneo de la novia de George. Y que no iba a volver a casa. Dijo que se quedaría para siempre y no dejó un número de teléfono ni nada. Estaba tan enfadado con nosotros que... se fue sin más. No volvimos a tener noticias suyas desde aquella llamada.

—Seguro que al final habría vuelto a casa —dice mi madre—. Sólo se estaba tomando un respiro. Para encontrarse a sí mismo. Un buen chico como él no se iría de casa para siempre.

La señora Pfefferman se seca las lágrimas. Vuelve a guardar el álbum en su bolso.

—Tus hermanas y tú tenéis mucha suerte —me dice—. Tenéis una madre maravillosa.

Sonrío.

—Lo sé.

—No la pongas triste, ¿me oyes? —añade—. Trátala bien, siempre. Cuando sea mayor y se le ponga el pelo gris, sé buena con ella, igual que ahora. Cuando vayas a la universidad, no olvides llamar y escribir.

—De acuerdo.

Harris se levanta lentamente, como si se despertara de un sueño.

—Mirad qué horas son —dice la señora Pfefferman—. Siento haberos robado tanto tiempo.

—Oh, ha sido un placer ver esas fotos —dice Tipper—. Siento muchísimo tu pérdida.

—Deja que te ayude a recoger.

Tipper se ríe y se apoya una mano en el pecho con un gesto fingido de espanto.

—No pienso permitirlo —replica—. Después de todo lo que has pasado. —De pronto, vuelve a estar radiante en su papel de anfitriona—. Adelante. Id los dos a Pevensie. La cafetera está cargada y hay cosas para desayunar en la nevera, pero venid a verme sobre las siete y tendré unas magdalenas recién salidas del horno, con zumo y todo lo demás. O venid más tarde, si necesitáis descansar. La policía prometió que llegaría antes de mediodía.

Los Pfefferman se marchan. Tipper menea la cabeza y se dirige a la cocina.

—Yo me ocupo. —Salgo tras ella—. Deja que lo haga yo. Tú acuéstate.

Tipper se detiene.

—¿Lo dices porque ella te ha dicho que seas buena conmigo?

—Es posible.

Tipper nunca nos ha permitido limpiar la cocina sin que ella esté presente. Pero me abraza y asiente con la cabeza.

—Echo de menos a Rosemary. —Tiene la voz entrecortada—. Dios mío, cómo la echo de menos.

—Yo también. —Mucho, muchísimo.

—A diario —prosigue—. Mi niñita. Cada mañana, intento detectar el sonido de sus pisadas y me doy cuenta de que jamás volverá a bajar por las escaleras. Paso por su habitación cuando me voy a la cama, asomo la cabeza para echar un vistazo... y recuerdo que ella no está allí. ¿Sabes?, una noche me pareció verla. Poco después de llegar a la isla este verano, vino a mi dormitorio. Parecía como si hubiera salido a rastras del agua, como si acabara de salir, como si fuera a decirme que no la había protegido. No pude soportar ver su carita y su pelo mojado. Estaba contemplando mi peor equivocación, mi error más trágico, y me sentí tan triste e impotente que me fui corriendo. Sólo fue un sueño, o mi imaginación, por supuesto, pero me dije que no podía permitir que mi mente me jugara malas pasadas. No debía pensar en Rosemary ni en cómo le fallé; si lo hacía, me derrumbaría. A veces pienso que no puedo vivir sin ella. ¿Cómo diablos puedo seguir existiendo, cuando mi pequeñina está muerta? ¿Cómo es posible? —Vuelven a correr lágrimas por su rostro—. Pero tengo que hacerlo, Carrie. Tengo que salir adelante. Hay gente que depende de mí. Siempre hay otra tarta que hornear, siempre queda algo por hacer. ¿Verdad? Es mejor así. Tu padre me necesita, vosotras también, y cuando no se escacharra la secadora, se estropea cualquier otra cosa. La gente necesita comer todos los días de la semana, llueva o truene. Es mejor estar ocupada. Sentirse útil. Así es como levanto cabeza.

No sé qué decir. No sé si es mejor estar ocupada y no hablar nunca de las cosas.

—Lo siento. —Tipper se seca las lágrimas—. A veces se me viene el mundo encima. Creo que debería ir a echarme un rato. Por la mañana estaré mejor, te lo prometo. Te lo aseguro al cien por cien. Habré vuelto a la normalidad.

Me sonríe.

Movida por un impulso, la abrazo otra vez. Soy más alta que ella, Tipper parece frágil entre mis brazos. Es una mujer valiente que vive en un estado de negación, es limitada e impotente, generosa siempre. Es mi madre.

—Vamos, Tipper —dice Harris, que aparece por la puerta de la cocina—. Te acompaño a la cama.

—No hace falta. Estoy bien —replica.

—Tipper.

—No necesito ayuda, Harris. Sólo me duele un poco la cabeza, nada más. Ha sido una semana de infarto.

—No estamos bien ninguno —insiste mi padre—. Vamos arriba.

66

Limpio la cocina, guardo las sobras en táperes, meto los platos y los cubiertos en el lavavajillas. Tiro el mantel y las servilletas en el cesto de la ropa sucia. Las copas de vino hay que lavarlas a mano, al igual que la sartén de hierro.

Bess y Penny no me ofrecen su ayuda y yo no se la pido. Cuando llevo la mitad de la tarea, apagan la tele, me dan las buenas noches y se van al piso de arriba.

Quiero ver a Rosemary.

No la he invocado ni una sola vez en todo el verano. Ella dice que no sabe por qué viene cuando aparece. «A veces me despierto y vengo a verte, nada más.»

Susurro su nombre mientras limpio las encimeras.

—Rosemary.

Seco las copas de vino y las guardo.

—Lo siento, Rosemary.

Dejo cargada la cafetera para mañana, tal como le gusta a Tipper.

—Siento haberte abandonado, Rosemary. Lo siento mucho.

Saco la basura por la puerta que conduce al edificio de los empleados y la meto en los cubos que hay allí.

—Rosemary, florecilla. —Me dirijo al centro del salón—. Estoy avergonzada. Lo que hice estuvo mal, fui una egoísta. A veces se me olvida cómo ser buena persona. Si otra persona te hubiera dejado tirada así, si te hubiera dejado sola cuando estabas asustada, me habría puesto furiosa. Odiaría a cualquiera que te tratara así, y me odio a mí misma por haberlo hecho. Por favor, créeme. No sé si puedes oírme, pero te quiero muchísimo. Te echo de menos. Y Penny también. Y Bess. Y mamá y papá.

No sé si puede oírme. Seguramente, no. Pero las palabras salen en tromba. Suelto todo lo que he estado sintiendo.

—Estamos intentando salir adelante sin ti, pero yo no soy capaz. En el fondo, no. Fingimos salir adelante y todo es horrible. Somos horribles. No es culpa tuya, mi querida Rosemary. No te sientas mal por ello. Sólo tenemos que... Supongo que tenemos que volver a aprender a vivir. Y no es fácil.

Después de eso, me quedo sentada y en silencio.

Rosemary no aparece.

Sigo esperando, pero... nada.

Entonces me voy a la cocina. Enjuago una taza de té que me había olvidado y limpio las huellas de la nevera. Apago las luces.

Cuando regreso al pasillo, lista para subir al piso de arriba, diviso una luz en la sala de estar, donde se encuentra el televisor.

Entro para apagarlo y Rosemary está allí, con su disfraz de guepardo, acariciando la cabeza cobriza de *Wharton*.

—Menudo discurso —dice.

—Lo siento mucho.

—Ya, ya.

—Es verdad. —Me arrodillo delante de ella.

—Vale, pero ahora mismo no me apetece hablar de cosas feas —replica—. No he venido por eso.

—¿No te he despertado yo?

—Tú no puedes despertarme. Te lo he dicho un millón de veces, Carrie. Me despierto cuando estoy preocupada o quiero algo. Se supone que debo estar dormida, pero no puedo.

—¿Por qué te has despertado ahora?

—Tú me dirás. Son las once y media. ¿Verdad?

Miro el reloj.

—Pasadas.

—Y es sábado, ¿no? Verás, los fantasmas no pueden descansar si no han visto nunca *Saturday Night Live*. Es una especie de cuenta pendiente.

—No te habrás estado apareciendo ante mí por no haber visto nunca *Saturday Night Live*. Ése no es el motivo.

—No, no lo es —admite—. Pero todos se han acostado ya, ¿verdad? Y tengo muchísimas ganas de ver el programa. Venga. Te animará y te ayudará a no pensar en cosas horribles.

Enciendo la tele, bajo el volumen y me siento en el sofá. *Wharton* menea la cola. Rosemary se acurruca a mi lado.

En la pantalla, los Pretenders cantan *Don't Get Me Wrong*. Ponen un *sketch* de un tipo que imita a Reagan.

—No entiendo el chiste —dice Rosemary—. Pero está genial. Seguro que soy el único guepardo del mundo que ha visto *Saturday Night Live*.

67

El domingo, antes de que llegue la policía, Tipper, Luda, Bess y yo dedicamos la mañana a limpiar Goose. Penny sigue durmiendo y Harris está trabajando en su despacho.

Tipper pasó por la casita para enseñarle a la policía el cuarto de Pfeff, pero las tareas pendientes en Pevensie la han mantenido ocupada hasta ahora. Pone los brazos en jarras mientras contempla el caos de la cocina.

—Qué horror. ¿Cómo podían vivir así?

—Yo venía cada dos días, como me dijiste —dice Luda.

—No lo dudo. Tú no tienes culpa de nada. Lo que pasa es que eran unos cochinos.

Ponemos la lavadora y el lavavajillas, limpiamos las encimeras, vaciamos cervezas y latas de refresco a medio beber en el fregadero. Tipper descuelga las cortinas para lavarlas. Luda pasa el aspirador debajo de todos los cojines de los sofás.

—Vas a tener que llevarlos a tapizar otra vez —dice—. Madre mía, hay algo reseco que... Uf, no quiero ni saberlo. De momento, puedo cubrirlos con colchas.

En el piso de arriba, me detengo en el umbral de la habitación de Pfeff. Su ropa sigue tirada en el suelo. La cama está sin hacer.

Pfeff está muerto.

No he sentido tristeza ni lástima. No puedo permitírmelo.

No puedo pensar en cómo lo querían sus padres, ni en lo afectados y hundidos que están. No puedo pensar en que me dio mi primer beso, en que fue el primero para todo. No puedo pensar en sus queridas novelas de ciencia ficción, ni en sus ridículos calcetines, ni en cómo se arrodilló delante de mi madre durante la búsqueda de limones, ni en cómo se acercó nadando hasta la lancha con la sudadera puesta, ni en cómo me besó junto al columpio. No debo pensar en cómo se esforzaba para hacerme reír, ni en cómo se inventaba canciones chorras, ni en cómo se negaba a desaprovechar la luz de la luna. Algún día, se habría licenciado en Amherst y se habría ido lejos, a Italia o a México, en busca de comida rica y aventuras. Tal vez habría encontrado trabajo en un restaurante, habría ascendido hasta quedar a cargo de la cocina, habría hecho amigos allá donde fuera. Se habría dejado la piel cocinando cada noche durante el turno de la cena. Habría hecho que las cosas pequeñas resultaran hermosas y emocionantes, como sólo él sabía hacerlo.

No. Tengo que frenar estos pensamientos.

Estaba haciéndole daño a Penny. No se habría detenido. Era una persona horrible. Y luego murió.

Una vez muerto, no había otra cosa que hacer, salvo hundir el cuerpo como lo hicimos. Era la única solución. Y ahora tenemos que vivir con eso.

Debo obligarme a creer la versión que contamos, dejar que esa historia borre lo que pasó en realidad, igual que las olas del océano borran las huellas de la orilla. Pfeff no era un chico guapo y cómico que adoraba la luz de la luna, y tampoco era una persona horrible. Era un chico mono con el que tonteé un poco. Una aventura. Un rollo de verano. Bebió demasiado, se fue a nadar y se lo comió un tiburón. Qué historia tan triste. Su muerte me ha dejado conmocionada, estremecida, pero tampoco lo conocía tanto. Ésa es mi versión.

De pronto, caigo en la cuenta de que Pfeff podría regresar. Podría salir a rastras del océano, descamisado y chorreando. Su fantasma podría regresar a esta isla embrujada para... ¿qué?

¿Disculparse?

¿Vengarse de mí y de mis hermanas?

¿Volver a agredir a Penny?

Un escalofrío me recorre el cuerpo.

Cierro de golpe la puerta del cuarto de Pfeff y corro escaleras abajo, al amparo del bullicio del batallón de limpieza. Sin que Tipper me lo pida, me arrodillo y froto las zonas pegajosas del suelo de la cocina.

Más tarde, cuando Goose vuelve a estar adecentada, mi madre y Luda se marchan a Pevensie para buscar colchas. Yo me dirijo hacia Clairmont. Cuando paso junto a la escalera que conduce a la Caleta, oigo un sonido transportado por el viento. Casi parece una voz, susurrando.

Una canción de *Mary Poppins*.

No te cortes, pórtate mal.
¡Echa las cuentas! Al compás.

68

Temblando, desciendo lentamente por las escaleras.

La estrofa se repite, tan bajito que apenas resulta audible. A lo mejor son imaginaciones mías.

> *No te cortes, pórtate mal.*
> *¡Echa las cuentas! Al compás.*

Cuando llego a la playa, veo a Pfeff en el otro extremo de la cala. Está dentro del agua, que no le cubre demasiado, contemplando el océano. Lleva las bermudas azules de rayas y la camiseta del Live Aid. Tiene las manos entrelazadas por detrás de la espalda. Cuando me acerco, se gira hacia mí.

—Esperaba que fueras tú.

—No vuelvas aquí, Pfeff. —Alzo la voz—. No te queremos.

—Lo siento, Carrie —responde—. ¿Podemos hablar?

—Tienes que irte. No puedes aparecerte en esta isla.

Rosemary no volvió a visitar a nuestra madre después de que Tipper la rechazara. Ni una sola vez. Si le digo a Pfeff que se largue, creo que se irá.

—He venido a disculparme.

—Ya es tarde para eso.

—Anoche vi a mi madre, allí en Pevensie.

Pfeff avanza por el agua. Parece vivo, sólido, entorna los ojos para protegerlos del sol.

—Tenía que despedirme de ella —prosigue—. Comprobar que estuviera bien.

—Vale.

—Y... me hizo ver que tenía mucho por lo que disculparme. Me preparó unos huevos y una tostada en la cocina de la casa.

—¿Le contaste cómo moriste?

—No. —Se rasca la nuca—. Mi intención era..., ya sabes. Hacer que se sienta mejor. Explicarle que estoy bien.

—¿Qué recuerdas? —pregunto—. Es decir, acerca de... tu muerte.

No quiero que le cuente la verdad a su madre.

—Poca cosa, en realidad —responde—. Estaba borracho. Por eso lo tengo todo un poco borroso.

—¿Y?

—Estaba en el muelle con Penny. Y sentí un dolor agudo en la cabeza. Es posible que gritase. Tenía sangre en los ojos. Entonces todo se volvió oscuro y muy silencioso. Como un largo sueño. Después de eso, la verdad es que me sentí a gusto. Descansado.

Es lo mismo que dice Rosemary. Que se está a gusto. Que morirse no duele.

—Anoche volví a despertarme —continúa Pfeff—. Y me vi en la playa. Con los pies hundidos en la arena. Tenía hambre y todo eso. Era como estar vivo. Fue muy extraño. Pensé: «Si estoy aquí, será por alguna razón.» Entonces me fui a Pevensie, porque algo me impulsaba a ir allí. Comprendí que hice bien cuando vi a mi madre sentada en el porche. Tenía la mirada perdida. Así que hablé con ella. Para que supiera que la quería y esas cosas. Me preocupaba que no lo supiera, porque llevábamos todo el verano peleados. Así que se lo dije. Después de eso, pasamos el rato juntos. Seguimos hablando y yo le conté qué tal el verano, lo de vivir en Goose con George y Major. Las cosas que hicimos. Y también le hablé de lo nuestro.

—¿Qué le contaste?

—Que todo acabó mal cuando me puse a tontear con Penny.

Miro fijamente a Pfeff. Temblando.

—Me hizo un montón de preguntas —prosigue—. Y... me hizo pensar en cómo pudo haberte sentado a ti. Lo que pasó. Y lo siento mucho. Siento haber herido tus sentimientos.

Debería decirle que se largue. Debo hacerlo para que mis hermanas y yo podamos ceñirnos a nuestras mentiras. Para que mis hermanas estén a salvo. Pero he querido que Pfeff se disculpara desde que lo vi con Penny. Necesito oír lo que tiene que decirme.

—Sé que lo habrás pasado mal —dice Pfeff—. Y que seguramente te di falsas esperanzas. Y sé que Penny no era la persona más adecuada para... Me equivoqué. —Extiende una mano hacia mí—. ¿Podemos pedirnos perdón y pasar página?

Un momento.

—¿Quieres que te pida perdón?

—Yo lo estoy haciendo —responde—. Así que sí. Tú también me debes una disculpa. ¿No crees?

—No.

—Pues yo creo que sí. Te pusiste furiosa, volviste a Yardley en mi contra y todo eso. Incluso me malmetiste con los chicos. Tuve una bronca con George por eso. Y luego está Penny. No hay quien la entienda, ¿sabes? Primero me lanza miraditas, quiere que nos quedemos a solas, dice que sabe cómo hacer que un chico se sienta bien, y luego de repente cambia de idea. No tiene en cuenta que un chico puede estar borracho o muy excitado o lo que sea, y que, aunque ella diga que no, no lo dice en serio. Y ahora las dos habéis decidido que soy una persona horrible. Ése es el problema, ¿no? Que Penny te dijo que soy mala persona.

Lo miro fijamente.

—¿Se te ha ocurrido pensar que Penny habla mal de ti a tus espaldas? —prosigue—. ¿Te has parado a pensar que yo no me habría liado con Penny si ella no me hubiera ido detrás descaradamente? ¿Que fue ella la que me puso en esa situación?

—¡Déjanos en paz! —Las palabras emergen de mi cuerpo como una explosión—. ¡No quiero que estés aquí!

—¡¿No lo sientes?! —exclama—. ¿Ni siquiera un poquito?

Aunque ella diga que no,
no lo dice en serio, ha dicho Pfeff.
No tiene en cuenta que un chico puede estar borracho
o muy excitado
o lo que sea.
Fue ella la que me puso en esa situación.

—No, Pfeff —replico—. No me arrepiento. De nada. En absoluto.

En este momento, me da igual si su madre lo quiere. Me da igual que tuviera cosas buenas. Estaba agrediendo a Penny, y yo me debo a mi hermana, sin importar lo que haya podido hacer ella.

—Carrie —insiste—. Acabo de volver de entre los muertos para hablar contigo. ¿No quieres disculparte?

—No tengo nada más que decirte, Lawrence Pfefferman.

—Pero...

—No. Ahora no me vengas con disculpas. Ni conmigo, ni con Penny. No te perdonaremos.

—Antes sí querías hablar conmigo —replica—. Estábamos aquí mismo. ¿Lo recuerdas? Me lo suplicaste.

—Y pasaste de mí.

—Venga, no seas así. —Avanza un paso.

Alzo una mano para que se detenga.

—Ya no importa lo que hagas. No eres bienvenido aquí. Aléjate de mi familia.

Pfeff se queda quieto, mirándome.

—Lo digo en serio —añado.

Él se encoge de hombros.

—Más tarde te sentirás fatal por esto. Desearás haberte disculpado. Desearás que hubiéramos hecho las paces.

—De eso nada. Déjanos en paz y no vuelvas nunca.

Pfeff se dirige hacia el océano. El agua impacta contra su torso y él comienza a nadar. Deja atrás las rocas afiladas, se desliza desde la cala hasta mar abierto.

Lo observo hasta que desaparece de mi vista.

• • •

Cuando llega la lancha de la policía, van a bordo los mismos agentes a los que conocimos ayer. En realidad, han venido para hablar con los Pfefferman, pero todos nos reunimos en el salón de Clairmont, como si celebráramos algo. Tipper sirve bebidas calientes y tostadas con mantequilla.

El agente de más edad, el que parece una pitón, toma la iniciativa. Explica que varios buzos y equipos de rescate en lancha han registrado la zona donde se informó de la desaparición de Pfeff. A veces, los cuerpos aparecen rápido, cuando se ahogan en aguas poco profundas, explica. O si están en una zona recluida, como un estanque. Pero en aguas profundas o muy frías, es habitual que un cuerpo no vuelva a la superficie. Dependiendo de varios factores, el cuerpo podría salir a flote o no.

En una situación como ésta, no se puede descartar en absoluto el ataque de un tiburón.

—Los tiburones blancos son viejos conocidos en las aguas de Cabo Cod. Tienen un patrón de migración.

—¿Seguirán buscando? —pregunta Harris.

El agente niega con la cabeza.

—Lamento decir que la búsqueda ha concluido —responde—. Si quieren mi opinión, yo apostaría que lo atacó un tiburón.

La señora Pfefferman rompe a llorar. Su marido la rodea con un brazo.

Mis hermanas y yo nos ponemos a recoger las tazas y tirar las tostadas sin comer a la basura.

69

Más tarde, después de que Harris haya llevado a los Pfefferman a tierra firme con las pertenencias de Lor, Tipper llama a la puerta de mi habitación.

Se sienta en mi cama, que está sin hacer. Cohibida, empiezo a recoger la ropa sucia y a meterla en el cesto. Ordeno los objetos que están encima de mi cómoda.

—Sé que estarás destrozada —dice Tipper después de pasar un rato en silencio—. Lo estás llevando muy bien. Quería decirte que creo que lo estás haciendo de maravilla.

—Gracias. —No sé muy bien a qué se refiere.

—Pfeff era un gran chico. Guapo, inteligente y divertido. Todo lo que una chica podría desear. A tu padre le caía bien. Y Amherst es una universidad estupenda. Se notaba que erais felices juntos.

Una parte de mí está desesperada por contárselo. Podría decirle cómo me encontré a Pfeff con Penny. Podría explicarle lo frío y cruel que era Pfeff, lo machacada que me sentía. Ella me consolaría. Podría acurrucarme entre sus brazos y volver a ser su niñita, la que necesita todos los cuidados. Podría convertirme en su prioridad, como cuando se me infectó la mandíbula.

Pero ¿confesaría toda la historia? Si le contara una cosa, ¿le contaría lo que pasó después? ¿Le abriría las puertas? No puedo cargar a mi madre con la historia de un asesinato y un encubrimiento. Su mundo se haría trizas por completo. Puede que no nos perdonase nunca.

Es más, aunque pudiera interrumpir la historia en el momento de la ruptura, aunque pudiera contarle solamente que Pfeff no me quería, y explicarle cómo me trató, hacer eso sería una imprudencia. La versión de su muerte depende de que todo el mundo crea que Pfeff se disculpó como un caballero y que accedimos a salir a navegar juntos con mis hermanas. Si la gente cuestionara eso, nuestra historia empezaría a resultar sospechosa.

En cualquier caso, Tipper no me está preguntando cómo me encuentro. Me está felicitando por lo bien que se me ha dado aparentar que todo está en orden. Cree que he perdido a mi primer amor en el océano y no sabe nada más, pero quiere que siga guardando las apariencias.

—Estoy triste, pero en el fondo no íbamos en serio —explico—. Sólo era una aventura de verano antes de ir a la universidad. —Es la misma mentira que le conté a la policía—. Yo no diría que era mi novio.

—Ah —responde—. Entiendo.

—En realidad, el que me gusta es Andrew, de North Forest.

Otra mentira. No hay ningún Andrew.

—Oh, sí, no me había dado cuenta de que Andrew seguía en escena. —Tipper tiene el ceño ligeramente fruncido.

—Eso espero. Es el que jugaba al fútbol, ¿te acuerdas?

Mi madre asiente y juguetea con mi colcha verde de retales.

—Hay que remendarla. ¿Quieres que me la lleve para darle unas puntadas?

—Vale —respondo—. Gracias.

—He preparado la tarta de chocolate y galletas que te gusta —añade mientras dobla la colcha—. Esa que siempre digo que da mucho trabajo.

Sé que intenta cuidarme de la única manera que conoce.

70

Penny se muerde las uñas hasta dejarse los dedos en carne viva. Bess mete botellas de vino en su cuarto por la noche. Yo aumento mi dosis de somnífero y paso horas dormida por las tardes.

Ya no cenamos en la mesa grande de pícnic. Parece demasiado vacía.

No estamos bien, pero llevamos una vida tranquila.

Pasa una semana. Después dos.

Rosemary me visita de vez en cuando, al parecer sin otro motivo que el de estar aburrida. O sentirse sola.

Harris pasa varios días en Boston, arreglando unos asuntos en la oficina. Cuando regresa, recibimos una visita de su abogado, que llega a bordo del velero y se queda a pasar una noche en Goose.

Un día, vamos a Edgartown para asistir a un concierto vespertino de un famoso chelista en la Old Whaling Church. Resulta aburrido y conmovedor al mismo tiempo. Compramos unos gruesos cuernos de chocolate con caramelo y nos los comemos durante el largo y frío trayecto de vuelta en lancha.

Yardley me llama al día siguiente.

—George vino arrastrándose después de la muerte de Pfeff, pero pasé de él —me cuenta—. Tres días de discusiones y lágrimas para nada.

—Madre mía.

—Ahora se ha ido de monitor de campamento estival. —Suspira—. Quiero a ese idiota, pero, si no va a apoyarme ni a creer en mí, que se vaya a la porra. Además, ¿qué pretende? ¿Una relación a distancia en la universidad? Estoy harta. Quiero olvidarme de todo. —Hace una pausa—. En fin. Lor Pfefferman. Descanse en paz. ¿De verdad no viste cómo se hundía?

—De verdad que no.

—¿Ninguna aleta de tiburón, ni nada?

—No.

—¿Y qué hacías con él en el mar tan temprano? —inquiere—. Sinceramente, no puedo dejar de pensar en eso, Carrie. Después de que Penny y él...

Sabía que llegaría esta pregunta. Por eso no quería llamar a Yardley. Estaba conmigo cuando vi a Pfeff con mi hermana.

Le cuento la misma mentira que le he contado a la policía. Y a Tipper.

—Yo no diría que era mi novio. Fue un rollo de verano. Además, me gusta un chico de North Forest. Así que, después de que se disculpara, pasé página. No valía la pena montar un drama.

—No —replica Yardley con brusquedad.

—¿Cómo dices?

—Estabais juntos. Pfeff y tú. Os cogíais de la mano mientras veíamos la tele, os tumbabais en la hamaca y os escabullíais para estar a solas a todas horas. Duró varias semanas, Carrie, y yo sé que nunca habías salido con nadie. Al menos, me dijiste que no, ¿verdad?

—Verdad.

—Y después de estar colado por ti durante semanas, ese cabronazo..., siento que esté muerto y todo eso, pero ese cabronazo se lió con la repelente de tu hermana sin molestarse en esconderse. Fue una de las peores cosas que le he visto hacer a nadie. Y no creo que debas fingir, Carrie..., conmigo no, al menos..., que Lor Pfefferman era un santo, o siquiera un tipo decente, sólo porque ha muerto. Era un cabronazo mujeriego y retorcido, y nunca le perdonaré lo que te hizo, nunca, y más a ti, que tienes un corazón tan grande. Tú nunca jamás le harías daño a nadie de esa manera.

—Lo sé.

Adoro a Yardley.

Vuelvo a preguntarle por George, por el funeral y por los preparativos para la universidad, y logro poner fin a la conversación sin explicarle en ningún momento por qué decidí salir a navegar con Penny y Pfeff.

Tienes un corazón tan grande, dijo ella.

Tú nunca jamás le harías daño a nadie, dijo ella.

Ese cabronazo se lió con la repelente de tu hermana
una de las peores cosas que le he visto hacer a nadie
nunca le perdonaré
estabais juntos
nunca habías salido con nadie
no creo que debas fingir
tú nunca jamás le harías daño a nadie
no creo que debas fingir
tú nunca jamás le harías daño a nadie.

Las palabras de Yardley resuenan en mis oídos. Forman una maraña en mi mente, mientras le cuento esta historia a mi hijo Johnny.

Johnny está sentado en la cocina de Beechwood, me ha pedido que le ayude a entender a nuestra familia, me ha pedido que le ayude a entender lo que ocurre entre mis hermanas y yo, me ha pedido que le ayude a entender su propia vida y su muerte. *¿Alguna vez os metisteis en un lío?... Dímelo. ¿Qué es lo peor que hicisteis? Vamos, desembucha. ¿Qué fue lo peor que hicisteis en aquella época?*

Le debo la verdad. Se lo debo todo.

Si no paro de mentir, me temo que sus amigos y él no podrán descansar nunca.

Las palabras de Yardley salen en tromba por mi boca mientras le hablo a Johnny de la llamada que mantuve con ella. Después las repito una y otra vez sin parar, diciéndome tonterías, mezclándolas, dándoles formas nuevas. No puedo parar hasta que encuentro el significado que necesito.

Y cuando lo hago, se convierten en
palabras con las que tengo que vivir.

71

No creo que debas
    fingir
    no finjas
    no finjas
    no finjas
    No finjas que nunca le harías daño a nadie.

No finjas que nunca le harías daño a nadie.

SÉPTIMA PARTE

La hoguera

72

No he sido sincera del todo.

Hasta ahora, he hecho lo mismo de siempre: contar una historia sobre nuestra familia en la que yo, la mayor, soy la salvadora de dos hermanas pequeñas en apuros.

Pero, en realidad, fueron ellas las que me salvaron a mí.

Ya dije al principio de esta historia que soy una mentirosa.

Y expliqué que me resultaba difícil, casi imposible, contar esta historia sinceramente.

Se niega a salir de mi interior, tras haber pasado tantos años enterrada, pero repetirle a Johnny las palabras de Yardley me ha hecho cambiar.

Yardley lo dijo con mucho cariño e indignación.

Fue la única que percibió cuánto daño me hicieron Pfeff y Penny. Fue la única persona que me dijo lo grave que era, que no me lo merecía, que él estaba saliendo conmigo. Ella fue testigo de mis sentimientos.

No finjas que nunca le harías daño a nadie.

Creo que al fin se me está castigando.

Mi castigo es la muerte de Johnny. Otros han muerto, también.

Esas muertes no pueden revertirse. La muerte es un despeñadero, una grieta inmensa, cubierta de piedras y estriada con capas de arcilla y cieno. Me han arrojado al barranco y nunca conseguiré salir. Tendré que vivir con esta pérdida durante el tiempo que me quede.

Me lo merezco.

Conté la historia de la virtuosa Cenicienta y sus
  indignas,
  antipáticas
  hermanas no biológicas,
  hermanastras que perpetran atrocidades instadas por los celos, que se rebanan los talones y los dedos de los pies.
  También conté la historia de los peniques robados, en la que una
  hija culpable
  es incapaz de descansar y sigue viviendo después de la muerte, atormentada
  porque su crimen ha empañado su conciencia.
  Y conté la historia del señor Zorro, en la que un individuo que parece adorable
  tiene una casa muy grande y
  resulta ser un asesino.

He aquí la verdad sobre lo que ocurrió la noche que murió Lor Pfefferman.

73

Me desperté del sueño inducido por el Halcion a la una de la madrugada, como he contado antes. Pero Bess no estaba abriendo la puerta de mi cuarto.

Nadie me necesitaba.

Me desperté con frío y me levanté para beber agua y apagar el ventilador que estaba en la ventana. Tenía la cabeza embotada, porque había tomado más pastillas de la cuenta.

Oí una voz. Un susurro al otro lado de la ventana abierta. Decía:

—Por favor, Penny. Por favor.

Era Pfeff.

Enseguida lo entendí. Una vez más, Penny había elegido a Pfeff pasando por encima de mí. El «por favor» que él me dijo en una ocasión se lo estaba diciendo ahora a ella.

Pensé entonces, como ya te he contado antes, que Penny sabía hasta qué punto me había herido con su primera traición,

sabía lo abatida y desgraciada que me había sentido, lo

sabía porque yo se lo había dicho, pero, aun así,

nada de eso le importaba; antes estaba su necesidad de sentirse deseada, de ser siempre la más guapa, de dar celos a Erin, de ser la chica normal que querían mis padres, de besar a un tío bueno... Todo eso era más importante que yo...

todo eso importaba más que yo.

Yo no era del todo su hermana. Y estaba convencida de que ella lo notaba. Ahora sé que esa idea es falsa, que las familias se crean y se conquistan, y que no tienen por qué basarse en la biología, pero en ese momento me parecía un hecho innegable. Yo no valía nada. No me merecía siquiera el mínimo autocontrol por su parte.

Bajé las escaleras y salí de casa.

Corrí por las pasarelas hacia el muelle. Allí pude ver las siluetas del velero y de *Tragona*, negras en contraste con el agua iluminada por la luz de la luna. Y oí de nuevo a Pfeff. «Por favor, Penny.»

Estaba furiosa con él por desearla, y furiosa con ella por volver a acercarse a él. ¿Por qué lo hacía? No era por dar celos a Erin, que ya se había ido. Y me había pedido disculpas, aunque fuera con la boca pequeña. Además, había visto el daño que me había causado.

74

Cuando levanté el tablón,
   y cuando lo descargué,
   una y otra vez,
   con toda la fuerza adquirida en el sóftbol,
   cuando lo descargué,
   aturdida por la ira y los celos,
   no sabía si estaba golpeando a
   Pfeff, el chico
   que me dejó tirada por mi hermana,
   que no quería disculparse y ni siquiera hablar, o
   si estaba golpeando a
   mi hermana, a mi querida hermana,
   la que tantos novios había tenido,
   la verdadera
   primogénita
   de nuestro padre,
   la que siempre había sido la
   guapa de la familia, y la que
   nunca jamás dudaba en apropiarse de lo que se suponía
que era mío.
   Maté a Pfeff. Pero con la misma facilidad podría haber
matado a Penny.
   Soy la hermanastra celosa y horrible de Cenicienta.
   Soy el fantasma cuyo crimen quedó sin castigo.
   Soy el señor Zorro.

75

Miré lo que había hecho y vi a Pfeff tendido en el muelle. No llevaba la camiseta, que era lisa y gris y estaba hecha un gurruño en el suelo. Tenía los vaqueros y la hebilla del cinturón desabrochados, los pantalones y los calzoncillos medio bajados a la altura de las caderas.

Llevaba deportivas. Los calcetines tenían un estampado de pequeñas langostas rojas.

Le palpé la muñeca, sin saber qué más hacer.

No tenía pulso.

Penny había huido, había bajado del muelle a la arena. Se había metido en el agua hasta las rodillas, y se frotaba las manos y la cara, como si intentara despertar de una pesadilla.

Me disponía a ir con ella cuando Bess apareció en el otro extremo del muelle.

—He venido a ver qué pasaba —susurró cuando me acerqué—. Me dijeron que iban a dar un paseo.

Me di cuenta de que aún tenía el tablón en la mano. Lo dejé caer al suelo con un traqueteo. Penny salió del agua y se acercó.

—Carrie me ha salvado —dijo—. No sé qué habrás visto, Bess, pero Pfeff... De repente se quitó la camiseta y empezó a bajarme los pantalones, y a bajarse también los suyos.

Nos lo contó todo, lo del «por favor, Penny» y el miedo que pasó, y luego explicó que yo había acudido en su ayuda.

Y mientras tanto yo pensaba: «He intentado matar a mi hermana.»

¿Había intentado matarla? ¿Era consciente de mis actos? ¿O quería matar a Pfeff?

No tenía una respuesta. Y tampoco la tengo ahora. Pero sí puedo decir una cosa:

Mi intención no había sido salvar a Penny.

Mientras ella hablaba, relatándole la historia a Bess, caí en la cuenta de que me veía como una heroína. La protectora.

—Lo siento, Carrie. Lo siento mucho. —Me dio un abrazo—. No te merezco. Cómo me alegro de que hayas venido.

Por mis pecados, me fue devuelta mi hermana: agradecida, cariñosa y arrepentida.

76

Lo que sucedió después fue tal como te lo he contado.

Fuimos a buscar provisiones a Clairmont. Cargamos la lancha y limpiamos el muelle.

Yo fui a buscar whisky y me encontré a Rosemary en el sótano. La abandoné cuando me necesitaba para acabar de ahogar a Lor Pfefferman.

Tuvimos que esperar junto a Goose Cottage a que Major y George se fueran a la cama.

Penny me cogió de la mano.

Bess se encargó de la habitación de Pfeff. Yo preparé el café.

La lealtad incondicional que me mostraron Penny y Bess me sorprendió. Yo sabía que sólo era medio hermana suya, una medio Sinclair, y aun así me apoyaron en este momento crítico como un solo hombre. Como si me considerasen una persona buena y heroica.

Nos fuimos lejos, muy lejos con la lancha.

Lastramos el cadáver con el ancla y se lo entregamos al mar.

Quemamos el papel de cocina y hablamos de la acampada con Buddy Kopelnick. Dormimos, brevemente, bajo las estrellas.

Volvimos a casa y mentimos.

77

Dos semanas después de la muerte de Pfeff, cuando sólo quedamos los cinco y los trabajadores de la isla, mis padres planean una hoguera nocturna.

Es algo que hacemos todos los años en agosto. Por ningún motivo en especial. Después de cenar, bajamos a la Playa Grande y quemamos cosas. Periódicos viejos y ejemplares del *New Yorker*, recetas recortadas de revistas que Tipper ya no quiere, las tarjetas con los nombres del juego ¿Quién soy?, cosas así.

Preparamos bocaditos de malvavisco y entonamos canciones de campamento, de cuando Tipper y Harris eran jóvenes. *Show Me the Way to Go Home*, *Hot Time in the Old Town Tonight*, *Be Kind to Your Fine Feathered Friends*.

El día de la hoguera, en mi habitación, encuentro un cuaderno viejo en el que escribía y dibujaba cuando era niña. En sus páginas escribo ahora:

«Yo, Caroline Lennox Taft Sinclair, maté a Lawrence Pfefferman.»

«Maté a Lawrence Pfefferman.»

«Maté a Lawrence Pfefferman.»

Lo escribo una y otra vez hasta que las frases ocupan varias páginas. Después me llevo el cuaderno a la fogata nocturna.

Mientras quemamos las revistas de Harris y los recortes de Tipper, mientras entonamos esas canciones ridículas que llevamos cantando juntos desde la infancia, arrojo el cuaderno a las llamas.

«Ésta es la única vez que lo contaré», me digo.

He quemado la confesión.

Se acabó.

Y nunca se lo he contado a nadie, hasta ahora.

Muchas personas cometen delitos cuando son jóvenes. Actos violentos, crímenes graves. Muchos estados, cuando alcanzas la mayoría de edad, sellan los registros donde aparecen tus antecedentes penales juveniles. Otros incluso los borran.

La idea es que podamos ser perdonados por las cosas horribles que hicimos de niños. Que podamos redimirnos, si se nos brinda la oportunidad de volver a empezar.

No sé si Pfeff se habría redimido. A veces pienso que era incorregible, que se habría aprovechado de Penny y de incontables chicas después de ella, si nadie lo hubiera detenido. «Aunque ella diga que no, no lo dice en serio —afirmó—. No tiene en cuenta que un chico puede estar borracho o muy excitado o lo que sea.»

Pienso, por tanto, que nunca habría aprendido a distinguir el bien del mal. Los chicos como él acaban en la cárcel o llevando las riendas del país, y en ambos casos no son más que unos violadores que se creen muy listos.

Otras veces pienso en su profundo amor por la vida, en su entusiasmo y generosidad, en sus vergüenzas y sus pequeñas muestras de bondad. Y pienso que podría haberse convertido en un buen hombre.

En cualquier caso, no creo que mereciera morir.

Sé que era capaz de hacer cosas horribles.

Pero yo también.

La policía viene a la isla una vez más antes de que termine el verano. Le estrechan la mano a mi padre, como si fueran viejos amigos, cuando voy con él al muelle para recibirlos.

Nos encaminamos todos juntos hacia Clairmont, donde Tipper les ofrece bebidas frías y galletas de mantequilla recién horneadas. Bess y Penny, que escuchan en silencio, forman parte del decorado.

Los agentes nos cuentan que el estado actual de Pfeff es el de «desaparecido, dado por muerto». Nos explican que, como la última vez que se le vio estaba nadando en mar abierto, pueden «darlo por muerto» sin esperar más tiempo.

Tipper dice que la familia ya ha celebrado un funeral.

La policía dice que eso sucede a menudo. Las familias necesitan cerrar el ciclo. Las comunidades necesitan vivir el duelo.

—Tendríamos que haber asistido —dice Penny, que parece molesta—. No dijisteis nada.

—No podíamos ir —replica Harris con brusquedad.

—Yardley estuvo —digo—. Me lo contó después.

—Podríamos haber ido a Filadelfia. —Penny es una actriz maravillosa.

—Habría sido un engorro tremendo —dice Harris—. Y los Pfefferman no habrían querido vernos. Sólo habría servido para reabrir heridas.

—Les envié unas flores —dice Tipper—. No te preocupes.

Cuando los policías se marchan, Harris dice que quiere verme en su despacho.

78

El despacho es una estancia amplia situada al fondo de la planta baja, decorada con objetos varoniles que supongo que podrían describirse como trofeos: tiras cómicas originales del *New Yorker* enmarcadas, un pez espada disecado, estantes y más estantes repletos de libros. Harris se sienta detrás del escritorio y yo tomo asiento frente a él.

—Ahora que han declarado muerto al chico —comienza—, quiero decirte que me quedé sin pastillas para dormir hace unas semanas.

Lo miro fijamente e intento mantener un gesto neutral.

¿Sabrá que me las llevé yo? ¿Tendría contadas las que había en el frasco?

—Me quedé sin pastillas para dormir —prosigue—, y antes de que tu madre me consiguiera más, pasé varias noches en vela. ¿Sabes adónde quiero llegar?

Niego con la cabeza.

—Está bien. Una noche me desperté a eso de las dos de la madrugada y ya no pude volver a dormirme. Di vueltas y vueltas durante un buen rato, me puse a leer y esas cosas, pero al final me di por vencido. Pensé en calentar un poco de leche, quizá en prepararme un chocolate que me ayudase a conciliar el sueño.

Deja de hablar y se enciende un cigarro, después se recuesta en su asiento.

—Fui a veros —continúa—. Lo hago cuando no puedo dormir. Llevo haciéndolo desde que erais bebés. Me gusta saber que estáis sanas y salvas en vuestras camas. A veces, este verano, os habéis quedado despiertas hasta tarde en Goose, con los chicos. Lo entiendo. No temo por vosotras. Pero a esas horas, a las dos y media de la mañana, cuento con que ya estaréis dormidas. Pero no fue así. Ni tú, ni Bess, ni Penny. Hum. Empecé a preocuparme un poco. Así que fui al piso de abajo, me serví una copa de bourbon y salí al porche.

Tengo las manos frías. Noto un nudo en la garganta.

Harris le da una calada al cigarro y lo sacude con cuidado sobre un cenicero de marfil.

—Me olvidé del chocolate caliente porque sentí curiosidad. Salí al jardín y, cuando pasé por el desvío del muelle, percibí movimiento en el agua. ¿Qué crees que vi?

—No lo sé.

—A *Tragona*, zarpando hacia el océano. Penny y tú ibais remando. Bess iba asomada por la borda con los dedos sumergidos en el agua. Me quedé observando hasta que la lancha desapareció de mi vista. Entonces pensé: «¿Por qué están remando?» Me sorprendió que se os ocurriera salir con la lancha en plena noche. Yo también he sido joven. Pero ¿las tres solas? ¿Sin Major, ni George, ni Lor? ¿Y por qué no encendisteis el motor? ¿Qué secreto estabais ocultando como para alejaros remando? Remar cuesta lo suyo.

Tamborilea con los dedos sobre el escritorio de madera, mira por la ventana y luego me mira a mí.

—Así que volví a casa —prosigue—. Cogí una de esas linternas tan aparatosas que guardamos en el recibidor y bajé al muelle para averiguar qué habíais estado haciendo. Me acompañaron los perros. —Le da otra calada al cigarro—. Y pasó algo curioso, Carrie. De inmediato, los cuatro percibimos un olor intenso al final del muelle. Los perros se pusieron a olfatear. ¿Y sabes a qué olía?

—No.

—A lejía. «¿Cómo es posible?», me pregunté. «¿Qué están haciendo mis hijas con un bote de lejía en plena noche?»

Me tiemblan las manos. Aprieto los puños y respiro despacio.

—El muelle estaba mojado —continúa Harris—. Y cuando eché un vistazo más a fondo, me fijé en el tablón. Ese tablón combado que levanté, ¿lo recuerdas?

No respondo.

Harris habla muy muy despacio.

—¿Sabes a qué tablón me refiero, Carrie?

—Sí, lo sé.

—Está bien. Ese tablón olía aún más a lejía que el resto del muelle. Lo recogí y estaba empapado. Lo examiné con la linterna. Después iluminé los clavos. ¿Y sabes qué?

—¿Qué?

—Los clavos estaban viscosos.

79

Siento como si me hubiera quedado sin sangre en la cabeza. Como si fuera a desmayarme.

—Tú te llevaste el tablón —digo—. Por eso desapareció.

—Sí, me lo llevé —responde Harris—. Lo traje a casa y lo froté en el fregadero. Después subí al desván y lo guardé detrás de una pila de cajas. No sabía por qué lo estaba haciendo. No sabía por qué mis hijas se habían ido remando en la lancha motora en plena noche, dejando un muelle que apestaba a lejía y un tablón pesado que habían intentado, sin éxito, limpiar a conciencia. Lo dejaron tirado y embadurnado con una especie de sustancia viscosa. Pero estaba decidido a protegerlas, sin importar lo que estuviera pasando.

«Me quiere», comprendo.

Me trata como si fuera sangre de su sangre. Le preocupa lo que me ocurra, sin importar lo que haya hecho.

Por primera vez desde que descubrí mis orígenes, siento que formo parte por completo de la familia de mi padre. Siento que pertenezco a ella.

—Por la mañana —prosigue Harris—, me entero de que el chico parece haber sido víctima del ataque de un tiburón. Las tres estáis histéricas, gritando, pero yo encajo las piezas. No sabes cómo me alegro de haber tenido la sensatez de esconder el tablón antes de que llegara la policía.

Hace una pausa. Se inclina hacia delante. Me mira fijamente.

Yo le sostengo la mirada.

No voy a contarle lo que ocurrió.

No puedo contárselo. No puedo contarle que no me siento lo bastante querida, lo de Pfeff, lo de Penny, lo que hice y por qué. Aunque Harris sabe que alguien hizo algo y que lo encubrimos, no puede conocer toda la desagradable realidad.

—¿Tienes algo que añadir? —pregunta al fin.

—No.

—Vale, está bien. —Se recuesta en el asiento. Sé que siente curiosidad, pero cuando alguien guarda silencio en los momentos difíciles siempre consigue ganarse su respeto—. La cuestión es que lo superamos, que salimos adelante, y cuando se calmó la situación, le dije a tu madre que había llegado el momento de la hoguera nocturna. —Señala hacia la playa—. Ahora, ese tablón no es más que ceniza y humo.

—Mandaste reconstruir el muelle.

—Bueno, no podíamos permitirnos que alguien se preguntara qué había sido de ese tablón. Ni que percibiera ese olor persistente a lejía. —Sonríe con los labios fruncidos—. Además, Tipper quería un muelle nuevo, así que está contenta.

—¿Por qué me cuentas esto?

Harris ladea la cabeza y me mira.

—Tu madre me ha dicho que te habló de Buddy Kopelnick.

Asiento.

—Así pues...

Espero.

Harris se explica:

—Desde mi punto de vista, es posible que tú, al contrario que tus hermanas, necesites un recordatorio sobre lo importante que es para mí esta familia.

—Ya sé que lo es.

—Haré lo que sea para protegerla. Y eso te incluye a ti, tanto como a Penny y a Bess. ¿Lo entiendes?

—Sí.

Harris apaga el cigarro y ordena unos papeles que hay encima de la mesa.

—Le conté a tu madre que aquella noche sólo bajé a la cocina. Que me serví una copa, leí un rato y volví a la cama. Te estoy contando lo que en realidad hice para que dejes de fantasear con Buddy Kopelnick, para que dejes de hacer el tonto con mis pastillas para dormir y para que seas la Sinclair que siempre he considerado que eres.

Nos miramos sin decir nada durante un rato.

—«La única salida es ir de frente» —digo.

Harris sonríe.

—Robert Frost. Sí. —Entrelaza las manos—. Saldremos adelante, como de costumbre. Con la cabeza alta, ¿entendido?

—Entendido.

En ese momento me doy cuenta —y lo comprendo aún mejor en retrospectiva— de que el asesinato que cometimos quedó en la impunidad no sólo porque fuimos inteligentes, y no sólo porque tuvimos suerte, sino porque mi padre nos ayudó. Porque tiene recursos: un desván, una hoguera, dinero para un muelle nuevo. Porque la policía cree que un hombre como él es un ciudadano ejemplar. Por tanto, dan por hecho que las chicas como nosotras —chicas educadas y de «buena familia»— siempre dicen la verdad. Nos concedieron el beneficio de la duda, la presunción de inocencia, gracias a nuestro apellido.

Harris se levanta, como para invitarme a salir, así que yo también me pongo en pie.

—Creo que tu madre está planeando la velada de los helados para esta noche. —Sonríe otra vez—. Los Hadley y los Baker llegarán a las cuatro.

—Le echaré una mano.

—Ésa es mi chica.

80

Un par de horas después, los Hadley y los Baker se apean de la lancha grande y se dirigen a Goose Cottage.

Tienen niños pequeños. Todos quieren ir a darse un chapuzón, después salir con el velero. Los adultos quieren beber cócteles y comer ensalada fría de langosta sobre pastelitos de patata calientes, ensalada de pepino con eneldo y rodajas gruesas de melón. Los niños necesitan que alguien les enseñe a jugar al cróquet.

Después de cenar, Tipper y Luda preparan los helados para la velada en el porche: cinco tipos de helado casero, natillas elaboradas con antelación y batidas en la máquina grande. Han preparado helado de guirlache de cacahuete, menta fresca, vainilla, chocolate y fresa. Tipper sirve ganache caliente, sirope de dulce de leche, nata montada y nueces en platos de cerámica. Suena música de cuartetos vocales a capela y los manteles son a rayas rojas y blancas, como los bastones de caramelo.

Cada cual se sirve su propio helado, acumulando capas de nata montada y nueces con helado y sirope en un cuenco de cristal y luego mete una cucharilla de plata en él.

Cuando todos los invitados están servidos y mis padres están un poco achispados, me dirijo al otro extremo del porche y me siento en la hamaca con un cuenco de helado de menta con ganache caliente.

Mi madre se ríe de un chiste que ha contado alguien. Bess pega un grito mientras ayuda al benjamín de los Hadley con su mazo de cróquet. Todos los niños han salido del porche y están en el césped. Algunos están montados en el columpio. Las mujeres se sientan en las escaleras, observando a los niños; los hombres se han trasladado a la parte inferior del jardín, desde donde pueden contemplar el océano y fumarse un puro.

Me meto una cucharada de helado en la boca y cierro los ojos.

Quiero

escapar de la tiranía de las expectativas familiares y empezar una nueva vida, una vida en la ciudad.

Quiero

dejar de obsesionarme con los sucesos que escucho en las noticias y salir ahí fuera, entender, ver con mis propios ojos.

Pero, sobre todo,

quiero

formar parte de esta familia, a pesar de sus defectos.

Quiero

ser la hija de mi padre,

ser la hermana que resuelve los problemas de las otras,

ser la que recibe el collar de perlas negras de mi madre,

ser la favorita de Rosemary.

Ser una Sinclair y tener la seguridad y la buena posición que todo nuestro

esfuerzo y

dinero sucio y

privilegios inmerecidos e

inteligencia nos han granjeado.

Ahora lo entiendo.

Puede que mi mayor punto débil sea esta familia. Pero no me marcharé.

Penny se acerca y se sienta a mi lado. En su cuenco sólo hay ganache caliente. No hay nadie más en el extremo del porche donde está la hamaca. Estamos prácticamente a solas.

—¿Te diviertes? —le pregunto.

Se acerca una cucharada de ganache a la boca. Espero a que trague.

—¿Al final descubriste algo sobre esa foto? —dice en lugar de responderme.

—¿Qué foto? —pregunto, aunque sé a cuál se refiere.

—Esa que pensabas que era del tío Chris. La de la cara raspada. La que yo decía que era de papá.

Me giro para mirarla directamente. No consigo descifrar su expresión.

—¿Por qué?

—Por nada —responde—. No podía dejar de pensar en ello. En la foto secreta de Tipper. Y pensé que... podría ser Buddy Kopelnick. El tipo que quería llevarte de acampada y que te regaló todas esas gominolas. ¿No crees?

Vuelvo a mirarla.

Se inclina hacia mí y me da un beso en la mejilla. Tiene los labios calientes a causa de la ganache.

—No se lo he dicho a Bess —añade.

OCTAVA PARTE

Después

81

Verano tras verano, aunque yo me haga mayor, Rosemary siempre tiene diez años.

Le pregunto si se siente sola durante el invierno, cuando la isla está vacía.

—Me quedo dormida o algo así, Carrie —me explica—. No pasa nada. Estoy a gusto. Luego me despierto.

Me visita durante el verano de mis dieciocho años, cuando me he licenciado en North Forest y me preparo para asistir a la universidad de Vassar. La elegí porque está apenas a noventa minutos de la ciudad de Nueva York, que es lo más cerca que podría estar. Ese año tomo codeína y pastillas para dormir durante el día. Paso la mayor parte del verano soñolienta o aturdida.

También me visita durante el verano de mis diecinueve años, después de mi primer curso en la universidad, cuando Penny y yo nos hemos echado unos novios que vienen a visitarnos. Penny se está esforzando para adaptarse a lo que mis padres quieren de ella. Que sea una chica normal, una Sinclair, alguien que sabe controlarse, una hija de la que sentirse orgullosos. Aunque ella va a estudiar en Bryn Mawr. Una universidad femenina.

Durante ese verano, Penny y yo bebemos y olvidamos, disfrutamos del sexo, de la música a todo volumen y de las escapadas a los bares de Oak Bluffs en Martha's Vineyard, donde nadie nos pide el carnet. Pasamos de Bess, que reacciona refugiándose en nuestros padres, siendo la chica laboriosa de la sonrisa radiante, la que nunca se queja, la atleta, la culta y buena conversadora de sobremesa. Ese año, Rosemary sólo viene a verme de vez en cuando, me soborna para que le lea cuentos con patatas fritas que ha birlado de la despensa de Clairmont.

Me visita durante el verano posterior a mi segundo curso en la universidad, cuando a mis veinte años he dejado Vassar para ingresar en un centro de rehabilitación. Mi paso por ese centro implica semanas de privación, terapia, apoyo y esperanza, pero, cuando llego a la isla, retomo las viejas costumbres e ingiero todas las pastillas que caen en mis manos.

No soy un orgullo para la familia.

Rosemary me visita el verano siguiente, pero ese año, cuando he cumplido veintiuno y he terminado a duras penas el tercer curso de universidad sin haber asistido casi a ninguna clase, me paso los meses de junio y julio otra vez en rehabilitación. No llego a Beechwood hasta agosto.

Llego a la isla un poco más rellenita, muy frágil, pero sobria y optimista. He empezado a confeccionar joyas en el centro de desintoxicación: anillos y pulseras con finas hebras de plata entrelazadas. Me gustaría aprender a trabajar con gemas. O tal vez con metales preciosos. Hay academias en Nueva York donde pueden enseñarme.

Me he echado una amiga sobria en el centro de desintoxicación. Se llama Deja. Planeo abandonar a la universidad y compartir piso con ella en septiembre.

Ojalá esta vez haya dejado las pastillas para siempre.

Al final resulta ser verdad.

Sólo veo a Rosemary una vez durante ese mes de agosto. Me despierto una mañana y ella está sentada a los pies de mi cama, comiéndose una magdalena con mermelada de moras. La ha partido en varios trocitos dentro de un cuenco amarillo de porcelana del piso de abajo.

—Hola, florecilla. Has madrugado.

—Tú has dormido hasta tarde —replica—. Me gusta coger una magdalena cuando todavía están calientes.

—Puedes calentarla en el microondas. Veinte segundos.

—No es lo mismo.

Rosemary parece cansada. Tiene la piel pálida a pesar del bronceado. Viste una camiseta de los Teleñecos y unos vaqueros cortos desgastados.

—¿Estás bien? —pregunto—. Te he echado de menos. Me alegro de ver tu cara pecosa.

Me incorporo y apoyo la cabeza sobre su hombrito huesudo.

—No del todo —responde—. Me gusta venir a verte, pero estoy cansadísima.

—¿Y eso?

—No puedo venir aquí eternamente —explica—. A ver, quiero hacerlo, pero... hace falta un montón de energía. —Recoge las migas de la magdalena con un dedo—. Me duelen los huesos y me cuesta mantener los ojos abiertos.

—Pensaba que quizá eras fruto de mi imaginación —le digo—. Pensaba que podía ser un efecto de las pastillas lo que me hacía verte. Pero ya las he dejado. Y tú sigues aquí.

—Pues claro que sigo aquí. —Se ríe.

—Me alegro.

—Tomas demasiadas pastillas, Carrie. Tomabas, quiero decir.

—Eso me han dicho.

—Tienes que mejorar —dice Rosemary. Es tan pequeña y sincera—. Yo no puedo ayudarte, pero sigo viniendo porque estoy preocupada.

—¿Por eso vienes? ¿Porque te preocupas por mí?

—Ajá.

—Pensaba que venías porque me necesitabas.

Ella niega con la cabeza.

—Me preocupaba que fueras una adicta e hicieras cosas horribles. Y las hiciste. —Frunce el ceño y empieza a llorar—. Primero hiciste aquello. No fue lo que pensaba que harías. En absoluto. Pero luego vino el encubrimiento y no pude pararte con los fármacos. He estado muy preocupada. —Se sorbe la nariz—. No puedo evitar nada. Sólo soy una niña. Pero sigo viniendo, porque no puedo dejar de hacerlo, mientras no estés bien.

—¿Pensabas que...? ¿Pensabas que me suicidaría? —Al fin lo comprendo—. ¿Después de que murieras?

Rosemary asiente.

—Pero no lo hiciste. En vez de eso, lo mataste a él.

No sabía que se hubiera enterado. De lo de Pfeff. Nunca dijo una palabra, como una Sinclair de pura cepa.

Yo también rompo a llorar. Porque Rosemary me ha seguido queriendo, a pesar de conocer mi faceta más horrenda.

Porque está muerta y en realidad no está aquí para darme cariño.

Porque Bess y Penny me han apoyado y nunca dirán nada, pero nuestro vínculo quedará manchado para siempre con la sangre que tenemos en las manos. Nuestra relación fraternal nunca se recuperará. Siempre seremos las guardianas del secreto de las demás, y yo tengo la culpa de que así sea.

Mi querida Rosemary se ha obligado a regresar durante los últimos cuatro veranos, pues temía que me cortase las venas o que me ahogase para acabar con mi patética existencia, o que me matara con una sobredosis de pastillas, mientras cargaba con el peso de una información que ningún niño debería conocer.

Rosemary debería haberse pasado las horas montando en bicicleta por las pasarelas de la isla. Debería haber crecido, debería haber dejado atrás sus leones de peluche, tendría que haber aprendido a maquillarse, debería haber leído los libros de Judy Blume y doblado las páginas con los pasajes sexuales. Debería haberse enamorado de las estrellas del pop, de deportistas y de gente corriente. Ahora estaría empezando en el internado y yo le habría enviado cartas y postales, metiendo dinero en los sobres.

Mi queridísima Rosemary (le escribiría):

El segundo paso por rehabilitación ha sido duro. No te voy a mentir. Pensé que no lo conseguiría. Pero las cosas me van bien por Nueva York.

Deja, mi compañera de piso, trabaja de camarera y yo estoy de dependienta en una pastelería de la calle Bleecker. El local huele de maravilla a todas horas. Te encantaría. Pero los panaderos, que trabajan en la trastienda, tienen mucha mala uva.

La fachada del local es bonita y está pintada de azul. Es como trabajar en el cielo. Cuando vuelva a casa por Navidad, llevaré una bolsa con cruasanes.

Los lunes por la noche voy a clases de joyería y podemos utilizar el estudio cualquier noche de la semana, así que voy allí muchas veces y hago cosas con ALICATES. (Me gustan esos chismes.) Otras noches salgo por ahí con amigos, vamos a cafeterías que abren las veinticuatro horas o a comer comida china. Conozco a un par de personas de North Forest que están terminando la universidad en la ciudad, y he hecho amigos en las clases de joyería. Puede que también pruebe con la cerámica. Hice un taller de un día y no veas qué estropicio. Creo que te gustaría.

Pienso en ti todos los días, florecilla. Te adjunto algo de dinero para que puedas comprarte cosas sin tener que pedírselo a mamá. Espero que las bestias de North Forest sean buenas contigo y que sigas jugando al tenis de esa forma tan brutal. (Papá dijo que era «brutal», ésa es la palabra que utilizó.) Sea como sea, el verano que viene jugaremos en la isla. Y nos bañaremos. Y haremos el vago. Y tú serás para mí el mayor aliciente de pasar el verano en Beechwood. E intentaré (con todas mis fuerzas) ser también el mayor aliciente para ti.

Un beso, dos besos,
un millón de besos
de tu hermana mayor,

Caroline Lennox
Taft Sinclair

Eso es lo que le habría escrito.

Puedo ver mis cartas con tanta claridad como si ya estuviera llevando esa vida, como si Rosemary estuviera de verdad en North Forest, jugando al tenis y haciendo amigos. Puedo verlas incluso ahora, mientras estoy sentada al lado del cuerpecito exhausto y fantasmal de Rosemary, sollozando y acariciándole el pelo. Rodeo su frágil armazón con mis brazos y le digo que la quiero.

Siento una oleada de alivio, incluso mientras lloro, porque puedo ver mis propias cartas, y eso significa que puedo ver un futuro más allá de esta isla, más allá de esta adicción. A pesar de que

nunca jamás escaparé de lo que he hecho, y aunque es posible que

nunca me perdone, y aunque

nunca me libraré de la familia Sinclair y

siempre anhelaré el cariño de mi padre y el lugar que eso me confiere en mi familia, y aunque

nunca sentiré por Bess y por Penny un cariño libre de resentimientos y obligaciones, de secretos compartidos y sentimiento de culpa,

saldré,

a pequeña escala,

de forma limitada,

adelante.

—Quiero que dejes de preocuparte —le digo a Rosemary. Respiro lentamente y dejo de llorar.

—Siempre dices lo mismo. —Se sorbe la nariz—. Siempre me dices cosas alegres, como hacía mamá, y quieres jugar a cosas y leer cuentos, lo cual está bien. Pero, aun así, sigo preocupada. Estoy muy cansada, Carrie. No sé qué hacer.

—Quiero que descanses.

—Lo necesito. —Coge un pañuelo y se suena la nariz—. No me siento bien aquí, ni siquiera con esta visita. Me afecta estar aquí, pero tengo miedo de no venir.

—No voy a suicidarme —susurro—. No lo hice y no lo haré.

—¿De verdad?

—Sí. ¿Eso es lo que querías escuchar?

—Más o menos. Pero tú... —Agita los brazos, como si hubiera un frasco de pastillas en alguna parte—. Puedes morir haciendo esas cosas. Eso lo sabe todo el mundo.

¿Qué puedo decir para tranquilizarla? ¿Qué puedo decir que sea cierto?

—He estado muy triste y enferma —le digo al cabo de un rato—. Enferma en muchos sentidos. Y me he sentido culpable. Y avergonzada y furiosa. He sentido todas esas cosas durante mucho tiempo y procuro olvidarlas aturdiéndome, intento enterrarlas lo más hondo posible. ¿Entiendes lo que quiero decir?

Rosemary asiente.

—Pero ahora estoy compartiendo estos sentimientos contigo. Así que ya no están enterrados.

—Vale. ¿Y cuáles son?

—¿Los sentimientos?

—Sí.

—Vale. Pues... Me he sentido triste por tu muerte. Y eso aún es reciente, como si hubiera pasado ayer. He estado furiosa con Pfeff y Penny, y me he sentido tan horrorizada y avergonzada por lo que hice que no soportaba seguir viviendo. Me he castigado por ello, y al mismo tiempo he escapado de todo eso. Las pastillas me permitían hacer las dos cosas a la vez, creo.

Rosemary se sorbe la nariz.

—Resulta extraño —dice—. Porque ya las tomabas antes. Antes de que él muriera.

—No las tomaba por una única razón. Es una maraña enrevesada de motivos —explico—. No puedo prometer que seré feliz, ni siquiera puedo prometer que estaré bien, pero te estoy contando cómo me siento porque eso te demuestra que ya no estoy intentando aturdirme. Viviré con la tristeza y con la vergüenza, las sentiré o lo que haga falta, y me las arreglaré para no odiarme ni fustigarme tanto. Voy a salir adelante, un día y después otro.

—Y después otro día y otro más —añade Rosemary.

—Sí, lo has pillado.

Iré a Nueva York en septiembre.

Buscaré trabajo y compartiré piso con Deja.

Me mantendré sobria.

Conoceré gente. Aprenderé a hacer joyas.

Esta nueva vida no me redimirá. No resolverá las crisis en el mundo que siguen reverberando en el fondo de mi mente, tristes y ardientes. No cambiará el hecho de que maté a un chico, un chico horrible en muchos sentidos, pero aun así un ser un humano cuya vida no debería haber terminado. No cambiará que encubrí mi crimen, que lo encubrimos.

Pero, aun así..., puedo ver que tengo un futuro. Y puede que con eso sea suficiente.

No me gusta la mentalidad de mi padre, pero he heredado buena parte de ella. Puede que Robert Frost y él tengan razón en una cosa:

—La única salida es ir de frente.

—Vaya. —Rosemary se suena la nariz con fuerza—. Eso ha sonado supercursi.

—Ya.

—Pero me parece bien. Ya no me preocuparé tanto.

—¿Podrás descansar?

—Eso creo.

Se sube a mi regazo, huele a loción bronceadora y magdalenas.

—Abracito, abracito —dice.

Nos quedamos un rato sentadas, sin decir nada.

—¿Esto es una despedida, florecilla? —pregunto al fin.

—Ajá.

Permanecemos sentadas un rato más y luego Rosemary se baja de mi regazo. Me coge de la mano y me levanto de la cama.

Me saca de la habitación, me guía por el pasillo y subimos por las escaleras hacia el piso de mis padres. La puerta de su dormitorio está cerrada.

Seguimos subiendo hacia la torreta.

82

La estancia redonda del desván sigue abarrotada con pilas de cajas que contienen los libros y juguetes de Rosemary. Las alfombras enrolladas siguen allí y también los baúles.

—¿Sabes que mis leones de peluche viven aquí? —me pregunta—. ¿Y mi bola de la suerte?

—Estoy al tanto.

Abre una caja de cartón repleta de leones y se pone a rebuscar.

—Me gustan todos, pero *Shampoo* es el mejor para dormir con él. —Sostiene en alto su león favorito, que se ha quedado flácido de tanto lavarlo—. Ahora podré dormir superbién.

—¿Puedes llevarte a *Shampoo* contigo?

—No estoy segura, pero creo que sí.

—¿Y adónde irás ahora?

Rosemary se acerca a la ventana de la torreta y empuja el panel hacia arriba. Se abre unos treinta centímetros. Sube la mosquitera.

—Oh, no, florecilla.

—Podría nadar mar adentro, pero ya no me gusta nadar —dice—. Ésta es la mejor forma. Y *Shampoo* me acompaña.

Coloca una caja debajo de la ventana y se encarama al alféizar.

—No te vayas —le digo sin pensar.

Rosemary niega con la cabeza y se le saltan las lágrimas.

—Tengo que irme.

Me acerco a ella con intención de abrazarla por última vez, pero ella atraviesa la abertura y sale por la ventana en un visto y no visto. Se sitúa en la repisa, sujeta a *Shampoo* con una mano.

—Te quiero, Carrie. Adiós y buena suerte. Sé buena.

Salta.

Corro hacia la ventana y me asomo, tratando de divisar su cuerpecito sobre las rocas que hay más abajo. Pero no la veo. Miro al cielo, pero Rosemary tampoco está.

La isla está en calma bajo el sol de la mañana.

Rosemary se ha ido y lo único que puedo hacer es cumplir las promesas que le he hecho.

83

Ahora.

Mi hijo Johnny y yo estamos sentados en la cocina de Red Gate. Entre nosotros hay unas tazas de cacao frío y los restos de una tarta de moras que preparó Bess.

Uno de los perros de Penny, *Grendel*, se ha encariñado conmigo este verano y está tumbado junto a mis pies. Mis hermanas también están en la isla, pero acostadas en las camas de otras casas, sumidas en sus atormentados sueños. Ellas no ven fantasmas.

Johnny no puede ayudarme, excepto escuchándome. Y yo no puedo ayudarle a él, salvo contando esta historia. Pero hemos pasado unos últimos buenos momentos juntos.

Está muy cansado, se le nota. No puede seguir visitando la isla Beechwood mucho más tiempo. Le tiemblan las manos y tiene los ojos inyectados en sangre. Se mueve despacio, como si estuviera dolorido. Ya casi es la hora de que se vaya, y puede que mi historia le haya aportado lo necesario para despedirse y descansar.

Apoyo la cabeza en la mesa. Una oleada de cansancio recorre mi cuerpo. El reloj marca la 1.45.

Johnny se levanta y se pasa una mano por el pelo.

—Gracias por haberme contado todo eso —susurra.

—De nada.

—Es muy fuerte.

—Lo sé. —Me levanto y lo miro.

—Imagino que no fue nada fácil. —Coge una cuchara y se come un trozo enorme de tarta, directamente del plato—. Tendré que pensar en ello, supongo.

—Vale.

Johnny vuelve a dejar la cuchara en el plato de la tarta.

—¿Ya has terminado? —le pregunto.

—Sí. Sólo comía para divertirme. No tengo hambre.

Me acerco y cubro la tarta con papel de aluminio. Johnny niega con la cabeza.

—Buf, ni siquiera sé qué pensar. ¿Todo eso es cierto?

Lo miro a los ojos.

—Todo.

—Me va a costar procesarlo. —Se acerca y me da un beso en la mejilla—. Me piro ya. Pero vendré a verte mañana. ¿Te parece bien?

—Ajá.

—¿Estás bien?

—Eso creo.

—Entonces, iré a reunirme con los demás en Cuddle-down.

—Es muy tarde —le digo.

—Estamos despiertos a todas horas.

—Vale.

—Vete a dormir. Yo voy a disfrutar de la vida nocturna mientras pueda.

Asiento y lo observo mientras se dirige hacia la puerta. Después lo sigo y lo observo un poco más, mientras atraviesa el jardín y cierra la verja roja al salir.

Soy la hermanastra de Cenicienta.

Soy el fantasma cuyo crimen quedó impune.

Soy el señor Zorro.

Soy algodón blanco y pies llenos de arena, dinero viejo y lilas, sí. Aun así, mis entrañas están hechas de agua salada, madera combada y clavos oxidados.

Me llamo Caroline Lennox Taft Sinclair y soy la hija ilegítima de Tipper Sinclair y Buddy Kopelnick, que se amaban profunda y alocadamente.

Soy una ex deportista. Antes tenía otra cara.

Sí, es cierto que maté a un chico y que arrojé su cuerpo al océano, y puede que ése sea el dato principal que recordarás sobre mí. Pero, ahora que he relatado esa historia, creo que seré capaz de contar una nueva versión sobre mí misma.

Érase una vez una niña cuyas hermanas le guardaban lealtad.

Érase una vez una niña cuyo padre la reconoció y la protegió, aunque no era su hija biológica.

Esa niña se recuperó de una adicción a los narcóticos y gracias a eso se fortaleció.

Érase una vez una mujer que tenía dos hijos, y aunque a veces los trataba mal, era buena con ellos en muchos sentidos. Y ellos la querían.

Érase una vez una mujer que, después de divorciarse, se enamoró de un hombre dispuesto a hacer sacrificios por ella. La hacía reír y, a su lado, la vida siempre resultaba interesante. A cambio, ella luchó por él. Aunque él no lo sabía todo sobre ella, la quería con todo su corazón. Él le dijo lo que necesitaba de ella. Y aunque a ella le resultó difícil concedérselo, y aunque para hacerlo tuvo que enojar a su padre y discutir con sus hermanas, al final encontró un camino.

Érase una vez una mujer que perdió a su hijo mayor y pensó que acabaría sumida para siempre en la oscuridad. Pero entonces su hijo regresó en forma de fantasma. La recibió con los brazos abiertos y le perdonó sus peores pecados, hasta que tuvo que marcharse.

Y así ella empezó a sanarse.

Érase una vez una mujer que eligió mantenerse fiel a su familia. Podría haberlos abandonado. No era fácil tratarlos. Pero apostó por ellos y aceptó las consecuencias.

Mientras salía adelante, hizo lo que pudo para llevar una vida
alegre

pero consciente.

Eso tampoco resultó fácil. Pero lo intentó.

Puede que sea lady Mary, después de todo. Al fin y al cabo, ella sacó la mano cortada del bolsillo de su vestido de novia, donde la había escondido. ¿Te acuerdas? Sacó la mano cercenada y la sostuvo en alto para que todo el mundo la viera. Expuso los horrores que había descubierto, el cadáver que había escondido bajo una capa blanca de lino. Obligó a sus hermanos a ser testigos. «Esto es lo peor que he visto —les dijo lady Mary—. Lo muestro, porque no quiero que horrores así formen parte de mi futuro.»

Esto, le dije a mi hijo, esto es lo peor que he visto y lo peor que he hecho.

Por favor, sé testigo.

No quiero que horrores así definan mi futuro.

¿Qué hizo lady Mary después de aquello? Bueno, ¿qué haría cualquiera después de sacarse del bolsillo un pedazo ensangrentado de un cadáver?

Seguro que se lavó las manos. Y quemó su vestido de novia.

Supongo que expresaría alguna condolencia sobre la mano ensangrentada de esa pobre difunta y le daría sepultura.

Y al señor Zorro, asesinado por sus hermanos, le diría: «Hasta nunca.»

Más tarde, quizá, lady Mary entró en su cocina, donde las sobras del desayuno previo a la boda estaban guardadas en la nevera. Encontró unas magdalenas de zanahoria deliciosas y unas cuantas salchichas especiales. Preparó una tetera grande con té bien cargado y calentó las salchichas en una sartén hasta que inundaron la cocina con su suculento aroma.

Llamó a sus hermanos.

Amanece y llamo a mis hermanas. Al hijo que me queda. A mi sobrino y mis sobrinas. A mi padre. A mi amado.

Todos acuden a mi casa o bajan por las escaleras con el pelo revuelto de recién levantados. Alguien prepara unos huevos y otro pone los cubiertos y un bote de kétchup en la mesa. Los perros se escabullen entre los pies de la gente y *Grendel* birla una salchicha. Mi hijo menor me pregunta si puede comerse la tarta de moras de ayer.

—Está bien —le respondo—; no queda mucha, pero cómetela.

Es un desayuno tranquilo. Algunos aprovechan para leer. Los niños pequeños comen a toda prisa y salen corriendo al jardín. Los adolescentes preparan café y lo endulzan con nata y azúcar.

Mis hermanas y yo salimos al porche de Red Gate y nos terminamos allí nuestra segunda taza de té. Somos muy pequeñas, al lado del océano, debajo del firmamento.

No creo que esto vaya a ser siempre así.

Agradecimientos

En este libro ha colaborado mucha gente, durante su creación y mientras encontraba la manera de salir al mundo. Colleen Fellingham, Dominique Cimina, Rebecca Gudelis, Mary McCue, John Adamo, Christine Labov, Barbara Marcus, Adrienne Waintraub y todo el equipo de Penguin Random House, me siento muy agradecida por vuestro apoyo y esfuerzo. Eso va también por mi editora, Beverly Horowitz. Elizabeth Kaplan, Jonathan Ehrlich y Kassie Evashevski, gracias por vuestro apoyo creativo e incondicional. Gracias al equipo de Allen & Unwin y de Hotkey por su entusiasmo y apoyo desde el primer momento.

Len Jenkin realizó varios ejercicios de novelas de misterio conmigo durante los primeros compases del libro. Ivy Aukin, Gayle Forman y Sarah Mlynowski leyeron los borradores y me ofrecieron sus esclarecedores consejos, y Gayle me dio el empujón que necesitaba para iniciar este proyecto. Bob fue un cielo. Hazel Aukin me dejó aprovechar y reescribir algunas de nuestras mejores conversaciones. La familia Minkinnen/Bourne contó varios chistes de salchichas subidos de tono y me permitió ponerlos por escrito. Daniel fue un encanto y me respaldó en todo momento. Los gatos no hicieron nada de provecho, pero les estoy agradecida de todos modos.

CONTENIDO ADICIONAL

Avatares de personajes 340

Entrevista con E. Lockhart...........................342

Reglas para jugar a ¿Quién soy? 347

Cosas para picar..349

Recopilatorio musical.......................................355

Un mapa dibujado a mano 358

Un árbol genealógico dibujado a mano............359

Avatares de personajes

Pfeff

Diseñé a Pfeff con una plantilla creada por krmr que está disponible aquí: picrew.me/image_maker/523501.

Carrie

Diseñé a Carrie con la herramienta generadora de imágenes de @fall_inlove_too: picrew.me/image_maker/484538.

Rosemary

Diseñé a Rosemary con una plantilla creada por Plague-BipBop: picrew.me/image_maker/1179930.

No tengo ni idea de dibujar. A veces lo intento: en otro apartado de este libro podéis ver el mapa de la isla Beechwood que pinté a mano, pero eso es lo máximo a lo que puedo aspirar.

En el fondo, creo que cualquiera puede aprender a dibujar bien, como también creo que cualquiera puede aprender a escribir ficción como es debido. Pero nunca he tenido la paciencia necesaria para practicar y mejorar mis dibujos, como he hecho con mi forma de narrar. Lo que sí sé es cómo juguetear en internet, y fue en una página web, Picrew, donde diseñé varios avatares para los personajes de *Una familia de mentirosos*. Espero que os resulten simpáticos.

Por supuesto, Rosemary tiene su aspecto normal en la novela, pero no pude resistirme a crear una versión fantasmal con el editor de imágenes.

Si os apetece crear avatares o *fan art* con los personajes de *Éramos mentirosos* y *Una familia de mentirosos*, no dudéis en etiquetarme en Instagram. Publicaré todos los que pueda en mis *stories*.

Entrevista con E. Lockhart
Por E. Lockhart

Te odio por haberme partido el corazón.
Gracias.

En serio. ¿Por qué haces esto? Es muy molesto.
Estoy intentando volcar el interior de mi cerebro sobre la página. Eso es lo que vas a encontrar aquí.

¿Te criaste en una familia como la de los Sinclair?
Para nada. De pequeña, mi familia sólo la formábamos mi madre y yo. Durante parte de esa época, vivimos en comunas. Ella es psicoterapeuta y la educaron en las creencias cristianas, pero ahora profesa una religión New Age. Mi padre es dramaturgo y judío no practicante.

Entonces, ¿cómo acabaste escribiendo sobre esta clase de mundo tan exclusivo?
Pasé muchos veranos en Martha's Vineyard con mis abuelos maternos, así que una parte de la atmósfera de la vida familiar de los Sinclair procede de sus costumbres estivales (más modestas). Además, estudié con beca en algunas instituciones educativas privadas, donde tenía amigos que vivían a lo grande. En otras palabras, tenía un pie dentro y otro fuera en un par de entornos muy privilegiados, así que a menudo escribo desde esa óptica.

¿Crees en fantasmas?
Si hablamos de seres espectrales que requieren exorcistas, cazafantasmas o cosas así, entonces no. Pero dentro de mi cabeza hay muchos.

¿Son fantasmas o alucinaciones?
Hum. ¿Tú qué crees? Yo opino que las obras literarias más excitantes contienen ambigüedades.

¿Por qué decidiste publicar una precuela de *Éramos mentirosos* ocho años después de que apareciera el primer libro?
Hasta entonces, no había tenido ninguna idea para continuar la historia. De vez en cuando, alguien preguntaba por una secuela o una precuela, pero yo no tenía ninguna idea que considerase que valiera la pena. Hasta que, un día, se me ocurrió. Decidí pensar en las dos novelas como un conjunto, como una antología televisiva en la que un material temático se repite en una nueva temporada, con un significado distinto o un enfoque novedoso. Aquí hay otra heredera drogadicta, otro romance complicado, amistades de verano intensas y verdades inconfesables expresadas mediante cuentos de hadas. Aun así, se trata de un viaje muy diferente (eso espero).

Pero ¿de dónde sacaste la idea para lo que sucede?
Empecé pensando en las tres hermanas Sinclair en esa isla, separadas del resto del mundo. ¿Cuál era su trauma compartido? ¿Y qué podría darle un vuelco a su mundo? Las respuestas: la pérdida de Rosemary y un barco repleto de chicos guapos.

¿Por qué los perros se llaman *McCartney, Albert, Wharton* y *Reepicheep*?
En *Éramos mentirosos*, Tipper y Harris llamaban a sus perros como a miembros de la realeza: *Prince Philip* y *Fatima*. Supongo que ese gesto es una especie de autobombo, una especie de apropiación cultural. En este caso, los perros se llaman como Paul McCartney (realeza del rock), el príncipe Alberto de Mónaco y Edith Wharton (realeza literaria).

El tío Dean es un forofo de los libros de *Narnia*, de C. S. Lewis. Pevensie es el apellido de la familia en la primera de esas novelas. Reepicheep es el nombre de un ratón parlante y heroico en *Narnia*.

¿Cómo se te ocurren los giros de guión?
No estoy muy segura. Mucho de lo que escribo proviene del subconsciente. Pero sí redacto los conceptos básicos de una historia en un bosquejo que le enseño a mi editora antes de ponerme a escribir una novela. Reviso ese boceto una y otra vez hasta que creo que tengo una historia que resultará sorprendente (si es esa clase de libro). Luego me estrujo la sesera para tratar de armar bien el conjunto. Hace falta reescribir mucho para conseguir un giro de guión efectivo.

¿Cuál es la canción de Rosemary?
Don't You (Forget About Me), de Simple Minds. Puedes encontrarla en el recopilatorio musical.

¿Por qué escribiste sobre Carrie en lugar de Penny? Penny es mucho más importante en *Éramos mentirosos*.
En *Éramos mentirosos*, Carrie es la que ve fantasmas. Penny no, así que pensé que no podía ser la protagonista de esta historia. Además, Carrie es la hermana que al final (tras muchos tropiezos horribles) desafía a la familia y sale victoriosa (en *Éramos mentirosos*). Se casará con Ed y seguirá manteniendo su conexión con Harris.

¿Qué más debería leer? Recomiéndame libros con elementos de cuentos de hadas.
Me encanta *Boy, Snow, Bird: Fábula de tres mujeres*, de Helen Oyeyemi. Es una reinterpretación de «Blancanieves» escrita para adultos, lúcida y con una moralidad compleja. También hay muchísimos libros juveniles que se inspiran de un modo u otro en los cuentos de hadas. Uno de mis favoritos es *La puerta del bosque*, de Melissa Albert. Es una historia muy atmosférica, con una prosa bellísima, sobre una chica cuya abuela escribió un famoso libro de cuentos espeluznantes que resulta que son ciertos.

En realidad, prefiero los giros de guión.
Ah, entonces lee *Allegedly*, de Tiffany D. Jackson, sobre una adolescente embarazada que fue condenada por matar a un

bebé cuando tenía nueve años. O prueba con *Cartas cruzadas*, de Markus Zusak, sobre un taxista menor de edad que frustra un atraco a un banco y empieza a recibir unos naipes misteriosos en el buzón.

Conozco «La Cenicienta». Pero ¿las historias de «El señor Zorro» y «Los peniques robados» son cuentos de hadas de verdad?
Sí. «El señor Zorro» fue recopilado por el folclorista Joseph Jacobs. «Los peniques robados» fue recogido por los hermanos Grimm. He reinterpretado esos tres cuentos de hadas con mis propias palabras, sacando a colación temas que me parecieron importantes para la historia de Carrie.

¿Por qué elegiste esos dos cuentos?
Estaba buscando historias de fantasmas y novios horribles.

¿Tienes otros libros con elementos relacionados con los cuentos de hadas?
Aparte de éste y *Éramos mentirosos*, escribí una recopilación de cuentos para niños titulada *Brave Red, Smart Frog: A New Book of Old Tales*. Se publicó bajo mi nombre real, Emily Jenkins.

¿Habrá una película de *Éramos mentirosos*?
Mientras escribo esto, en noviembre de 2022, está en desarrollo una adaptación televisiva de ambos libros con Julie Plec, Carina Adly MacKenzie y Universal Studios. Pero eso no significa que la serie llegue a ver la luz. Cuando tenga más noticias, lo anunciaré en mis redes sociales.

¿Puedes recomendarme alguna película con un tono similar al de los libros?
Prueba con *Los Tenenbaums*, de Wes Anderson, una historia sobre una familia con una imagen mitificada de sí misma. La serie de televisión *El verano en que me enamoré*, de Jenny Han, es un romance veraniego y juvenil, bonito y playero. Para giros inesperados, la terrorífica *El sexto sentido*, de M. Night

Shyamalan; el thriller psicológico *Parásitos*, de Bong Joon-Ho; o el electrizante drama criminal *Sospechosos habituales*, de Bryan Singer.

Venga, vamos con algunas preguntas facilitas. ¿Cuál es tu tipo de café favorito?
Un café con leche de almendras bien caliente.

¿Tu dulce favorito?
Las tabletas de chocolate con leche de Tony's Chocolonely.

¿Qué te asusta?
La vejez extrema. La restricción de mi derecho legal a la autonomía corporal.

¿Tienes buena mano para las plantas, como Tipper?
Se me mueren todas. Pero soy buena pastelera, así que en eso me parezco a Tipper.

¿Cuál es el último dulce que has preparado?
Un pan de jengibre.

¿Coleccionas algo, como hace Harris?
No. Soy una persona minimalista. Pero me chifla contemplar las colecciones de otros.

¿Hay algo de ti que te recuerde a Carrie?
No he sido ni una adicta ni una delincuente. Pero tengo un montón de problemas con mi mandíbula y mis dientes. He hecho cosas de las que me avergüenzo. A veces me cuesta perdonar. He soñado con una vida diferente sin saber cómo alcanzarla. He querido a gente que no lo merecía. He tenido amigos que me han traicionado, como hizo Penny con Carrie. Me he sentido falta de cariño. He adorado a un puñado de niños de diez años que eran mágicos, únicos y maravillosos.

Reglas para jugar a ¿Quién soy?

Reúne a varios amigos. Aunque no hace falta que sean amigos, también sirven compañeros de clase o del trabajo, la gente de tu clase de zumba, etc. Calculo que necesitarás al menos ocho personas. Saca algo para picar y prepara unos cuantos premios (encontrarás varias ideas un poco más abajo).

En secreto, escribe los nombres de gente muy muy famosa en unas notas adhesivas. Los personajes de ficción también sirven. Si quieres, utiliza una cartulina gruesa y una pluma para caligrafía, aunque a nadie le importará si lo escribes de cualquier manera. Pega los nombres o sujétalos con un alfiler a la espalda de cada jugador. ¡No dejes que vean lo que pone en sus tarjetas!

La clave es utilizar «gente muy muy famosa». Da igual lo famosa que te parezca Frankie Landau-Banks, te prometo que nadie se divertirá a no ser que todo el mundo conozca todos los nombres. Para *Una familia de mentirosos*, dediqué un tiempo a pensar en personalidades que pudieran conocer tanto Harris como Tomkin. También quería que fueran famosas para mis lectores, al tiempo que reflejaran el estrecho acervo cultural de la familia Sinclair. Extraídos del libro: Walt Disney, Charlie Chaplin, la Rana Gustavo, Beethoven, Paul McCartney, Sherlock Holmes, Marilyn Monroe, Elvis Presley y Luke Skywalker.

Cuando los jugadores estén reunidos, lee en alto esta variación del discurso de Harris:

Atended, atended. Somos un grupo de gente extrema-
damente famosa. Pero, por desgracia..., todos tenemos
amnesia. Aunque recordamos cómo andar, comer y ha-
blar, no sabemos quiénes somos. Vuestra misión durante
el resto de la velada será descubrir vuestra identidad.
Pero ¡atención! No vale preguntarlo. No podéis hacer
preguntas como «¿Empuño una espada láser?» o «¿He
escrito un libro?». En vez de eso, tendréis que conversar
con los demás del modo más natural posible, y vuestra
labor consistirá en hablarles a vuestros amigos de ellos
mismos. Darles pistas. Por ejemplo, podéis decir: «Tu
padre no es tu padre» o «Me encantó tu última novela».
Cuando hayáis averiguado quién sois, venid a verme. Si
os equivocáis, os mandaré de vuelta. Si acertáis, os daré
un pequeño premio.

Los premios pueden ser muy muy pequeños. Te sugiero un caramelo, un bombón de chocolate o algo así.

Si alguien se queda atascado, dale una pista muy clara. Y si sigue sin resolverlo, ¡dile la respuesta! Dale dos premios en caso de que haya pasado un mal rato.

COSAS PARA PICAR

Te propongo varias cosas para picar algo mientras montas un club de lectura sobre *Una familia de mentirosos* o juegas a ¿Quién soy?

Aperitivos y bebidas

- Refrescos sin azúcar (lo que bebe Bess)
- Anacardos tostados y salados
- Aceitunas negras, a ser posible de la variedad kalamata
- Tomates cherri amarillos
- Moras
- Pepinos (pelados, cortados en rodajas y salpimentados)
- Galletas de mantequilla, como las de la marca Pepperidge Farm

La especialidad de George

Ésta es la mezcla de aperitivos que George prepara para el último visionado de *Mary Poppins*. Confieso que a mí no me resulta apetecible. Pero los adolescentes que conozco opinan lo contrario, así que allá vamos.

INGREDIENTES:
- 350 gramos de galletas con pepitas de chocolate (el equivalente a una bolsa entera)
- 200 gramos de *pretzels* pequeños y redondos (media bolsa de tamaño familiar)
- 250 gramos de cereales Frosted Mini-Wheats (medio paquete, aproximadamente)
- 150 gramos de malvaviscos mini (una media bolsa)
- Sal

PREPARACIÓN:

Mezcla los primeros cuatro ingredientes en un cuenco. Pruébalo. ¿Le falta sal? En ese caso, añade un poco.

Nueces tostadas con azúcar y romero

Tipper las sirve la noche en que la familia y los invitados juegan a ¿Quién soy? Adapté la receta de las nueces confitadas con salvia de Cristina Sciarra en Food52.com, y la original es igual de deliciosa. Suelo prepararla en vacaciones. A continuación, te dejo la versión de Tipper.

INGREDIENTES:

- 2 cucharadas de mantequilla salada
- 1 ½ cucharadas de romero fresco picado
- 5 tazas de nueces pacanas
- 1 clara de huevo
- 1 cucharada de sirope de arce
- ¼ de taza de azúcar moreno
- ¾ de taza de azúcar blanco
- 1 pizca generosa de sal marina

PREPARACIÓN:

Precalienta el horno a 150 grados centígrados. Forra una bandeja con papel de horno o de aluminio.

Derrite la mantequilla en una sartén y luego cocina ligeramente el romero en la mantequilla hasta que huela de maravilla.

Bate la clara de huevo en un cuenco hasta que quede a punto de nieve. A continuación, añade las nueces. Mézclalas para que queden cubiertas con la clara.

Añade el sirope de arce y la mantequilla de romero. Mezcla bien.

Añade el azúcar blanco y el azúcar moreno. Mezcla hasta que las nueces queden cubiertas de manera uniforme.

Vierte todo en la bandeja y extiéndelo en una capa lo más fina posible. Espolvorea la sal marina.

Hornea durante 30 minutos, pero ve controlando las nueces cada 10 minutos. Si se pegan, sepáralas. Remuévelas un poco.

Cuando hayan pasado los 30 minutos, saca la bandeja del horno y deja que las nueces se enfríen. Calientes están riquísimas, pero también se pueden conservar durante mucho tiempo en un recipiente hermético. ¡Son un bocado perfecto!

Spritzer de limonada (sin alcohol)

INGREDIENTES:
- 3 cucharadas de zumo de limón recién exprimido
- 2 cucharaditas de agave o azúcar
- 250 ml de soda o agua mineral con gas
- Cubitos de hielo (suficientes para llenar un vaso)
- 1 rodaja de limón

PREPARACIÓN:
Exprime los limones hasta obtener 3 cucharadas soperas de zumo y viértelas en un vaso grande.

Añade sirope de agave o azúcar y remueve bien.

Añade 30 o 40 ml de soda o agua mineral con gas y remueve para que se mezcle.

Llena el vaso con cubitos de hielo y añade el resto de la soda o del agua con gas.

Decora con una rodaja de limón ¡y a disfrutar!

Tarta de limón

Ésta es la tarta de limón que prepara Tipper en el libro. Es una adaptación mía de un bizcocho que elaboró Deb Perelman, de *Smitten Kitchen*. Es fácil encontrar la receta original en internet si buscas «bizcocho de limón Smitten Kitchen». Pero yo introduje algunos cambios.

Lo bueno de esta receta es que sirve para preparar dos tartas, así que puedes llevar una a tu club de lectura y reservarte la otra para ti. También sirve como regalo. Yo envuelvo mi tarta en papel de aluminio y le pongo un lazo.

INGREDIENTES PARA EL BIZCOCHO:
- 1 taza (2 barritas) de mantequilla sin sal, a temperatura ambiente
- 2 tazas de azúcar
- 4 huevos grandes, a temperatura ambiente
- ⅓ de taza de ralladura de limón (necesitarás una malla de limones)
- 3 de tazas de harina
- ½ cucharadita de levadura en polvo
- ½ cucharadita de bicarbonato sódico
- 1 cucharadita de sal kosher
- ¼ de taza de zumo de limón recién exprimido (también vale el embotellado, si no tienes suficiente)
- ¾ de taza de suero de leche, a temperatura ambiente
- 1 cucharadita de extracto de vainilla

INGREDIENTES PARA LA CAPA DE ALMÍBAR:
- ½ taza de azúcar
- ½ taza de zumo de limón

PREPARACIÓN:
Precalienta el horno a 180 grados centígrados.

Engrasa dos moldes con mantequilla y enharínalos.

Ralla la cáscara de los limones. Si quieres facilitarte la vida, puedes cortar la parte amarilla de la cáscara de la piel con un cuchillo y pasarla por la batidora, si tienes. Así harás más pasos, pero es más rápido. Si no, quita la piel de los limones con un rallador.

Exprime los limones. Quita las pepitas que queden en el zumo y tíralas. Asegúrate de que haya zumo suficiente para el bizcocho y el almíbar. Si no es así, compleméntalo con zumo embotellado o ve a buscar más limones.

Prepara la capa de almíbar calentando los ingredientes al fuego hasta obtener la textura apropiada. Utiliza sólo un poco de zumo de limón. Reserva el resto para el bizcocho. Deja enfriar el almíbar.

Con una batidora, bate la mantequilla y el azúcar juntos durante un buen rato (5 minutos) a velocidad alta para que la mezcla quede más esponjosa.

Añade los huevos, de uno en uno, a velocidad media.

Añade la ralladura de limón a la mezcla.

Rebaña las paredes del cuenco y bate un poco más.

En otro cuenco, mezcla la harina, la levadura, el bicarbonato y la sal. Puedes tamizarlo todo junto si quieres lucirte un poco, pero la verdad es que yo no me molesto en hacerlo.

En otro cuenco, vierte ¼ de taza de zumo de limón, el suero de leche y la vainilla.

Añade los ingredientes secos y húmedos a la mezcla de mantequilla, alternando y mezclando entre adiciones. Empieza y termina con los ingredientes secos.

Rebaña las paredes del cuenco y mezcla un poco más.

Reparte la masa uniformemente en los dos moldes engrasados y enharinados. Alisa la parte superior.

Hornea de 45 a 60 minutos, hasta que al pinchar con un cuchillo en el centro salga limpio.

Cuando los bizcochos estén fuera del horno, déjalos enfriar durante 10 minutos. Luego, voltéalos con cuidado sobre una rejilla colocada encima de una bandeja. Si no tienes rejilla, utiliza un plato. Es un poco más aparatoso, pero los bizcochos de limón seguirán teniendo un sabor increíble.

Pincha con suavidad la parte superior de los pasteles calientes con un cuchillo y haz varios agujeros para el almíbar.

Con una brocha de pastelería (si tienes) o una cuchara, extiende la capa de almíbar sobre los bizcochos calientes. Si puedes, baña los costados con el almíbar. Asegúrate de que se introduzca por los agujeritos que has hecho.

A continuación, deja enfriar el conjunto.

Puedes comerte el bizcocho de limón solo o servirlo con nata montada o fresas. O acompáñalo con unas galletas cubiertas de chocolate, como las Petit Écolier de LU. O cómetelo para desayunar con un café bien cargado. Creo que Tipper lo toma así a menudo.

Recopilatorio musical

En 1987, cuando se ambienta *Una familia de mentirosos*, teníamos la costumbre de grabarnos cintas. Te agenciabas un equipo de doble pletina con grabadora y planeabas cuidadosamente un recopilatorio para un amigo o para la persona de la que estabas enamorado. Elegías una temática, un estilo musical o simplemente tus canciones favoritas de esa semana, y configurabas la lista para que las canciones fluyeran de una a otra. Tardabas una eternidad y tenías que escribir los títulos de las canciones con letra diminuta en un trocito de papel que iba inserto. Pero era precisamente eso lo que los convertía en un regalo estupendo.

Así que he preparado uno para ti. Vale, tendrás que meterte en Apple Music o Spotify (donde encontrarás unas *playlists* tituladas «Family of Liars»). También puedes crear tu propia lista a partir de este recopilatorio. Pero lo que he intentado es que las canciones encajen entre sí, desde una fiesta a altas horas de la noche en Goose hasta una tarde en la playa, pasando por una epifanía romántica. Además, ¡he anotado todas las canciones con letra diminuta en un trocito de papel!

La idea es que el recopilatorio te transporte hasta la isla Beechwood. Todas son canciones de los ochenta que han superado la prueba del tiempo. Al menos, para mi gusto. Pero no es la banda sonora definitiva de 1987. Los expertos melómanos de internet cumplen una labor mucho mejor de lo que yo podría llegar a hacer. Es la música que les gustaba a las hermanas Sinclair, y espero que a ti también te guste.

Siéntate en la arena, sobre una amplia toalla de algodón, en una de las dos playas de Beechwood.

Hace un día soleado. La música emerge de un radiocasete portátil.

Tienes un termo lleno de limonada, unas tajadas de melocotón en un recipiente cuadrado de plástico y unos cuantos sándwiches de *roast beef* con rábano picante y berros en un pan de masa madre.

Las olas acarician la arena.

Tu piel huele a crema solar de coco.

Más tarde te darás un chapuzón, pero, por ahora, estás quieta escuchando música.

A lo mejor bailas sobre tu espalda, con los pies en el aire.

El recopilatorio incluye la mayoría de las canciones mencionadas en el libro, así como otras de artistas a los que nombra Carrie. Aunque no todo lo que aparece en el libro está recogido aquí, sólo las canciones que más me gustan. Todas van desde 1985 a 1987. Si estás buscando la favorita de Rosemary, es *Don't You (Forget About Me)*, de Simple Minds. De ahí sale lo de «hey, hey, hey, hey» y «la, la, la, la, la».

Escuchar este recopilatorio debería evocarte las mejores partes (y a veces las más horribles) de la isla Beechwood. Es la banda sonora de los largos días de Carrie en la playa, con Bess rizándose el pelo delante del espejo, con Penny y Erin a solas en su habitación. La banda sonora de esas noches en Goose Cottage, cuando nadie estaba tramando nada bueno.

XO E. Lockhart

A FAMILY OF WARS MIX-TAPE

A-side: Dance Party to Beach Day | B-side: Beach Day to Romance ♥
- Notorious — Duran Duran
- Kiss — Prince
- Faith — George Michael
- Higher Love ♥ — Steve Winwood
- Wishing Well — Terence Trent D'Arby
- West End Girls — Pet Shop Boys
- Don't You (Forget About Me) — Simple Minds
- Wild Wild Life — Talking Heads
- Fall on Me — R.E.M.
- I Still Haven't Found What I'm Looking for — U2

- Don't Get Me Wrong — Pretenders
- If She Knew What She Wants — The Bangles
- Thorn In My Side — Eurythmics
- If You Leave — Orchestral Manoeuvres in the Dark
- If You Let Me Stay — Terence T-D
- No One Is to Blame — Howard Jones
- Life in a Northern Town — Dream Academy
- Don't Dream it's Over — Crowded House
- In Your Eyes ♥ — Peter Gabriel
- Sometimes it Snows in April — Prince

xoxo E. Lockhart

Cara A

Notorious, de Duran Duran

Kiss, de Prince

Faith, de George Michael

Higher Love, de Steve Winwood

Wishing Well, de Terence Trent D'Arby

West End Girls, de Pet Shop Boys

Don't You (Forget About Me), de Simple Minds

Wild Wild Life, de Talking Heads

Fall on Me, de R.E.M.

I Still Haven't Found What I'm Looking For, de U2

Cara B

Don't Get Me Wrong, de Pretenders

If She Knew What She Wants, de The Bangles

Thorn in My Side, de Eurythmics

If You Leave, de Orchestral Manoeuvres in the Dark

If You Let Me Stay, de Terence Trent D'Arby

No One Is to Blame, de Howard Jones

Life in a Northern Town, de The Dream Academy

Don't Dream It's Over, de Crowded House

In Your Eyes, de Peter Gabriel

Sometimes It Snows in April, de Prince

Un mapa dibujado a mano

Mi editora me pidió que hiciera un boceto de la isla Beechwood en 1987, para que el diseñador del mapa supiera qué
dibujar para la versión final del libro. Esto es lo que dibujé.
Busca el lugar romántico para sacar provecho de la luz de la
luna. Y cuidado con los tiburones.

Un árbol genealógico dibujado a mano

Dibujé este árbol genealógico para que mi editora pudiera delegarlo en alguien que le diera un acabado más profesional para el libro.

A mediados del siglo XX era más habitual en cierto tipo de novelas contar con una lista de personajes al principio. Por ejemplo, Agatha Christie lo hacía a menudo en sus libros. Y durante el colegio y el instituto leí un montón de obras de teatro. En ellas siempre aparece una lista de personajes, a menudo con descripciones. Para *Una familia de mentirosos* quise contar con una de esas listas de apertura.

> *Harris Sinclair*: padre de Carrie, Penny, Bess y Rosemary. Aguanta bien la bebida, cita a Robert Frost y formó parte del equipo de remo en Harvard.
>
> *Rosemary Leigh Taft Sinclair:* un guepardo con forma de niña de diez años.

Pero al final pensé que un árbol genealógico representaría mejor los temas que se abordan en la novela (la familia conforma una parte crucial de la historia). También pensé que sería un complemento bonito para el árbol genealógico de *Éramos mentirosos*.

Estos diagramas me resultan fascinantes (¡y útiles para seguir la pista de los Sinclair!), pero reconozco sus muchas limitaciones. Cuando tenía unos cuatro años, mi abuelastro hizo un árbol genealógico de la familia de mi madre. Desplegó en ramas a sus hijos y a los hijos de mi abuela, junto con sus cónyuges y excónyuges. Y por debajo de ellos, los nietos. Me encantaba contemplar ese documento. Mi madre y todas sus hermanas tenían una copia. Así que supongo que mi interés por los árboles genealógicos proviene de allí, aunque también he escrito acerca de cómo el modelo de árbol puede excluir a gente que vive en estructuras familiares alternativas o menos convencionales. No habría representado nada bien mi realidad familiar cuando era pequeña. Porque mi madre y yo vivíamos en una comuna y luego con un novio que tuvo. Ningún árbol podría representar a la gente de nuestro entorno más cercano. Los educadores están empezando a utilizar actividades alternativas para enseñar cosas sobre el legado y las relaciones familiares.

Intenté incluir a los perros en el árbol, pero quedaba demasiado raro, así que al final los puse a un lado. En mi opinión, siguen siendo miembros de la familia.

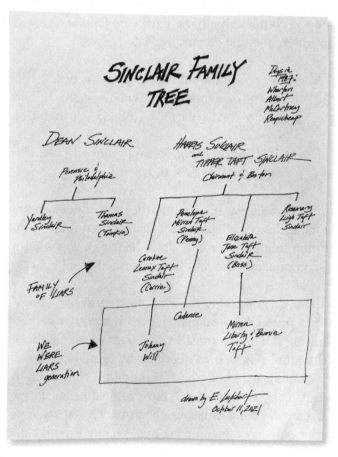